## *Sur l'auteur*

Patricia Wentworth, pseudonyme de Dora Amy Elles, est née en 1878 à Mussoorie (Inde). C'est à la suite d'un concours organisé par le *Daily Mail*, en 1923, que le public découvre les romans policiers de Patricia Wentworth, déjà connue pour ses ouvrages historiques. Cinq ans plus tard, elle crée un détective hors du commun : Miss Maud Silver. Prototype de l'*armchair detective*, Miss Silver, tout comme sa cadette Miss Marple (qui ne verra le jour qu'en 1930 sous la plume d'Agatha Christie), est une délicieuse vieille dame douée d'un don d'observation sans égal. Héroïne d'une trentaine d'intrigues, Miss Silver assurera dès lors la renommée de Patricia Wentworth, décédée en 1961. L'inspecteur Lamb, qui apparaît épisodiquement dans nombre de titres de la série « Miss Silver », est aussi le héros principal de trois romans, dont *Meurtre à Craddock House*.

# PATRICIA WENTWORTH

# MISS MALLY SE MÉFIE

Traduit de l'anglais
par Pascale Haas

INÉDIT

10/18

Titre original :
*Hue and Cry*


ISBN 978-2-264-07581-9
Dépôt légal : juillet 2021

# 1

Mally Lee tapa du pied en se dégageant du bras de Roger Mooring qui l'enlaçait.

« Pour l'amour du ciel ! s'exclama-t-elle. Tâchez de vous en souvenir, Roger, vous êtes censé être amoureux de moi ! »

La salle de bal de Curston avait quelque chose de déprimant. Le vide et le crépuscule s'étendaient sur les rangées de chaises installées en prévision du spectacle du soir. Seule la petite scène, sur laquelle se déroulait la répétition en costume, était brillamment éclairée.

Miss Mally Lee et Mr. Roger Mooring étaient sur la scène.

« Si vous êtes amoureux de moi, faites-moi la cour ! »

Elaine Maudsley pouffa de rire. Elle s'était portée volontaire au rôle de souffleur, mais, pendant les répétitions, elle passait son temps à pouffer et à laisser tomber le texte. Elle le fit tomber à l'instant, le ramassa et entendit Roger dire d'un ton blessé :

« Comment pourrais-je jouer alors que vous ne cessez de m'interrompre ?

— Vous n'étiez pas en train de jouer, là… C'est bien ce qui me désole. On est supposés être au beau milieu d'une scène d'amour follement passionnée, et vous me tenez comme si j'étais un parapluie trempé !

— Comment voulez-vous que je vous tienne ? rétorqua Roger, l'air fâché.

— Jimmy va vous montrer. Venez, Jimmy, prenez-moi par la taille.

— Ah non, s'il le fait, plutôt être pendu ! »

Jimmy Lake sortit de la coulisse en hésitant. Elaine gloussa. Roger, rouge d'embarras, mit son bras autour de la taille élancée de sa bien-aimée, puis dit, en reprenant son personnage de chevalier audacieux :

« Je vous aime. Je vous adore. Fuyons ensemble. »

Mally fut sans pitié.

« Vous n'êtes pas mieux, mais pire ! déclara-t-elle. Et jamais je ne fuirai avec quelqu'un qui me regarde comme si j'étais du ragoût de mouton froid pas assez cuit ! Venez, Jimmy, montrez-lui comment faire.

— Merci bien ! rétorqua ce dernier. Si je le fais, Roger va me fracasser le crâne, et où trouverez-vous un méchant pour ce soir ?

— Ne parlez pas de ce soir, sinon je hurle ! Il nous faudrait encore au moins dix répétitions… Roger est de pire en pire !

— Écoutez, Mally…

— Mais c'est la vérité, Roger… Je vous assure. Vous faites la cour de la façon la plus épouvantable que j'aie jamais vue. Vous ne pourriez pas faire un gros effort pour donner l'impression que vous m'aimez un peu ? »

Le beau visage de Roger demeura impassible, mais l'angle de sa bouche trahissait sa colère.

« Miss Lee… » Le colonel Fairbanks prit la parole derrière la rampe de lumières avec une sorte de lassitude appuyée. « Miss Lee, est-ce vous qui mettez en scène cette pièce, ou bien moi ? Ça m'est égal, vous savez. Je pose la question uniquement parce que…

— C'est vous, dit Mally. Et vous le faites magnifiquement ! Je suis affreusement désolée. Je ne le ferai plus. »

Elle se retourna vers Roger en faisant tourbillonner sa longue jupe de l'époque des Stuart, secoua ses boucles et lui fit une révérence. Puis sa voix et son attitude changèrent du tout au tout en devenant la douceur même.

« Ah, mon cher amour ! » soupira-t-elle en reprenant son texte – malicieusement ravie de voir que cette réplique faisait s'empourprer de gêne les joues viriles de Roger Mooring.

La scène d'amour se poursuivit tant bien que mal. Roger pouvait être séduisant et bien se tenir, mais ses compétences d'acteur s'arrêtaient là. En outre, il était handicapé par le fait qu'il était fiancé à miss Mally. Compte tenu des circonstances, il ne savait pas trop ce qui était le pire : la courtiser lui-même sur la scène, ou laisser Jimmy Lake le faire. Dans un cas comme dans l'autre, Elaine poufferait, et le reste de la galerie s'en amuserait. Dans son for intérieur, il maudit tous les adeptes de théâtre amateur, puis continua à interpréter son rôle avec raideur et à tenir Mally dans sa robe de brocart rose comme il aurait tenu un parapluie trempé.

« Je suis content de ne pas être fiancé avec vous, observa Jimmy Lake lorsqu'ils se retrouvèrent dans les coulisses en attendant la scène de l'enlèvement.

— Moi aussi ! rétorqua vivement Mally Lee.

— Il vous les faut tous… Vous êtes une vraie petite diablesse ! Pourquoi vous comportez-vous ainsi ?

— Je n'en sais trop rien… Autant me demander pourquoi je respire ou pourquoi je dors !

— Un jour, vous irez trop loin… Je vous préviens. »

Mally se baissa très bas en faisant la révérence et se releva d'un geste gracieux. La jeune femme svelte avait tout d'une créature insignifiante, avec quelque chose de provocateur dans des yeux noisette qui tiraient sur le vert.

« Merci, Jimmy chéri ! Mais vous feriez mieux de prendre garde vous aussi. Vous êtes le méchant dans la pièce, alors ne l'oubliez pas et ne commencez pas à prêcher, sinon… Dieu du ciel, c'est à moi de donner la réplique ! »

Une heure plus tard, une troupe épuisée alla prendre le thé. Lady Mooring, ronde et accueillante, s'arracha au roman qu'elle était en train de lire et demanda évasivement :

« Alors, mes chers, comment était la répétition, cette fois ? »

Six personnes répondirent en chœur : « Horrible ! » Le colonel Fairbanks esquissa un geste de désespoir en silence et Jimmy grommela dans sa barbe.

« Eh bien, plus ce l'est maintenant, mieux ce sera ce soir ! C'est toujours comme ça, non ? En tout cas, je suis sûre de l'avoir entendu dire, ou de l'avoir lu quelque part… je ne me souviens plus. Elaine, ma chère, vous voulez bien servir le thé ? Jimmy, vous ne pensez pas qu'il faudrait ajouter une bûche… Oui… Merci. Et maintenant, installons-nous confortablement et disons-nous que cette soirée va être un succès splendide ! »

Invariablement, on décrivait lady Mooring comme « une si gentille femme ». Sa réputation d'avoir une excellente nature était en réalité fondée sur le fait qu'elle trouvait trop compliqué d'exprimer un désaccord avec qui que ce soit. Tant qu'elle pouvait faire quatre repas par jour et lire d'innombrables romans, elle n'en demandait pas plus à la vie. Elle s'adressait à la plupart des personnes qu'elle connaissait en les appelant « mon cher » ou « ma chère » ; mais si un cataclysme les avait fait disparaître d'un seul coup, elle aurait sûrement murmuré « Comme c'est triste ! », sans que cela n'entame en rien le plaisir que lui auraient procuré les hors-d'œuvre servis au dîner et le roman lu après. Seul Roger avait le pouvoir de fendre cette confortable indifférence ; et, concernant Roger, lady Mooring pouvait se montrer aussi possessive et exigeante que l'est toute mère d'un fils unique idolâtré. Roger était naturellement le plus beau, le plus intelligent et le plus désirable jeune homme d'Angleterre. Si elle n'allait pas au-delà de l'Angleterre, c'était parce que l'Angleterre était pour elle l'univers, tout comme Curston était son monde.

« Où est Roger ? Jimmy, où est Roger ?

— Roger ? Je n'en sais rien. » Jimmy avait la bouche pleine de gâteau.

— Mais il était pourtant avec vous. Marion, ma chère… »

Miss Mally Lee nia savoir quoi que ce soit sur l'endroit où se trouvait Roger.

« S'il est aussi affamé que je le suis, il sera là en un rien de temps ! Jimmy, coupez-moi une part de ce gâteau, vous serez gentil… Répéter me donne une faim de loup, surtout quand Roger et moi passons notre temps à nous disputer. »

Lady Mooring, qui détestait Mally, comme elle aurait sans doute détesté toute jeune fille aspirant à épouser Roger, la détesta un peu plus et se demanda vaguement, mais non sans ressentiment, ce que Roger ou quiconque pouvait bien trouver à cette fille. Ce soir, costumée, maquillée et coiffée avec ces anglaises absurdes, elle était certes à son mieux ; mais le reste du temps, ses cheveux courts et ses jupes au genou la faisaient davantage ressembler à une collégienne qu'à la future maîtresse de Curston – elle n'était ni jolie ni élégante, personne ne savait qui était sa famille et, comme elle n'avait pas un sou, elle travaillait pour gagner sa vie. Telles furent les pensées qui défilèrent derrière le front placide de lady Mooring.

Roger entra dans la pièce en arborant un air très sombre et distrait qui poussait à s'interroger. Il se laissa choir dans un fauteuil, le plus loin possible de Mally, avant de prendre une tasse de thé à la façon d'un homme qui commet un acte désespéré. Quand il refusa le gâteau, lady Mooring retrouva le moral. Après tout, être fiancé, ce n'était pas être marié.

Un peu plus tard, Mally se fit la même réflexion. Elle et Roger étaient seuls dans la grande salle de bal fortement illuminée d'un bout à l'autre. Sous les lumières, l'air lugubre de Roger parut soudain oppressant. Elle glissa une main sous son bras, qu'il repoussa aussitôt.

« C'est si atroce que ça ? demanda-t-elle en lui soufflant un baiser. Pauvre Roger !

— Je ne vois pas de quoi vous parlez.

— Ah bon ? » Elle lui jeta un regard malicieux et prit une voix cajoleuse : « Ben alors, qu'est-ce qu'il a qui ne va pas, le petit coco ? »

Roger lui lança un regard noir.

« C'est ça. Allez-y. Moquez-vous de moi. Vous vous moquez tout le temps de moi.

— Qu'on se moque de vous vous fait un bien fou !

— Écoutez, Mally, je vais vous dire une chose… Je refuse qu'on se moque de moi en public. Un de ces jours, vous irez trop loin. »

Mally exécuta une gracieuse pirouette.

« J'adore le frou-frou de ces longues jupes ! Tourbillonner dans une jupe qui vous arrive au genou n'apporte aucune satisfaction… Que disiez-vous, Roger ?

— Je disais que, un de ces jours, vous iriez trop loin. » La voix était basse, le ton furieux.

Mally redressa le menton.

« Et il se passera quoi ? C'est terriblement excitant !

— Vous le regretterez… Voilà tout.

— C'est ce que je me demande… » Elle tournoya de nouveau sur elle-même. « Roger, vous ne savez pas ce que vous perdez à ne jamais porter de jupes. C'est une sensation très agréable.

— Écoutez, Mally… » Il se tut. Son visage écarlate trahissait sa colère.

« J'écoute, dit-elle d'une petite voix détachée. Vous êtes extrêmement rouge, Roger ! Vous avez chaud ? Ce genre d'habit est un peu étouffant…

— Écoutez, Mally…

— J'écoute. Qu'y a-t-il ?

— Si je suis un tel objet de risée, je voudrais bien savoir pourquoi vous vous êtes fiancée avec moi.

— Je ne vous avais encore jamais vu jouer. » Elle le murmura très bas, puis ajouta aussitôt : « Oh, Roger, ne soyez pas fâché ! Je n'ai aucune idée de la raison pour laquelle je me suis fiancée avec vous… Je vous assure… D'ailleurs, je ne crois pas que je le saurai jamais. Réjouissez-vous, et pensez à la chance incroyable que ça a été pour vous ! Bien sûr, quand vous dites fiancée… Qu'est-ce que vous entendez par fiancée ?

— La même chose que tout le monde. Vous avez dit que vous alliez m'épouser. »

Mally émit un petit cri.

« Jamais de la vie ! Dieu du ciel, Roger, quel épouvantable mensonge !

— Vous avez dit quoi, alors ? »

Elle s'approcha, empoigna à deux mains le jabot en dentelle qui était l'un des éléments inconfortables du présent costume de Mr. Mooring, le tordit entre ses doigts et répondit avec emphase :

« J'ai dit – *torsion* – que j'allais me fiancer – *torsion* – pour voir si ça me plairait – *torsion* – si vous étiez très, très, très gentil. Et si vous appelez être gentil le fait de grogner, de bougonner en étant sombre et sinistre comme vous l'avez été tout l'après-midi, moi non. Na ! »

Son visage rieur était tout près de celui de Roger. Il aurait pu l'embrasser, mais il choisit de conserver sa dignité. À la seconde, il était parfaitement conscient de la bonne partenaire que ferait Mally si elle l'épousait – Mally qui n'avait pas un sou et n'était ni jolie ni rien du tout. Il y avait d'autres filles dans le monde que miss Marion Lee.

Il recula d'un pas et examina ses dentelles d'un œil inquiet. Elle éclata de rire.

« Roger, vous avez l'air tellement fâché ! Jimmy…

— Écoutez, Mally, ça suffit. Il y a trop de Jimmy tout le temps. Comme dit ma mère… »

Mally cessa de rire.

« Que dit lady Mooring ? »

Roger blêmit légèrement.

« Je suppose que vous ne pensez pas à mal. Mais étant donné que vous n'êtes arrivée ici que depuis une semaine, je dois dire que… » Quelque chose dans l'expression de la jeune fille le fit s'interrompre.

Elle répéta ses derniers mots.

« Vous devez dire que quoi ? Allez-y, dites-le !

— Oh, rien…

— Non, Roger, ce n'est pas juste. Allez-y !

— Ce n'est rien, je vous assure. »

Mally le secoua par le bras.

« Étant donné que je ne suis arrivée ici que depuis une semaine… eh bien, quoi ? »

Roger la regarda avec une dignité renfrognée.

« Eh bien, vous êtes très à l'aise avec tout le monde. Vous appelez chacun par son prénom et ce genre de choses. »

Toute couleur s'évanouit du visage de Mally, ne laissant que les deux taches brillantes de rouge à joues. Quelque part au fond d'elle, la vraie Mally trembla comme une enfant qu'on vient de frapper. Elle avait tellement aimé tout ça… Ça avait été si délicieux… Elle s'amusait tellement… Jamais elle n'avait passé un moment aussi merveilleux de toute sa vie ! Et là, Roger venait de tout gâcher.

Elle sentit qu'il lui prenait les mains.

« Mally, ne faites pas cette tête-là. Vous ne pensiez pas à mal… Je vous l'ai dit. Je…

— S'il vous plaît, lâchez-moi. »

Roger essaya de l'attirer vers lui.

« Mally !

Non, lâchez-moi !

— Voyons, soyez raisonnable ! »

Elle jeta un coup d'œil à son beau visage empourpré. Son air boudeur avait disparu. Tout comme avait disparu le sentiment de Roger d'être le roi Cophetua[1] face à la jeune mendiante. Apaiser Mally, l'empêcher de rompre leurs fiançailles, était la seule chose qui comptait. Il lui prit les mains et les porta à ses lèvres.

« J'étais jaloux… Vous m'avez rendu jaloux.

— Ah oui ? Vous êtes jaloux très facilement. »

1. Sujet d'une ballade du XVIe siècle (où un roi africain a un coup de foudre pour une jeune mendiante et l'épouse) repris dans la littérature (Shakespeare, Tennyson…), mais aussi dans la peinture (Burne-Jones). (*Toutes les notes sont de la traductrice.*)

# 2

« Alice Tollington ne viendra pas. »

Roger l'annonça d'un air défait, et toute la troupe rassemblée s'écria « Quoi ? » sur diverses intonations qui allaient de la stupeur à la consternation.

« Elle ne peut pas venir... Elle vient de téléphoner. La voiture ne démarre pas, et il est trop tard pour qu'on aille la chercher.

— Je l'avais bien dit qu'Alice ne viendrait pas... C'est ce qu'elle fait à chaque fois ! dit Elaine Maudsley en pouffant.

— Dans ce cas, il suffit de supprimer ses chansons, à moins que... » Le colonel Fairbanks se tourna vers Mally. « Cet intermède entre les actes est très ennuyeux. Mais si vous pouviez chanter quelque chose... Vous ne jouez pas dans le début de l'acte suivant. Vous pensez que vous pourriez nous sauver la mise ?

— Non, bien sûr que non, elle ne peut pas faire ça ! » s'emporta Roger.

Et aussitôt, Mally décida qu'elle le pouvait ; elle avait été plutôt gentille avec lui et estimait qu'il fallait pousser le pendule dans l'autre direction – Roger avait l'arrogance si facile !

« Je pourrais le faire à merveille. Mais je chanterais quoi ? Quelque chose de vieillot, à cause du costume. Je n'aurai pas le temps de me changer.

— Vous n'avez qu'à chanter *Mally Lee* », suggéra Jimmy Lake d'un air moqueur.

Mally croisa le regard de Roger et tapa dans ses mains.

« J'adorerais ! Est-ce que j'oserai ? »

Roger Mooring s'empressa d'intervenir.

« N'importe quoi ! Ce n'est pas possible ! Jimmy, quelle idée d'une parfaite grossièreté ! Non, vous n'aurez qu'à chanter… euh… euh… il existe plein de chansons très bien sans avoir à se trémousser comme…

— Je chanterai *Mally Lee*, et Jimmy m'accompagnera au ukulélé. »

Roger la prit par le bras.

« Mally, vous ne pouvez pas faire ça…

— Mais si, et je vais le faire ! Accordez le ukulélé, Jimmy ! Vous avez juste le temps.

— Mally, je vous l'interdis ! »

La voix inquiète du colonel s'éleva : « Miss Lee, le rideau se lève dans trois minutes, ça va être à vous. »

Mally dégagea son bras de la main de Roger. Elle lui souffla un baiser, en envoya un autre au colonel, puis courut d'un pas léger sur la scène où, trois minutes plus tard, on la découvrit en train de fredonner un air tout en écrivant une lettre d'amour.

La salle était pleine à craquer, et le public indulgent, la pièce n'étant ni meilleure ni pire que bien d'autres du même genre. Quand le rideau retomba sur la fin du premier acte, quelques applaudissements fort stimulants retentirent, qui redoublèrent lorsque miss Mally Lee apparut devant les feux de la rampe en effectuant une charmante révérence et commença à chanter, accompagnée par un ukulélé en coulisse.

« Mally Lee se promenait quand soudain
  sa cape s'envola
Elle jeta un regard sur sa nuisette –
Deux pans voltigeaient crânement sur sa tête,
Et des rubans flottaient sur la poitrine
  de la jolie Mally Lee. »

De sa voix fraîche et claire, elle jouait la chanson autant qu'elle la chantait. Dans un frou-frou de jupons roses, elle fit trois pas de côté, jeta un regard coquin par-dessus son épaule, puis entonna le refrain :

« De l'est à l'ouest et partout dans le pays,
On se damnerait pour la jolie Mally Lee ! »

Elle entama le deuxième couplet avec un entrain considérable :

« À Cannongate traînaient plein de beaux gars
Qui tous pensaient : "Cette belle fille est pour moi."
Et quand soudain son ping-pong lâcha,
Un des gars se dit : "Ce sera elle ma chérie."
Mais ce n'était pas du tout l'avis de la jolie
  Mally Lee. »

Elle reprit le refrain sur un rythme endiablé.

« De l'est à l'ouest et partout dans le pays,
On se damnerait pour la jolie Mally Lee ! »

Puis elle sortit précipitamment de scène en faisant de grands signes de la main et se heurta de plein fouet à Jimmy Lake dans les coulisses.

« Ça alors, c'était sensas ! Mais c'est quoi un ping-pong ?

— Je n'en ai aucune idée ! gazouilla Mally. Bon, il faut que je file mettre ma cape pour me faire enlever. Dites-leur que ça ne sert à rien d'applaudir à tout rompre… Je ne peux pas revenir bisser ! »

Le rideau se leva sur un acte rempli de duels, d'échappées in extremis et d'infâmes machinations. Mally fut enlevée de façon très réaliste, et sauvée d'une façon qui l'était beaucoup moins. Quand la pièce se termina – Jimmy gisant sur la scène, recouvert décemment d'une cape, Mally lovée dans les bras raides et hésitants de Roger –, les applaudissements se montrèrent à la hauteur de tout ce que l'on pouvait désirer. Lady Mooring se retrouva entourée de gens qui avaient des choses agréables à dire sur le jeu de Mally et l'allure de Roger : « Quel costume seyant ! » ; « Oh, lady Mooring, vous devriez faire peindre son portrait habillé dans cette tenue ! » ; « Il ressemble terriblement au cavalier du tableau que vous avez là-haut, non ? »

Lady Mooring le pensait également. Elle regarda son interlocuteur d'un air placide et rayonnant, puis se tourna pour continuer à rayonner devant Mrs. Armitage d'Upper Linden.

« Lady Mooring, vous m'aviez dit que je pouvais amener ma nièce, Dorothy Leonard. Et elle est tout excitée parce qu'elle est certaine d'avoir été à l'école avec miss Lee… Dorothy, ma chérie… »

La grande jeune fille blonde enthousiaste qui se tenait près d'elle fit une révérence à lady Mooring.

« Je l'ai reconnue à la minute où elle est arrivée et a entonné cette chanson ! À l'école, on lui demandait tout le temps de la chanter. Pas pendant les concerts – miss Martin n'aurait pas jugé ça convenable –, mais quand on chantait dans le dortoir. Nous avons quitté l'école toutes les deux il y a deux ans, et je l'ai perdue de vue. Je suis partie directement en Inde rendre visite à ma famille. Mais… Oh, vous croyez que je peux aller la voir dans les coulisses ? »

Dorothy disparut avant même d'en avoir reçu l'autorisation. Lady Mooring se reprit et, stoïque, écouta de nouvelles louanges au sujet de Mally.

Miss Leonard trouva l'endroit derrière la scène plein de gens en train de rire et de bavarder, qui tous s'exclamaient en disant combien la pièce avait été formidable. Mally semblait être au centre du groupe, et la seule personne à ne pas rire était Roger Mooring, drapé dans sa morosité. Non seulement Mally l'avait défié, mais elle s'était ridiculisée en interprétant une chanson stupide. Et en se ridiculisant, elle l'avait ridiculisé ; il était persuadé que tout le monde allait se moquer. Aussi était-il furieusement déprimé et se tenait-il à l'écart.

Mally sentit qu'on lui touchait le bras. En se retournant, elle reconnut Dorothy Leonard.

« Dorothy !

— Mally !

— Comment diable…

— Mally, où étais-tu passée ?

— Nulle part… Absolument nulle part. Écoute, il faut que je retire un peu de ce fond de teint que j'ai sur la figure. Ils vont enlever les chaises pour qu'on puisse danser. Viens, on parlera pendant que je me prépare. Mais je ne vais pas me changer… Cette robe me plaît trop ! »

Dans la chambre de Mally à l'étage, Dorothy la regarda avec admiration.

« Tu es fiancée à ce très séduisant Mr. Mooring, c'est vrai ? Je meurs d'envie de tout savoir… Raconte ! »

Mally repoussa ses boucles et commença à se démaquiller.

« Quelle horreur ! Je déteste ce machin ! murmura-t-elle.

— Allez, raconte-moi tout ! Où es-tu allée après avoir quitté l'école ?

— Je suis partie dans le fin fond du Dorset chez ma tante Deborah, et c'était à périr d'ennui ! Tu n'imagines pas à quel point c'était ennuyeux… et comme tout l'a été jusqu'à aujourd'hui. Par chance, la grande amie de tante Deborah, Mrs. Marsden, avait deux de ses petits-enfants qui vivaient en Inde et étaient venus la voir, et elle m'a demandé de leur faire la classe le matin, histoire de les préparer à l'école. Deux petits démons mais, au moins, ils n'étaient pas déjà morts et enterrés comme tante Deborah et la vieille Mrs. Marsden !

— Pauvre Mally ! Et ensuite, que s'est-il passé ?

— Tante Deborah est morte. Et comme elle vivait d'une rente annuelle, je n'ai pas touché un seul penny. Les petits monstres allaient à l'école, et je m'interrogeais sur ce que j'allais devenir quand Mrs. Marsden m'a fait savoir que sa nièce, lady Emson, cherchait une gouvernante et m'a demandé si je voulais qu'elle me recommande. »

Mally se retourna, une serviette à la main, le teint pâle et luisant.

« Et tu y es allée ? » Dorothy, l'air très intéressé, retenait son souffle.

« Si j'y suis allée ? Naturellement. Je n'avais nulle part d'autre où aller. Mais bon, c'était assez sinistre.

— Mally ! »

Après avoir retiré le fond de teint, Mally était en train de poudrer le bout de son petit nez. Elle agita la houppette en direction de Dorothy.

« Si tu savais… L'enfant était tout, la fierté de sa mère – “Elle est tellement sensible, miss Lee, il ne faut pas la fâcher.” La fâcher ? S'il a jamais existé une enfant qui voulait se fâcher matin, midi et soir, c'est bien la petite Enid chérie ! Oui, c'était dur, vraiment dur… Je l'aurais remise dans le droit chemin, si on m'avait laissée faire, mais on ne me laissait pas. Et lady Emson fait partie de ces personnes qui considèrent qu'une gouvernante est une sorte d'outil d'éducation, pas un être humain. Oh, j'ai détesté cela ! » Elle mit une légère touche de rouge sur ses joues. « Mais le pire, c'était Blanche, la fille aînée des Emson, qui avait mon âge et qui se payait du bon temps.

— Oh, pauvre Mally ! Mais parle-moi de Mr. Mooring… Comment l'as-tu rencontré ? »

Mally éclata de rire.

« Oh, il est venu là-bas… Il est cousin avec les Emson. Ce jour-là, lui et moi avons récupéré Enid chérie au fond d'une mare de boue. C'est terriblement romantique, non ? Et le lendemain, il est passé dans la salle de classe me demander comment j'allais. Et le jour suivant, on s'est croisés dans un bois par hasard.

— Par hasard ? Oh, Mally !

— C'est bien sûr lui qui l'avait provoqué, commenta posément Mally en fronçant les sourcils. Et puis, il y a eu d'autres hasards… Il m'a alors proposé qu'on se fiance, ce à quoi j'ai répondu que je voulais bien essayer histoire de voir si ça me plairait. Et *ensuite*… » Elle se tut, les yeux soudain étincelants. « Ensuite, il y a eu une dispute effrayante, de sorte que j'ai dû aller chez ma cousine Maria, qui n'a pas le moindre sou, pendant que Roger parlait de moi tranquillement à sa mère.

— Comme c'est excitant !

— Oui, presque trop.

— Et lady Mooring se comporte bien avec toi ?

— Oh, elle est terriblement gentille… Tout le monde l'est. Je vis le plus beau moment de ma vie. Jimmy Lake, tu sais, le méchant – c'est quand même comique que ce soit lui qui joue le méchant ! – est un cousin des Mooring, et il est comme le meilleur genre de frère qui soit. Quant au colonel Fairbanks, il est tout à fait charmant. Et…

— Et Roger ? »

L'enthousiasme de Mally retomba quelque peu.

« Eh bien, pour l'instant, lui et moi sommes en pleine dispute, répondit-elle sans détour. En général, nous en avons sept par jour. C'est très amusant… et excellent pour Roger. »

Dorothy rougit.

« Oh, Mally, tu ne devrais pas te disputer ! Va vite te réconcilier !

— J'y vais de ce pas. Bon, je crois que j'ai juste ce qu'il faut de rouge.

— Tu n'en mettais pas, avant…

— Je n'en mets toujours pas, sauf quand je porte une robe comme celle-ci. Est-ce que ça va ? »

Dorothy acquiesça d'un signe de tête.

« Dépêche-toi d'aller te réconcilier ! Si tu ne le fais pas, la soirée sera gâchée. »

Mally se détourna du miroir en riant.

« Laisse-moi faire ! Tu ne connais pas Roger. Entre nous, il a besoin d'être réformé. Pour l'instant, il est un peu comme Enid chérie : il ne faut pas le contrarier. Du coup, je fais en sorte de le contrarier un million de fois par jour. Et parfois, ça dégénère. Tu n'as pas idée comme Roger a le moral après s'être disputé avec moi !

« Oh, Mally !

— Oh, Dorothy !

— Mais quand as-tu l'intention de te marier ? »

Mally fit la grimace.

« Pas avant une éternité. D'ailleurs, si tu entends parler de quelqu'un qui serait prêt à donner un bon gros salaire à une fille sans aucune formation, sois un ange et pense à moi !

— Oh, mais…

— Quoi ? Viens, il faut qu'on descende, sans quoi Roger va croire que je me suis enfuie pour aller en épouser un autre. Il est dans ce genre d'état d'esprit.

— Non, ils ne voudraient pas que tu partes d'ici… les Mooring, je veux dire. Tu ne veux pas vraiment trouver un emploi, n'est-ce pas ?

— Si. Je le veux vraiment, répondit Mally en reprenant son sérieux. Je n'ai pas encore envie d'épouser Roger. Je ne me sens pas assez sûre de moi. Je ne compte pas rester ici, mais je n'ai nulle part où aller, il faut donc absolument que je trouve un travail. »

Au moment où elle termina sa phrase, elles venaient d'arriver sur le palier. Brusquement, Mally éclata de rire et lança par-dessus son épaule : « La première en bas a gagné ! » Et elle se précipita dans l'escalier à une vitesse effrénée.

## 3

« Mally, j'aimerais te présenter sir George Peterson. »

Mally leva les yeux et aperçut un homme très grand aux traits marqués qui n'était pas précisément beau mais assez impressionnant. Ses cheveux gris argenté accentuaient son teint rubicond.

Dorothy Leonard fit les présentations, puis rejoignit son partenaire, de sorte que Mally se retrouva en train de danser avec sir George. Il dansait bien, un peu à l'ancienne, et parla de façon très agréable de la pièce, du temps, et de Mally elle-même. Soudain, quand ils allèrent s'asseoir, il changea de ton et dit :

« Votre amie, miss Leonard, vient de me dire que vous cherchiez quelque chose à faire. »

Mally confirma d'un signe de tête.

« Je cherche un emploi. Il m'en faut un absolument. »

Sir George sourit.

« C'est curieux, voyez-vous, parce que, au milieu de votre spectacle, je me suis tourné vers Mrs. Armitage – je suis venu ici avec eux – et je lui ai murmuré à l'oreille : "C'est le genre de fille que je voudrais pour Barbara."

— Pour Barbara ? répéta Mally.

— J'ai été trop vite. Laissez-moi vous expliquer.

Barbara est ma seule enfant. Elle a huit ans, et je ne souhaite pas l'envoyer à l'école. Je veux que quelqu'un s'occupe d'elle. Ma sœur, Mrs. Craddock, vit avec moi et tient la maison…

— Sir George, je n'ai aucune formation. Dorothy ne vous l'a pas dit ?

— Si. C'est justement pour ça. Je ne veux pas d'une gouvernante. Je veux quelqu'un qui intéressera Barbara, et qu'elle intéressera. Il se trouve que cette enfant a la passion du dessin. Au fait, savez-vous dessiner ? »

Mally écarta les mains d'un air déçu.

« Non, pas du tout. Oh, quel dommage ! »

Le sourire que lui adressa sir George était plutôt bizarre.

« Si vous aviez su, vous n'auriez pas convenu, dit-il. Je voulais juste m'en assurer. Je déteste cette passion qu'a Barbara. Il faut la lui faire perdre. Mais elle est plus têtue qu'on ne pourrait l'imaginer !

— Vous ne voulez pas qu'elle dessine ? » s'étonna Mally.

Les sourcils sombres et broussailleux de sir George se rapprochèrent, et quelque chose d'assez effrayant passa dans son regard. Mally ne s'effrayait pas facilement, néanmoins un vague signal de danger s'alluma telle une torche dans un coin de son esprit.

« Non. » Il prononça le mot avec dureté, mais il sourit aussitôt. « Je veux quelqu'un qui fera s'intéresser Barbara à d'autres choses… Quelqu'un de jeune, de vivant et de séduisant. Quand je vous ai vue ce soir, vous m'avez paru être exactement la personne que je cherche. J'ai failli perdre espoir en apprenant que vous étiez fiancée au jeune Mooring. Mais miss Leonard m'a expliqué que vous n'aviez pas l'intention de vous marier tout de suite et que, en attendant... » Il fit une pause.

« En attendant, je veux travailler... Oui, il me faut un emploi », dit Mally d'une voix atone.

La musique avait repris. Sir George se leva et lui offrit son bras.

« Vous voulez bien y réfléchir, miss Lee ? Je ne vous demande pas de me faire confiance. Mrs. Armitage est une vieille amie. Elle vous racontera tout ce que vous voulez savoir. Et pour ce qui est du salaire, je suis prêt à donner cent cinquante livres à la bonne personne. »

Mally en demeura sans voix. Cent cinquante livres par an représentaient une fortune. C'était la chose la plus merveilleuse qui lui soit jamais arrivée. C'était trop merveilleux. Il devait y avoir un piège quelque part.

Elle se dégagea de son partenaire et attrapa Dorothy par le bras.

« Vite, Dorothy, vite ! Emmène-moi voir ta tante. J'ai vingt millions de choses à lui demander. »

Mrs. Armitage était une femme ample et dodue ; rien qu'avec le satin gris de sa jupe on aurait pu faire plusieurs robes pour Mally. Elle occupait trois chaises et fit signe à Mally de prendre place sur une quatrième contre laquelle l'océan de satin gris s'étalait.

« Eh bien, ma chère, vous avez eu une bonne et longue discussion avec Dorothy ?

— Oui... » Mally était un peu essoufflée.

« Elle était tellement contente quand elle vous a vue ! Elle m'a presque pincée et m'a dit : “Oh, tante Laura, je suis certaine que c'est Mally Lee !”

— Oui... Mrs. Armitage...

— Et vous avez parlé du bon vieux temps. Ah, mon Dieu, comme j'aimerais pouvoir parler à certaines de mes anciennes camarades d'école ! Philomela Johnson, par exemple... Je me suis souvent demandé ce qu'elle était devenue... Oui, très souvent. »

Mally, qui n'avait aucun intérêt pour miss Johnson, s'interposa. Elle avait l'impression que, si elle ne s'interposait pas, Mrs. Armitage allait lui parler de toutes les personnes qu'elle avait connues depuis sa première année d'école.

« Oh, Mrs. Armitage, *qui* est sir George Peterson ? » La question paraissant pour le moins abrupte, elle s'empressa d'ajouter : « Il m'a suggéré de vous le demander. Il voudrait que je m'occupe de sa fille, et il m'a assuré que vous pourriez tout me dire sur lui... Vous voulez bien ? »

Mrs. Armitage sembla un peu perplexe. Elle avait d'épais cheveux gris, qu'elle portait en chignon sur un coussin comme c'était la mode vingt-cinq ans auparavant. Elle se tapota les cheveux.

« Naturellement, ma chère. Mais je ne comprends pas très bien pourquoi... »

Mally réprima son envie de lui poser vingt millions de questions à la fois. Ses yeux dansèrent, mais elle reprit en parlant lentement et avec modestie :

« Excusez-moi. Je vais trop vite, je sais... et je ne vous ai rien expliqué. Sir George cherche quelqu'un pour s'occuper de sa fille... et il pense que je conviendrais... et il m'a dit que vous me diriez tout sur lui.

— Mais, ma chère, je croyais que vous alliez vous marier ! » s'exclama Mrs. Armitage, ses yeux bleus exprimant son étonnement.

Mally s'efforça d'être discrète.

« Pas avant six mois, au moins, murmura-t-elle. Mais, s'il vous plaît, vous voulez bien me parler de sir George ? »

Mrs. Armitage sembla un peu plus heureuse.

« Ma foi, je le connais depuis longtemps. Ou plutôt, je connais Lena Craddock depuis longtemps. Nous étions ensemble à l'école, elle, moi et Philomela Johnson…

— Chère Mrs. Armitage, *qui* est Lena Craddock ?

— Eh bien, nous étions ensemble à l'école. Mais, vous savez, je n'ai jamais vraiment su si nous étions amies ou non. Il est vrai que son mari était un homme charmant, si intelligent, si amusant…

— Sir George a parlé d'une sœur qui tenait la maison. Mrs. Craddock est-elle cette sœur ?

— Oui, mais ils ne se ressemblent pas du tout… pas du tout ! Je sais que certaines personnes l'admirent, mais… non, ils ne sont pas du tout pareils. Selon moi, sir George est un très bel homme… Vous ne trouvez pas ?

— Si. Mrs. Craddock vit-elle avec lui ?

— Lena… Oui, elle vit avec lui. Comme je vous le disais, j'étais avec elle à l'école… À présent, elle est veuve… et je me souviens que Philomela Johnson l'aimait plus que moi. Et naturellement, c'est comme ça que j'ai fait la connaissance de sir George, qui était alors un jeune homme et simplement Mr. Peterson.

— Ah oui ? C'est ce que je voulais vous demander… quelle est sa profession. Voyez-vous, je ne sais absolument rien de lui. »

Mrs. Armitage parut surprise.

« Il est assez connu. Il dirige une entreprise de transport maritime. Ils ont beaucoup perdu pendant la guerre, et tout le monde a pensé qu'il était ruiné… Quelque chose à voir avec l'achat de navires espagnols qui ont été coulés. Je me rappelle que Lena était très perturbée. Mais pour finir, les choses se sont arrangées, et il est maintenant plus riche qu'il ne l'était auparavant. D'après Lena, la petite Barbara sera une riche héritière. C'est une enfant curieuse… qui a une passion pour le dessin. Et, bien entendu, ça ne plaît pas à sir George. »

Mrs. Armitage avait une voix houleuse, ample et profonde, et chaque mot qu'elle prononçait avait une sorte d'effet apaisant.

Mally intervint en faisant un petit geste vigoureux.

« Mais pourquoi ? Pourquoi ne veut-il pas qu'elle dessine ?

— Oh, ma *chère* ! s'exclama Mrs. Armitage d'un air outré. Après cette triste histoire de la mère, comment cela peut-il vous étonner ?

— Mais je ne sais rien de cette triste histoire… Vous voulez bien me raconter ?

— Vraiment, cela a été choquant. Bien sûr, on pourrait dire qu'un homme de l'âge de sir George a été fou d'épouser une jeune femme. Mais cela n'excuse celle-ci en rien… non, non, non, en rien ! »

Mally avait l'impression que la voix douce et gentille l'étouffait. Elle avait très envie de planter une aiguille dans un des plis du satin gris.

« Qu'a-t-elle fait d'inexcusable ?

— Cet homme était son cousin, et il aurait évidemment bien mieux valu qu'elle s'enfuie avec lui avant d'épouser sir George plutôt qu'après.

— Bien mieux. Pourquoi ne l'a-t-elle pas fait ?

— Il n'avait pas d'argent. Les artistes n'en ont apparemment jamais, jusqu'à ce qu'ils soient anoblis ou morts. Et sir George en avait tellement !

— Elle est partie avec un artiste. C'est pour cette raison que sir George ne veut pas que Barbara dessine ?

— On ne saurait s'en étonner, ma chère… Nella

avait tout le temps un crayon à la main. Elle n'avait jamais un moment pour lui, ni pour l'enfant ni pour quoi que ce soit. Et quand elle s'est enfuie, cela a été le dernier coup de grâce. Vous ne pouvez donc pas vous étonner que sir George ait ce sentiment sur le sujet.

— N-n-non. »

Il y eut une petite pause. Une sensation bizarre envahit Mally. Pour la première fois depuis qu'elle était fiancée, elle avait envie de se marier avec Roger. Elle ne voulait pas aller à Londres. Elle ne voulait pas trouver un emploi. Elle ne voulait pas, mais pas du tout, s'occuper de Barbara Peterson.

« Philomela Johnson, reprit Mrs. Armitage sur le ton de quelqu'un qui s'apprête tranquillement à évoquer ses souvenirs, disait que… »

Mally se redressa et aperçut Roger qui la fixait d'un œil sombre. Le sien l'appela au secours.

Elle remercia Mrs. Armitage et se laissa entraîner par un fiancé dont chaque geste et chaque regard exprimaient un reproche silencieux. Encore en proie à ce curieux sentiment qui l'avait envahie, Mally le regarda avec des yeux adoucis. Elle voulait qu'il soit gentil avec elle. Qu'il lui fasse sentir qu'il tenait à elle, et qu'il la défendrait contre le monde entier. Elle murmura « Roger » d'une petite voix timide qui lui était inhabituelle.

Roger continua de danser, de façon convenable et en silence.

Une étincelle remplaça la douceur dans les yeux de Mally. Elle répéta « Roger », puis ajouta « *chéri* » et lui lança un regard méchant.

Aucune réaction.

Soudain, elle lui pinça méchamment le bras.

« Vous n'êtes pas obligé d'écouter, si vous ne

le voulez pas. Je pensais que vous seriez peut-être intéressé de savoir qu'on m'a proposé un emploi à Londres. Mais si vous ne l'êtes pas, vous ne l'êtes pas ! Ne venez pas vous plaindre après que je ne vous l'avais pas dit, c'est tout ! »

Roger se renfrogna ; la musique s'arrêta. Quand ils eurent trouvé une place où s'asseoir sur la scène désertée, Mally reprit d'une voix enjôleuse :

« Oh, Roger, je suis fatiguée de ces disputes ! Soyez gentil, pour changer.

— De quoi est-ce que vous venez de parler ? C'est quoi, ces absurdités ? Vous allez m'épouser, non ? Que voulez-vous faire d'un emploi ?

— Si je vous épousais, c'en serait bien entendu fini de mon travail. Je pensais que j'allais peut-être prendre d'abord des vacances. »

Le regard de Roger se teinta d'une intensité féroce.

« De quoi parlez-vous ?

— De mon travail, *chéri*. Sir George veut que je vienne m'occuper de sa petite fille.

— J'imagine que vous aimeriez que je pense que vous êtes sérieuse ?

— Mais je le suis. Et lui aussi… tout ce qu'il y a de sérieux ! Mon bon Roger, il va me donner cent cinquante livres en bon papier pour le faire.

— Écoutez, Mally, ça suffit. Je ne veux pas entendre parler de ça. »

Le petit visage de la jeune femme se ferma en prenant une soudaine gravité.

« Vous ne voulez pas, Roger ?

— Non, bien sûr que non ! Tout ceci est ridicule. Qui donc est ce Peterson ?

— Mon employeur. Il ne l'aurait pas été, mais maintenant, il l'est. »

Mally se leva d'un bond, dévala les marches jusqu'à la salle de bal et se retourna en lançant par-dessus son épaule :

« Merci de m'avoir aidée à me décider ! Je vais le prévenir que je commencerai dès qu'il le voudra. »

# 4

Mally arriva devant la maison de sir George Peterson à Londres alors que tombait le crépuscule d'une soirée de janvier. La demeure, immense et imposante, donnait sur une place peu éclairée, discrète et austère. Au bout se trouvait une artère animée, où allait et venait l'activité bourdonnante ordinaire ; mais la place était silencieuse.

Elle entra dans un hall en marbre qui avait l'air froid et était accueillant. Des statues dans des poses inconfortables, et aussi peu vêtues que l'étaient les personnages mythologiques, étaient alignées le long des murs. Elle suivit un majordome dans l'escalier en marbre aux marches étroites et à la balustrade massive.

À l'endroit où l'escalier tournait, une colonne noire soutenait un buste de sir George Peterson. Mally l'aperçut de façon assez soudaine, et s'avoua dans un jargon fleuri que ça lui flanquait la frousse. En chair et en os, sir George, avec ses sourcils noirs touffus, ses yeux sombres éclatants, son teint rouge et ses cheveux argentés, était plutôt séduisant… Mais en marbre blanc de Carrare ! Mally monta deux marches à la fois afin de s'en éloigner au plus vite, et elle les aurait montées trois par trois s'il n'y avait pas eu le majordome, qui, habitué au buste, ne semblait pas disposé à se presser.

Mally ne retrouva jamais vraiment l'impression qui lui avait donné cette envie de fuir. Elle ne s'en rapprocha que pour se répéter que la chose lui avait flanqué la frousse. Ce n'était pas à cause de la blancheur, de l'immobilité ou de quoi que ce soit qu'elle aurait pu formuler avec des mots ; mais elle avait envie de fuir à une centaine de kilomètres et de ne jamais revenir. À l'instant, elle suivit le majordome dans un couloir et fut invitée à entrer dans une pièce où se déroulait une scène rigoureusement domestique.

Dans un salon d'une taille d'une modestie rassurante, aux rideaux bleus tirés et où flambait un feu agréable, une femme entre deux âges était assise en train de tricoter, tandis que, près d'elle, recroquevillée dans un grand fauteuil, une petite fille menue était plongée dans un livre, les mains appuyées sur ses joues, ses cheveux en bataille encadrant son visage. Pile devant la cheminée, un chat persan orange et un carlin malveillant au poil clair étaient assis côte à côte.

« Miss Lee », annonça le majordome avant de se retirer.

Le carlin, la petite fille et le chat demeurèrent indifférents à cette annonce, mais la dame d'âge moyen s'exclama : « Oh, mon Dieu ! », sauta une maille, répéta « Oh, mon Dieu ! », se leva et, s'emmêlant mystérieusement dans sa pelote de laine, laissa tomber son tricot, puis resta là à le contempler sans savoir quoi faire.

Le temps que Mally vienne le ramasser, démêle la pelote et en soit remerciée, la dame avait recouvré ses esprits.

Mrs. Craddock n'aurait guère impressionné la personne la plus timide sur la Terre, elle-même étant perpétuellement en train de s'excuser de ce qu'elle venait de faire ou d'expliquer pourquoi elle l'avait fait. Vêtue d'une robe d'un gris lugubre passementé de noir, elle portait un petit collier et des boucles d'oreilles en chêne des tourbières. Ses cheveux ternes frisottés étaient enroulés au sommet de sa tête, maintenus serrés par un filet et d'innombrables épingles.

« Je vous suis très reconnaissante, miss Lee. Et en plus, vous avez rattrapé mon point. C'est vraiment gentil. Vous avez fait bon voyage ?

— Oui, je vous remercie.

— Barbara… Barbara, ma chérie, c'est miss Lee, ta nouvelle gouvernante. Tu ne viens pas lui serrer la main ? » Elle posa la question sur le ton qu'emploient les gens quand ils font une demande dont ils sont sûrs qu'elle sera refusée.

Barbara resta penchée sur son livre.

« Elle est tellement gâtée, observa Mrs. Craddock dans un murmure calculé pour attirer l'attention de l'enfant. Si horriblement gâtée ! Sir George ne lui refuse rien.

— Alors, pourquoi il ne me laisse pas dessiner ? rétorqua l'enfant sans lever les yeux.

— Ma chérie… Barbara, je pense que… Je pense que tu devrais vraiment venir dire bonjour à miss Lee.

— Ne l'embêtez pas, dit gentiment Mally. J'imagine qu'elle a peur, la pauvre petite. »

Les cheveux ébouriffés se redressèrent brusquement, deux yeux d'un noir étincelant la regardèrent au milieu d'un visage pâle tout rond, et une voix indignée s'écria :

« Pas du tout !

Mally lui fit un petit signe de tête.

« Ah bon ?

— Non, j'ai pas peur du tout. »

Barbara descendit du fauteuil. Une lueur de défi brillait dans les yeux de Mally.

« Je n'ai peur de personne. C'est juste que j'aime pas les gouvernantes. Et Bimbo non plus… Il va sûrement vous mordre dans une minute. La semaine dernière, il a mordu trois personnes… Elles ont toutes crié. »

À la mention de son nom, le carlin émit un grognement sourd ; ses yeux glissèrent en dessous et regardèrent froidement les chevilles de Mally ; sa babine noire se retroussa en montrant une rangée de dents d'un blanc de lait.

« Je pousse des cris très forts et épouvantables », dit Mally. Ses yeux pivotèrent vers l'enfant.

Barbara se mordit la lèvre en faisant une grimace, tapa du pied méchamment, puis partit soudain dans un éclat de rire incontrôlable.

« Elle est si horriblement gâtée, gémit Mrs. Craddock en arrière-plan. Barbara, *ma chérie* ! Bimbo ! Non… non… on ne mord pas ! Gentil petit chien ! »

Bimbo renifla.

Mally alla s'asseoir à côté de Barbara dans le grand fauteuil.

« Montre-moi ton livre, dit-elle d'une voix enjouée. Et soyons amies. Ce sera plus amusant, parce que je connais environ trois cents histoires, et si on est tous là à mordre et à crier, je ne pourrai t'en raconter aucune… pas vrai ? »

Sir George arriva une demi-heure plus tard et trouva Barbara sur les genoux de Mally, en train de raconter une histoire qui venait d'en arriver à « et ils furent heureux à tout jamais ». Il la salua d'un air grave et aimable, refusa le thé qu'on lui proposa, semblant pressé et préoccupé. Au bout d'une dizaine de minutes, il se leva pour s'en aller.

« Je dîne dehors, Lena. Qu'as-tu prévu avec miss Lee ? »

Mrs. Craddock rata une maille.

« Eh bien, George, je ne sais pas… Je ne crois pas avoir prévu quelque chose. Je ne savais pas… je n'avais aucune idée… Je suis désolée que tu aies pensé que je le ferais. »

Sir George se tourna vers Mally, la mine légèrement renfrognée.

« Ma sœur allait vous demander ce que vous aimeriez faire pour le repas du soir. Nous serions ravis si vous dîniez avec nous, ou avec ma sœur quand je suis absent. Mais si vous préférez dîner avec Barbara et avoir votre soirée pour faire ce que vous voulez, eh bien… » Il compléta sa phrase en la ponctuant d'un sourire.

Mally sentit qu'on lui pinçait le bras ; ce que Barbara souhaitait lui dire était très clair. Elle le dit docilement et vit tout de suite qu'elle avait fait plaisir à sir George. Elle eut l'impression que ce plaisir était immense.

Barbara sautilla sur ses genoux.

« Elle me racontera des histoires tout le temps ! » annonça-t-elle.

Quand sir George fut parti, Mrs. Craddock regarda Mally d'un air triste et poussa une sorte de soupir en reniflant.

« Je crains que mon frère ne m'ait jugée négligente. Mais il y avait si peu de temps et… Vous ne croyez pas que… Diriez-vous qu'il était vexé ?

— Non. Pourquoi le serait-il ?

— Eh bien, ma chère miss Lee, je ne sais pas. Les hommes se vexent très souvent sans raison. Mon frère, c'est vrai, est très occupé, mais il n'oublie jamais rien, si bien qu'il se met très en colère quand les autres ne se souviennent pas de quelque chose. »

À cet instant, son tricot glissa par terre. Mally le ramassa d'un geste vif et adroit. Barbara la serra contre elle en criant de joie. Bimbo grogna et Mrs. Craddock continua à parler sans faire de pause :

« Merci… Oh, merci ! J'ai toujours eu une très mauvaise mémoire et, quand on a une mauvaise mémoire, on n'y peut rien. Mais cela le vexe toujours de la même façon, bien que je sois sûre de lui avoir dit une centaine de fois que je n'avais pas sa tête. »

Barbara emmena Mally à l'étage et lui montra leur domaine – une chambre rose, celle de l'enfant ; une chambre bleue, celle de Mally ; et un salon aux murs blancs où sur les rideaux et les revêtements en chintz virevoltaient des perroquets et des oiseaux de paradis. Une porte communiquait entre la chambre rose et la chambre bleue. « C'est pour que je puisse venir le matin dans votre lit et que vous me racontiez une nouvelle histoire *tous les jours* ! »

Mally éclata de rire.

« Et s'il n'y a pas d'histoire dans ma boîte à histoires ?

— Tu les gardes dans une boîte ?

— Dans une boîte *secrète*. Parfois, quand je l'ouvre, il n'y a rien dedans… Je ne sais jamais ce que je vais trouver. Tu devras tenter ta chance. »

Barbara se jeta sur elle pour l'enlacer.

« Je t'aime bien ! »

Elles se serrèrent l'une contre l'autre. Au bout d'un

moment, l'enfant la relâcha, recula et dit avec une intensité féroce :

« Mais si tu aimes bien Pinko, je ne t'aimerai pas !

— Qui est Pinko ?

— Le secrétaire de mon père. Je le déteste encore plus que les escargots, les vers de terre, les limaces et les araignées aux pattes poilues !

— Pourquoi le détestes-tu ? C'est absurde de détester les gens !

— Pinko ne fait pas partie des gens. C'est le neveu de tante Lena et, à l'extérieur, son nom est Paul Inglesby Craddock. Mais moi, je l'appelle Pinko parce qu'il a horreur de ça, qu'il a le visage tout rose, qu'il a parlé de mes dessins à mon père et qu'on me les a confisqués… Oui, ils me les ont pris. »

Sur ces derniers mots, Barbara était devenue toute pâle, et sa voix très basse, comme il est rare chez un enfant. Soudain, elle se jeta de nouveau contre Mally.

« Promets-moi que tu le détesteras toi aussi, promets-le-moi ! »

# 5

Le dîner auquel se rendait sir George était l'un de ceux qu'un grand nombre de gens lui aurait enviés. Il était membre du petit club Les Loups.

Pendant ces soirées, personne ne parlait de politique ni d'affaires ; pourtant, on disait que la nature de plus d'un problème politique avait été transformée, et le statut financier de plus d'une entreprise déterminé, à la suite de ces réunions informelles.

Le principal invité ce soir-là n'était ni un homme politique ni un homme d'affaires, mais sir Julian Le Mesurier, le directeur du Département des enquêtes criminelles. Ce nom romantique convenait assez mal à un homme universellement connu sous celui de Piggy. La justesse de ce surnom sautait aux yeux d'emblée ; sir Julian avait la plus grande ressemblance qui soit avec un très gros cochon bien propre, sain et intelligent. Le fait qu'il soit marié à l'une des femmes les plus charmantes du monde, et qu'elle l'adorait, était la preuve que les femmes ne se laissent pas toujours influencer par l'apparence extérieure.

De longues années auparavant, cet homme et sir George avaient fréquenté la même école. Depuis cette époque avait survécu une de ces intimités bizarres qui n'est pas de l'amitié, bien qu'elle en prenne les formes.

Quand le dîner fut terminé, sir George se retrouva à côté de son invité. Il lui tapa sur le bras en demandant d'un ton grivois : « Alors, Piggy, comment se porte le crime ? »

Piggy plissa les coins de ses yeux.

« À force de n'avoir rien à faire, on ne risque pas de faire des bêtises.

— Tu es très occupé ?

— Il y a des hauts et des bas.

— C'est un joli coup que tu as réussi avec les faux billets français l'année dernière. Tu as ratiboisé toute la bande !

— Oh, ça ? fit Piggy en agitant une énorme main blanche. Tu pourrais aussi bien me parler du collier du cardinal ou du complot de la poudre à canon. Mr. Bronson et feu Guy Fawkes sont tous deux hors d'état de nuire. À la vérité, c'est un peu "chaque jour nous apporte son lot de petits crimes pour nous occuper", ce pour quoi je dois des excuses à Matthew Arnold. » Sir Julian était très confortablement installé dans un large fauteuil. Il s'exprimait d'une voix traînante et paresseuse.

Sir George rit. Il avait un rire extrêmement plaisant.

« Si tu n'as que des petits crimes, tu es comme un coq en pâte, j'imagine. Tu ne passes pas tes nuits sur des assistants merciers errants ou des employés de bureau défaillants.

— Non, convint sir Julian. Non. Au fait... (Il se tut, ses petits yeux mi-clos, l'air ailleurs.) Euh... qu'est-ce que je disais ?

— Eh bien, tu as d'abord dit "non", et ensuite "au fait".

— Euh… oui… c'est un bon dîner pas ordinaire que tu nous as servi là… (Il s'interrompit de nouveau.) Qu'est-ce que je voulais dire ? Ah oui, les dattes… ça avait un rapport avec le dessert. L'ananas, non, pas l'ananas, bien que je te félicite pour ça. Tu sais, Peterson, en règle générale, je suis de l'avis hérétique que l'ananas en conserve est de loin supérieur à la variété au prix disproportionné qu'on sert dans les banquets. Mais ton ananas était aussi excellent que celui en boîte. Sauf que là, je digresse, ce n'était pas d'ananas que je voulais parler, pas plus que de pêches, de pamplemousses ou de menthe poivrée. De gingembre… oui, c'est mieux… de gingembre et de kumquats… en fait, je voulais te parler de la Chine. Le monde entier pour une orange de Chine ! Oui, c'est bien ça. Je me demandais si tu étais déjà allé en Chine. »

Sir George le regarda avec indulgence.

« Oui, une fois », répondit-il.

La voix de Piggy sombra dans un murmure songeur. « Un pays intéressant, la Chine ! Tu sais, je pense toujours à cette phrase de Kipling à propos de l'aube… Voyons voir, ça disait quoi déjà ? » Il se mit à tambouriner sur le bras du fauteuil en fredonnant d'une voix totalement atone. « Ça y est… Je l'ai ! C'est drôle comme la mélodie fait revenir les paroles… Tu l'as remarqué ? » Battant la mesure avec force, il déclama avec enthousiasme : « “L'aube se lève tel le tonnerre sur la Chine de l'autre côté de la baie.” C'est ça ! La meilleure phrase qu'il ait jamais écrite, et de loin. Parler de la Chine m'y fait toujours penser. Varney… Tu as connu Varney en Chine ? »

Sir George répondit que « non » avec le plus grand calme, puis dit : « Mais j'ai rencontré pas mal de personnes que j'ai oubliées. J'étais là-bas juste après la guerre, tu sais.

— Oui, je sais. Ah, la musique ! Qui allons-nous écouter ? Ce que tu nous proposes est toujours très bien.

— Le quatuor Kedroff. Des artistes merveilleux, d'après moi. »

Sir Julian se concentra pour écouter, les yeux mi-clos, ses grandes mains relâchées. L'air russe déchaîné résonna étrangement aux oreilles de ces hommes installés dans l'atmosphère paisible de l'après-dîner. C'était comme si l'air rare et glacé des steppes s'était engouffré dans la pièce chauffée et bien éclairée – un air sauvage, chanté admirablement et qui se termina brusquement sur une note tragique aussi aiguë qu'un coup de poignard.

Piggy hocha lentement la tête tandis que cette dernière note mourait.

« Oui, de merveilleux artistes. Je ne sais pas de quoi ça parlait. Je dirais qu'ils étaient à la poursuite de quelqu'un, et que, sans aucun doute, ils l'ont rattrapé.

— Très professionnel ! commenta sir George. À ce propos, pourquoi tu ne cueilles pas les monte-en-l'air ?

— Ça, c'est du simple plagiat du journal *Evening Scream*. Ils posent cette question six fois par semaine. »

Le quatuor Kedroff interpréta un deuxième morceau, une berceuse douce et mélancolique.

Lorsque sir George arriva chez lui, il alla dans son bureau où il trouva son secrétaire encore au travail. Après être resté quelques instants derrière lui en regardant par-dessus son épaule, il s'approcha du feu et se campa devant en fronçant les sourcils.

Mr. Paul Craddock termina une lettre, la mit dans une enveloppe, rédigea l'adresse, puis se leva.

« Vous restez tard, observa sir George.

— Je m'en vais, sir. Vous avez besoin de moi ?

— Non. »

Il y eut un silence. Paul Craddock prit un paquet de lettres et se dirigea vers la porte, mais avant qu'il ait parcouru un mètre, la voix de sir George l'arrêta :

« Le Mesurier a dîné ce soir avec nous. »

Paul Craddock haussa les sourcils, puis se retourna, les lettres à la main.

« J'espère que vous avez passé une agréable soirée. »

Sir George fronçait toujours les sourcils. La main sur le menton, il dit : « Il m'a demandé si je connaissais Varney. »

# 6

Mally fit la connaissance de Mr. Craddock le lendemain au petit déjeuner. Ayant été suppliée de le détester, elle se trouva plutôt bien prédisposée à son égard. Il était plus grand que la moyenne des hommes, et large d'épaules, mais il avait un long cou très fin et une petite tête en forme de poire sur laquelle les cheveux se raréfiaient déjà. Rasé de près, il avait le teint rose et blanc qui avait inspiré le surnom que lui avait donné Barbara. Pour quiconque l'avait entendu appelé une fois ainsi, il était Pinko, et Pinko il resterait jusqu'à la fin du chapitre.

« Il est d'un tel soutien pour mon frère, dit Mrs. Craddock lorsque Paul fut parti. Un soutien dans tous les domaines… et c'est tellement mieux que d'avoir un étranger dans la maison, ce qui est toujours une épreuve. Oh, ma chère miss Lee, je vous demande pardon… Vraiment. C'est impardonnable de dire cela. Je dis toujours ce qu'il ne faut pas, malgré moi. Ça vexait horriblement mon pauvre mari… Lui-même était un homme si plein de tact ! Et ça vexe George tout autant. Je me rappelle que mon mari lui a dit une fois… Non, j'ai oublié ce qu'il lui a dit. J'ai une mémoire désastreuse, ce qui n'est pas très grave. Vous me pardonnez ? »

Mally ne sut trop quoi répondre. Elle répondit « Oh oui, oui », puis fila avec Barbara dans la pièce en chintz, où elle lui fit la classe d'une manière amusante et pas du tout conventionnelle jusqu'à ce qu'il soit l'heure de sortir faire une promenade. La promenade s'avéra tout aussi amusante, même si aucune véritable gouvernante n'en aurait approuvé une seule minute.

Au lieu d'aller marcher dans le parc, et d'associer l'air frais et l'exercice à une leçon de maintien, elles traînèrent dans Bond Street où elles firent du lèche-vitrines en jouant au jeu envoûtant de faire semblant d'acheter tout ce qui leur plaisait. Lorsqu'elles eurent meublé un château imaginaire avec tout ce qu'il fallait, des bijoux de la Couronne aux boîtes de chocolats, elles avaient toutes les deux très faim.

Barbara se précipita joyeusement dans l'escalier et se cogna à sir George qui descendait.

« Bonjour ! » dit-il, avant de voir que Mally était juste derrière. Il regarda sa fille, puis Mally, et de nouveau sa fille – une fille aux joues roses et aux yeux brillants. « Tu es très pressée, dis-moi !

— On a tellement faim ! » Barbara sautillait sur une jambe.

« Ma foi, voilà qui est nouveau. Que lui avez-vous fait, miss Lee ? »

Mally se contenta de rire, mais Barbara se lança dans un torrent de mots avec excitation.

« On a fait des leçons formidables et une promenade encore plus formidable ! Et demain, on refera la même chose, ou quelque chose d'encore mieux. Et elle m'a raconté une histoire au lit. Et elle dit que si je suis sage, elle le fera tous les jours. Et elle n'est pas du tout comme une gouvernante. Et… Oh, s'il te plaît, on peut aller déjeuner, parce qu'on a très, très faim ! »

Les jours s'écoulèrent de façon fort agréable. Il est plaisant d'être adoré, et Barbara ne faisait pas secret de son adoration. Il est aussi plaisant de sentir qu'on plaît à son employeur et à la sœur de son employeur. Mally se dit qu'elle avait de la chance si bien que, au fil des jours, elle devint de moins en moins pressée d'épouser Roger et de s'installer à Curston. Elle était comme une enfant qui jouissait de Londres. Elle et Barbara exploraient la ville ensemble, passant avec enthousiasme des musées au zoo.

Elle était là depuis environ une semaine lorsque Roger Mooring téléphona. Arrivant du dernier étage tout essoufflée, Mally fut surprise de sentir une petite lueur de plaisir la réchauffer. « Roger ! s'exclama-t-elle. Comme vous semblez proche !

— Je le suis. Je suis à Londres.

— Pour la journée ? Quelle énergie !

— Non, je vais passer ici quelques semaines, le temps de régler les affaires de tante Catherine. Je suis dans son appartement, qui est resté dans l'état où elle l'a laissé. Vous feriez bien de noter l'adresse et le numéro de téléphone.

— Comment savez-vous que je les veux ? »

Roger ne releva pas cette impertinence. Il rétorqua avec ce qui était pour lui un certain enthousiasme : « Je voudrais que vous veniez dîner ce soir avec moi. Nous irons quelque part où nous pourrons danser.

— Est-ce que les gouvernantes dansent ? rétorqua Mally en riant un peu. Désormais, je suis gouvernante, ne l'oubliez pas… Ça pourrait ne pas plaire à mon employeur. »

Roger marmonna quelque chose en s'énervant.

« Qu'avez-vous dit, Roger ?

— J'ai dit : "Demandez-le-lui."

— Non, ce n'est pas ce que vous avez dit. Mais je vais le lui demander. Ne quittez pas. »

Mally courut dans le bureau et attendit une seconde derrière la porte en se demandant si sir George était seul. Puis, alors qu'elle tournait la poignée, elle l'entendit dire d'une voix dure : « Je ne sais absolument pas s'il a voulu dire quelque chose ou pas », après quoi elle entra et ressentit tout à coup un frisson glacé. Le frisson glacé était dans la voix de sir George, et la gêne dans son attitude quand il demanda :

« Qu'y a-t-il, miss Lee ? Vous voulez quelque chose ? »

Il était assis à son bureau. Mr. Craddock était debout près de lui. Mally s'immobilisa à un mètre de la porte.

« Je suis désolée… Vous êtes occupé. Je reviendrai plus tard.

— Non, non. Voyons ça maintenant. C'est à quel sujet ? »

Elle éprouva le très fort désir de sortir de la pièce.

« C'est juste… Roger. Il a téléphoné. Il voudrait savoir si je peux dîner avec lui ce soir. »

Sir George émit un petit rire, mais Mally eut l'impression que le froid était toujours là – dans le rire, dans le comportement de Mr. Craddock, dans la façon qu'eut sir George de la regarder quand il dit : « Bien entendu, bien entendu… Arrangez ça avec ma sœur.

— Merci », dit Mally, qui aussitôt s'en alla. C'était bon d'avoir la porte entre elle et le bureau. Lorsqu'elle remonta en courant l'escalier, elle se rendit compte que pas une seule fois Paul Craddock n'avait levé les yeux ou jeté un regard dans sa direction.

Le téléphone avait sa propre pièce, très noblement installée, avec des bottins, des livres de répertoires et des tablettes à profusion sur lesquelles les consulter. Mally laissa la porte ouverte et saisit le combiné.

« C'est d'accord… Il dit que je peux. À quelle heure ?

— À huit heures, au *Luxe*.

— C'est où ? »

Roger se maîtrisa. Lui, Roger Mooring, était fiancé à une personne qui n'avait jamais entendu parler du *Luxe* ! Il répondit avec patience :

« Je passerai vous chercher à huit heures moins le quart. »

Mally raccrocha et alla voir Mrs. Craddock. Quand Roger se montrait patient, il faisait s'éveiller en elle les pires de ses passions. Elle songea à plusieurs choses qu'elle aurait aimé lui dire, et se trouva démesurément vertueuse de n'en avoir rien fait. Lorsqu'elle ouvrit la porte du salon de Mrs. Craddock, elle découvrit une scène si étrange qu'elle en oublia Roger et ses écarts de conduite.

En position à quatre pattes, Mrs. Craddock semblait rôder sur le tapis qu'elle tapotait tandis qu'elle avançait. Son tricot était à moitié sous un fauteuil, et trois pelotes de laine se déroulaient à mesure qu'elle avançait, s'emmêlant de plus en plus à chaque seconde. Elle regarda vaguement vers Mally et dit :

« Oh, miss Lee, avez-vous… Je veux dire, je suppose que vous ne l'avez pas vu… Pourtant, il doit bien être quelque part…

— Quoi donc ? Votre tricot ? Il est sous le fauteuil.

— Oh, non, pas mon tricot… Quelle négligence de ma part… Je savais bien que l'épingle ne tenait pas… Mais elle doit bien être quelque part.

— Votre laine ? »

Mrs. Craddock s'accroupit sur les talons. Elle était très rouge et avait l'air très malheureuse.

« Oh, non, pas ma laine… Je croyais vous avoir expliqué.

— Non, vous n'en avez rien fait. Mais laissez-moi vous aider… Vous me semblez être en position très inconfortable. Qu'est-ce que vous avez laissé tomber ? Je vais le chercher. »

Mrs. Craddock se laissa guider jusqu'à un fauteuil. Quand son tricot et ses pelotes de laine eurent été ramassés, elle dit : « Je croyais vous en avoir parlé. J'ai dû le laisser tomber hier soir, car je sais que je le portais sur ma robe. Mais l'épingle a dû se défaire. Et mon frère est horriblement vexé… très en colère, en fait.

— Vous ne m'avez pas dit ce que vous avez perdu.

— Ma chère miss Lee ! Le diamant de mon grand-père, bien sûr ! Enfin, en réalité, le pendentif était à ma grand-mère. Elle était née Warrender, et il l'a rencontrée sur l'île de la Grande Canarie. Mais mon grand-père a fait mettre le diamant à la place du rubis qui était au milieu avant. Il l'a rapporté, je veux dire le diamant, des Indes orientales. Et je crois qu'il a appartenu à un grand Moghol ou à quelqu'un avec un de ces noms impossibles à retenir, même si George m'en veut toujours à cause de ça.

— Oh ! dit Mally alors que la pauvre femme reprenait sa respiration. Et vous avez fait tomber le diamant, ou tout le pendentif ?

— À vrai dire, ce n'est plus vraiment un pendentif. Ma mère l'avait fait transformer en broche. Et l'agrafe n'a jamais très bien fermé. Mais ce diamant a une telle valeur, et mon frère est si embêté… Mais je continue à me dire qu'il doit bien être quelque part… Oh, ma chère miss Lee ! il le doit bien, non ?

— Vous avez fait tomber le tout ?

— Oui, le tout.

— Et quand vous en êtes-vous aperçue ?

— Il y a environ une demi-heure. Mais ce n'est pas moi qui m'en suis aperçue, c'est ma bonne. Elle m'a demandé si je l'avais apporté à réparer. Et bien sûr, j'aurais dû… Si je l'avais fait, je ne l'aurais pas perdu. Il doit pourtant bien être *quelque part*.

— Oui, certainement », confirma Mally avec entrain.

Mais les heures passèrent, et une recherche rigoureuse ne permit pas de découvrir où se trouvait ce *quelque part*.

# 7

Roger Mooring fut très surpris de l'impatience avec laquelle il compta les minutes avant qu'arrive Mally. Ce n'était plus qu'une question de minutes, car il attendait au milieu des statues glaciales de sir George, et le compteur d'un taxi tournait devant la porte.

Quand il était avec Mally, il se disputait avec elle la majeure partie du temps, ou plutôt, elle se disputait avec lui ; mais quand il était loin d'elle, les autres lui paraissaient ternes, et la vie barbante.

Il se tenait au milieu des statues et observait l'escalier d'un œil fervent, et pourtant, dès qu'il aperçut Mally, une légère ride de désapprobation barra son front. Il s'était imaginé une Mally assagie par l'absence descendre posément les marches avec une timide lueur de bienvenue dans le regard, et peut-être – tant l'imagination avait mené ce jeune homme malavisé –, peut-être une très légère et délicieuse rougeur sur les joues.

En réalité, Mally tourna autour du buste de sir George à l'angle et dévala le reste des marches trois à trois en riant. « Je suis en retard ? Vous m'avez attendue ? Je ne veux pas perdre un seul instant… Partons vite ! Nous allons danser, n'est-ce pas ? »

La vision plaisante de Mally s'envola. Roger regarda la vraie Mally, et regretta une seconde d'avoir proposé le *Luxe*. La seule et unique robe du soir que possédait la jeune fille, et qu'elle appelait familièrement la vieille Joe noire, ne correspondait aucunement aux critères du *Luxe* ; quant à Mally elle-même, avec ses cheveux bruns coupés court par une coiffeuse de la campagne et son petit visage pâlot, elle n'avait ni la beauté ni la distinction susceptibles de compenser une vieille robe.

Cette idée le traversa et disparut. Les yeux dansants tirant sur le vert avec cette expression entre le rire et l'éclat rencontrèrent les siens ; elle le regarda en fronçant son petit nez ; et Roger cessa d'être conscient de quoi que ce soit en dehors du fait qu'elle était Mally et qu'il ne l'avait pas vue depuis une semaine.

Mally rentra à la maison entre une heure et deux heures du matin dans une sorte de rêve doré merveilleux. Elle ne s'était jamais autant amusée de sa vie – jamais. Le *Luxe* était comme un palais de conte de fées, et elle comme Cendrillon au bal du roi, à ceci près que le rêve merveilleux s'était prolongé au delà des douze coups de minuit. Un diner si amusant… Des choses si excitantes à manger… Et Roger lui expliquant que le gros homme chauve à la table dans le coin était l'extrêmement riche Mr. Marcus Aurelian, et que la dame avec les rangs de perles et très peu de tissu argenté était Mlle Tanga Miranda, la danseuse la plus souple du monde. Et puis, le parquet de danse – un parquet comme il ne pouvait en exister que dans un rêve. Et quoi que puisse être ou pas Roger, il savait danser. Oui, toute la soirée avait été comme un rêve. Et, merveille de toutes les merveilles, Roger et elle ne s'étaient pas disputés.

Mally passa devant les statues, qui la fixaient, toutes froidement éveillées, et monta l'escalier, laissant à un jeune majordome à l'œil assoupi la tâche agréable d'éteindre les lumières. Lorsqu'elle tourna derrière le buste de sir George, elle les vit s'évanouir une à une, la laissant dans une semi-pénombre, la seule lumière venant de l'étage.

En haut de l'escalier, elle se figea en observant un couloir à peine éclairé. La porte de la pièce du téléphone était entrouverte. Un rai de lumière s'en échappait. Alors même qu'elle se demandait qui pouvait téléphoner à une heure aussi tardive, Mr. Paul Craddock ouvrit tout grand la porte et resta planté devant en la regardant.

Ce soir-là, Mally était amie avec le monde entier. Elle le regarda d'un air rayonnant et dit :

« Vous veillez tard ! Je suis contente de voir que je ne suis pas la seule. J'ai passé une très belle soirée ! »

Il éteignit la lumière et ouvrit la porte de la pièce adjacente.

« Venez manger un morceau et me raconter. Il doit y avoir ici des sandwiches et du café. »

Mally hésita. Elle savait très bien qu'elle aurait dû aller se coucher. Quand on est gouvernante, on ne mange pas des sandwiches avec des secrétaires inconnus à deux heures du matin.

En sentant l'odeur du café, elle céda. Il y avait aussi un joli feu allumé, et la pièce aux rideaux rouge vif paraissait très chaleureuse après l'escalier en marbre. Avant qu'elle ait pu prendre une sage résolution, elle était en train de manger un sandwich et de parler de Tanga Miranda et de ses perles à Paul Craddock.

Il l'écouta avec un amusement qui se mua bientôt en intérêt. Il avait passé une soirée très ennuyeuse, et il trouva Mally stimulante. Il lui avait proposé de partager ses sandwiches sur une impulsion qui était due en partie à l'ennui, en partie à autre chose.

« Je dois y aller, dit Mally en terminant son café. Je n'en ai aucune envie, mais il le faut. Je déteste aller me coucher après une soirée, pas vous ? J'aurais voulu que cette soirée ne finisse jamais. »

Paul Craddock sourit. Il posa sa tasse et se leva, avec une certaine lenteur flegmatique.

« Eh bien, pourquoi ne pas la prolonger un peu ? »

Mally se leva à son tour.

« Non, il faut que ça s'arrête. Je suis vraiment Cendrillon, et il est minuit passé.

— De deux heures seulement. Rien ne presse. Puisque vous aimez tant danser, quand viendrez-vous danser avec moi ? À moins que (son sourire s'étira) Mr. Mooring ne vous le permette pas ? »

Mally redressa le nez. Elle savait pertinemment qu'elle ne devait pas rester. Mais elle resta – pour remettre Mr. Craddock à sa place.

« Quelle soudaineté de votre part ! Vraiment, Mr. Craddock, je crois que vous êtes la personne la plus soudaine que j'ai rencontrée. Cet après-midi, quand je suis entrée dans le bureau, vous ne m'avez même pas vue, et là, c'est *l'invitation à la valse*[1]. » Elle lui fit une petite révérence. « Votre obligée, sir !

— Qu'est-ce que ça veut dire ? » Il était penché au-dessus du fauteuil d'où il venait de se lever.

« C'est une façon polie de dire “non”.

— Et pourquoi ce “non” ?

— Parce que… Oh, Mrs. Craddock a-t-elle retrouvé son diamant ?

1. En français dans le texte original.

— Non. Pourquoi ne voulez-vous pas danser avec moi ?

— Parce que je ne veux pas. Bonne nuit, Mr. Craddock. »

Paul recula et s'adossa à la porte.

« Mooring veut toutes les danses pour lui ? Quel égoïste !

— Mr. Craddock, je voudrais monter.

— Le moment venu. De quoi avez-vous peur ? Qu'il me fracasse le crâne ? Ou d'être fiancée ?

— Vous voulez bien me laisser passer ? »

Paul Craddock éclata de rire.

« Il va falloir payer le péage, Mally. »

Elle avança droit sur lui, ses yeux brun-vert brillant comme des flammes.

« Laissez-moi passer tout de suite, sinon je hurle !

— Dans ce cas je vais devoir vous en empêcher », dit-il ; et, toujours en riant, il l'attrapa par les épaules et se pencha pour l'embrasser.

Mally esquiva. Mr. Craddock s'exclama. Le baiser atterrit au sommet de sa tête, qu'elle redressa instantanément, si bien qu'il se mordit la langue. Il jura, sentit qu'on lui pinçait l'intérieur du bras et, à peine remis, reçut une gifle à toute volée en pleine figure. Une seconde plus tard, la porte s'ouvrit et claqua. Mally était partie.

Arrivée dans sa chambre, elle ferma la porte à clé, puis se dit avec une certaine lucidité qu'elle n'était qu'une petite imbécile, et que tout cela était sa faute. Puis elle repensa avec beaucoup de plaisir à la dureté de la gifle qu'elle lui avait administrée. Mr. Craddock avait un genre de visage parfait pour les gifles – un peu mou.

« Ouf ! s'exclama-t-elle. Quelle limace ! Une limace

rose ! » Elle écarta ses doigts et les examina. Après quoi elle alla devant la cuvette et les lava avec soin.

En bas, Mr. Craddock était passé du soliloque incohérent à un silence inquiétant. Le coude sur la cheminée, il passa quelques instants à regarder le feu. De temps à autre, il donnait un coup de pied rageur dans les braises qui s'enflammaient.

Au bout d'environ une demi-heure, il plongea sa main gauche dans la poche de sa veste et en sortit quelque chose qu'il posa sur la paume de son autre main. La lumière scintilla sur une couronne de feuilles en forme de cœur sur laquelle pendait un diamant très gros et très brillant.

Mr. Craddock le contempla un instant. Puis il dit : « Qui sait ? » et le remit dans la poche où il l'avait pris.

# 8

Le lendemain matin, Mally dormit tard, si bien que Barbara n'eut pas droit à son histoire. Ce qui jeta une ombre sur la table du petit déjeuner, où l'enfant se comporta très mal, devenant de plus en plus difficile et de moins en moins malléable à chacune des réprimandes plaintives de Mrs. Craddock.

Après le petit déjeuner, Barbara disparut. Mally la chercha en vain dans toute la maison et arriva de mauvais gré à la conclusion que la sale petite peste avait dû se réfugier dans le bureau. Elle s'y rendit, frappa et, comme elle ne reçut aucune réponse, ouvrit la porte.

Sir George n'était pas là, mais Paul Craddock était debout, le téléphone dans une main et le combiné dans l'autre. Son propre bureau, encombré de papiers, était derrière lui. Le coffre-fort qui se trouvait à côté était ouvert.

Mally avait déjà commencé à se retirer quand quelque chose bougea près de la fenêtre. La tête de Barbara apparut derrière le rideau, ses yeux la foudroyèrent d'un regard noir, et elle lui tira la langue. Au lieu de partir en courant, Mally entra dans la pièce et remit le rideau en place.

Paul Craddock se renfrogna dès qu'il la vit et lui tourna ostensiblement le dos.

« Ah, oui ! Jenkinson, était-il en train de dire. Eh bien, sir George aimerait une réponse. Oui, c'est le message qu'il m'a transmis… Il aimerait une réponse sans faute d'ici la fin de la semaine. Non, je ne pense pas que rappeler servirait à quelque chose. Non, il n'est pas là… je ne sais pas quand il rentrera. Il a laissé un message très précis, vous ne gagnerez rien à insister.

— Barbara ! disait pendant ce temps Mally. Comment as-tu pu faire ça ? Viens vite, avant qu'il ait fini de téléphoner ! » Elle parlait à l'oreille de Barbara dans un murmure quasi inaudible.

L'enfant lui tira de nouveau la langue, puis se dégagea des plis du rideau d'un geste brusque et sortit de la pièce en courant. Ses pas ne firent aucun bruit sur la moquette épaisse. Paul Craddock ne l'avait ni vue ni entendue.

Mally réarrangea le rideau et sortit à son tour. Le temps qu'elle arrive au pied de l'escalier, Barbara avait déjà disparu. Tout en montant les marches trois par trois, elle pensa à un certain nombre de choses caustiques qu'elle dirait plus tard à cette petite peste.

Alors qu'elle était en train de courir dans le couloir, la porte du salon de Mrs. Craddock s'ouvrit et le visage inquiet de celle-ci apparut.

« Vous l'avez trouvée ? Où était-elle ?

— Oui. Elle a filé dans sa chambre. Elle était dans le bureau. »

Mrs. Craddock sortit et la prit par le bras.

« Oh, ne parlez pas si fort ! Oh, ma chère miss Lee ! Oh, *je vous en prie*, entrez un instant…

— Mais Barbara…

— Chut ! Oh, s'il vous plaît, taisez-vous… Entrez, je vais vous expliquer.

— Qu'est-ce qu'il y a ? Qu'est-ce qui se passe ?

— Oh, ma chère miss Lee ! Fermez la porte, s'il vous plaît. Vous êtes sûre qu'elle est bien fermée ? Vous avez dit qu'elle était dans le bureau ?

— Oui, cachée derrière un rideau. Et maintenant, elle a couru là-haut. Il faut vraiment que j'aille la voir…

— Dans le bureau ? » Mrs. Craddock se tortilla les mains. « Y avait-il quelqu'un ? Quelqu'un l'a-t-il vue ?

— Pourquoi ? Quelle importance ?

— Oui, oui, ça en a une… Dites-moi, quelqu'un l'a-t-il vue ? »

Mally avait réfléchi.

« Mr. Craddock était dans la pièce, mais je ne pense pas qu'il ait su qu'elle était là. »

Mrs. Craddock eut l'air terrifiée.

« Si Paul l'a vue…

— Je ne crois pas qu'il l'ait vue. Elle était derrière le rideau et, au moment où j'ai ouvert la porte, elle m'a regardée en me faisant une grimace. Mais il tournait le dos, il parlait au téléphone.

— Et ensuite ?

— Je suis allée tirer le rideau. Il ne s'est pas retourné et… non, il n'a rien entendu non plus. Elle a filé en vitesse. Et il était très occupé, il parlait tout le temps – il transmettait un message de la part de sir George –, et je ne crois pas qu'il se soit rendu compte que Barbara était là. Mais… mais pourquoi est-ce que ça a de l'importance ? Mrs. Craddock, il faut vraiment que j'y aille. »

Mrs. Craddock lui serra le bras. Mally vit avec étonnement qu'elle tremblait.

« Non, attendez… Il faut que je vous parle. Mon frère ne doit pas savoir que Barbara est allée dans le bureau. » Elle baissa la voix au point d'être tout juste audible. « Si Paul le sait, il va le lui dire. Mais vous ne direz rien, n'est-ce pas ?

— Mais pourquoi ?

— Parce que… Oh, ma chère miss Lee, vous ne connaissez pas mon frère ! Il gâte Barbara la plupart du temps, mais il est très colérique, et il lui a interdit d'entrer dans le bureau. Un jour, elle a pris du papier pour dessiner, et il… il lui a donné des coups de bâton. Ça paraît horrible, pourtant il l'a fait. Il ne veut pas qu'elle dessine. Et… et il ne faut surtout pas qu'il le sache. » Mrs. Craddock parla encore plus bas et trembla de tout son être. « Miss Lee, elle hurlait… Oh, c'était terrible ! Je ne supporterai pas d'entendre ça encore une fois ! Il ne faut pas qu'il le sache.

— D'accord, je ne le lui dirai pas, rétorqua vivement Mally. Chère Mrs. Craddock, asseyez-vous et ressaisissez-vous. Vous verrez, tout ira bien… Et maintenant, je dois vraiment aller voir ce petit démon et la gronder. »

Mally trouva le petit démon miraculeusement transformé en petit ange. Les cheveux bien brossés, arborant une expression de calme séraphique, miss Barbara Peterson était assise toute droite devant la table de la salle de classe en train de faire des additions.

La réprimande que lui adressa Mally glissa sur l'enfant comme sur un bouclier de vertu impénétrable. Quand elle lui rappela qu'elle s'était mal comportée, Barbara soupira, regarda le plafond et observa :

« Oui, Mally chérie, mais je voudrais bien terminer cette addition, et tu m'interromps affreusement ! »

En bas, sir George Peterson était assis en retrait de son bureau et fixait son secrétaire d'un air incrédule.

« Craddock ! Qu'est-ce que vous dites ? »

Le rose vif des joues de Paul Craddock s'était accentué au point de ressembler à deux taches de peinture.

« Il a disparu, répondit-il. Il a disparu !

— Qu'est-ce que vous racontez ? Reprenez-vous !

— Il a disparu », répéta Paul Craddock d'une étrange voix essoufflée, comme s'il venait de monter une côte à toute allure. De l'autre côté de la table, il en tenait le bord à deux mains, ses larges épaules penchées en avant. Toute sa carcasse tremblait, un peu comme les choses paraissent vaciller dans une brume de chaleur.

« Comment ? Et quand ? s'enquit vivement sir George.

— À l'instant. Elle a dû le prendre.

— Qui ?

— Cette fille, miss Lee… Elle est venue. Il a disparu. »

Sir George le dévisagea d'un œil glacial.

« Pour la seconde fois, puis-je suggérer que vous vous repreniez, et que vous me racontiez de façon précise ce que vous supposez qu'il est arrivé. Vous pleurnicherez plus tard en prison, où vous ne manquerez pas de vous retrouver si vous perdez votre sang-froid. Allez-y ! Assez de cette hystérie ! Expliquez-moi ce qui s'est passé. »

Paul Craddock respira un grand coup, passa sa main sur son long cou et avala une ou deux fois sa salive.

« Je vous prie de m'excuser, sir. Tout a été si soudain… Ça m'a secoué. Mais maintenant, ça va. »

Sir George hocha la tête.

« Racontez-moi exactement ce qui s'est passé. Jusque-là, vous avez été incohérent.

— Ça m'a déstabilisé. J'ai toujours pensé que je devrais fermer la porte à clé quand je décode quelque chose. Mais vous avez dit "non".

— Bien sûr que oui, j'ai dit non ! Autant claironner partout qu'on se livre à une conspiration criminelle ! Allez-y, racontez-moi ce qui s'est passé.

— J'ai sorti le dernier message de Varney du coffre-fort et je me suis assis pour le décoder. Il s'agissait de celui qui est arrivé hier soir, je vous l'ai dit. Alors que j'avais presque terminé, Jenkinson a appelé. Je suis allé à votre bureau et lui ai transmis le message que vous m'aviez laissé. Il m'a fait attendre au téléphone le temps d'aller voir Magnay. Et quand il est revenu, il a encore insisté pour vous parler personnellement. Pendant que j'étais au milieu de tout ça, la porte s'est ouverte et miss Lee a jeté un coup d'œil. J'ai cru qu'elle allait ressortir, mais elle a traversé la pièce pour aller devant le rideau. Puis elle est sortie. Quand je suis revenu à ma table, le message de Varney avait disparu. Elle a dû le prendre. »

Sir George se leva.

« Venez vous placer devant le téléphone et montrez-moi comment vous vous teniez. Comme ça ? Vous êtes sûr ? » Il alla devant la porte. « Et miss Lee est entrée ici et est allée jusqu'à la fenêtre ? » Il avança dans la direction indiquée. « Arrêtez-moi à l'endroit où vous l'avez perdue de vue. »

Paul Craddock l'arrêta à mi-chemin entre la porte et la fenêtre.

« Et ensuite ?

— Je n'en sais rien. Jenkinson insistait… Je m'occupais de lui… Je ne me suis pas retourné.

— Ah ! Vous avez laissé un message décodé de Varney sur votre table et vous ne vous êtes pas retourné. Combien de temps miss Lee est-elle restée dans la pièce ?

— Pas plus d'une minute. Je ne peux pas dire exactement. Je crois qu'elle est allée à la fenêtre et qu'elle est revenue… Mais j'étais en train de parler… Je n'ai pas fait attention.

— Vous n'avez pas entendu un bruit de papier ?

— J'aurais dû pour cela me retourner très vite. Je l'ai simplement vue entrer, et ensuite… Je ne l'ai pas vraiment vue sortir parce que je m'étais tourné de ce côté. Mais j'ai entendu la porte se fermer. Jenkinson m'a tenu la jambe encore cinq minutes pour ne rien dire, et je venais juste de revenir à mon bureau quand vous êtes arrivé. Elle a dû le prendre.

— Depuis combien de temps étiez-vous là avant qu'elle n'entre ?

— Je ne sais pas… quinze minutes, peut-être vingt.

— Et depuis, vous n'avez pas quitté la pièce ?

— Non. Pourquoi ? »

Sans répondre, sir George s'approcha de la fenêtre la plus proche. D'épais rideaux en velours marron descendaient du plafond jusqu'au sol, retenus par des embrasses en tissu aussi larges qu'un poignet d'homme. Il regarda derrière chaque rideau, passa à l'autre fenêtre, puis écarta le rideau derrière lequel s'était cachée Barbara. Un adulte n'aurait pas pu en faire autant, mais l'enfant, agenouillée par terre, avait pu se dissimuler dans les plis en dessous de l'embrasse. La table de Paul Craddock, placée à angle droit par rapport à la fenêtre, avait contribué à faire écran.

Sir George souleva le dernier rideau et le laissa retomber. Puis il se retourna en observant la pièce. Il n'y avait aucun autre endroit où se cacher.

« Oui, convint-il d'un air sombre. Il semblerait qu'elle l'ait pris. Mais pourquoi ? Pourquoi ? »

Craddock lui lança un regard apeuré. Il s'humecta les lèvres avant de répondre :

« Personne ne l'aurait pris à moins de savoir ce qu'il prenait. Elle n'a pas eu le temps de réfléchir. Si elle n'était pas venue ici pour espionner… »

Sir George l'interrompit.

« C'est ce que vous pensez ? demanda-t-il sur un ton bizarre.

— Que penser d'autre ? Si elle n'est pas venue ici pour espionner, quelle raison l'aurait poussée à prendre ce papier sur ma table ? Ce n'est pas la première fois qu'elle fait ce genre de choses. Seule une main entraînée, et rapide, aurait couru le risque et l'aurait pris sans faire de bruit. »

Sir George était revenu s'asseoir, un coude sur le bureau, les yeux baissés, la mine renfrognée.

« Oui, finit-il par dire. Qu'y a-t-il sur ce papier ? Uniquement ce que vous aviez décodé ? Vous vous en souvenez ? Allez vous asseoir et écrivez-le. »

Paul Craddock hésita, puis se laissa tomber sur la chaise devant sa table. Pendant quelques instants, son stylo s'activa à toute vitesse. Puis il se leva et posa ce qu'il venait de gribouiller devant son patron.

Il y eut un silence. Sir George contempla le papier et crispa la mâchoire. Soudain, il sortit une boîte d'allumettes, alluma une fine bougie et regarda le papier noircir avant de se réduire en cendres.

Il venait de tendre la main vers la sonnette quand Paul Craddock demanda avec nervosité :

« Qu'est-ce que vous faites, sir ?

— Je fais venir miss Lee… pour la fouiller si nécessaire. Elle a probablement le papier sur elle.

— Non, sir, attendez ! Ça n'ira pas. »

Sir George le regarda d'un œil glacé, la main sur la sonnette.

« Attendre ? Attendre quoi, qu'elle file avec ? Seriez-vous là en train de devenir honnête ? »

Craddock ignora la pique. Le sentiment d'être lui-même en péril le rendait insensible à tout le reste.

« Non, sir… Réfléchissez ! Ça n'ira pas. Imaginons qu'elle ait le papier… et qu'on le récupère. Elle ira directement à Scotland Yard expliquer ce qui s'est passé. Vous ne pouvez pas la faire venir et la fouiller comme si elle avait pris une broche ou une bague.

— Ou le diamant de ma sœur. Oui, il y a du vrai dans ce que vous dites. »

Un regard curieux passa comme un éclair sur le visage de Paul Craddock. Il s'approcha un peu et parla plus bas.

« Le diamant de tante Lena. Oui, ça aurait été simple si elle n'avait pris que ça. Pourquoi ne l'aurait-elle pas pris ?

— Que voulez-vous dire, Craddock ? »

Paul se pencha et posa son poing fermé sur la table.

« C'est quoi ? » demanda sir George.

Lentement, la main s'ouvrit. Sur la paume scintillait le diamant du Moghol dans son cercle de feuilles en petits brillants.

# 9

Mally et Barbara étaient toujours en train de faire des additions lorsque la porte s'ouvrit sur sir George.

« En pleine leçon ? dit-il. Je préférerais rester afin de sonder les profondeurs de l'ignorance de Barbara. Ne vous laissez pas déranger par ma présence. Continuez comme si je n'étais pas là. » Il alla s'asseoir dans un coin du canapé et prit un livre.

La leçon se poursuivit, Mally espérant que sa consternation n'était pas visible, Barbara continuant de façon inhabituelle à se comporter comme un ange. Sir George ne fit aucun commentaire. Il semblait lire, pourtant Mally sentait qu'il l'observait – elle, pas Barbara. Il ne la regardait pas, mais elle avait conscience d'une attention fort dérangeante. Jamais de toute sa vie elle n'avait été aussi contente d'entendre sonner la cloche annonçant le déjeuner.

Mr. Craddock était présent, et la conversation tourna autour de la disparition du bijou en diamant de Mrs. Craddock. La pauvre femme fit de faibles tentatives pour changer de sujet, mais les chemins les plus tortueux ramenèrent aux diamants, aux vols et aux disparitions mystérieuses qui ne sont jamais élucidées. Le repas fut loin d'être agréable, car Barbara, renonçant à son rôle d'enfant angélique, avait tendance à se montrer coquine, tandis que Mrs. Craddock était au bord des larmes, et sir George tour à tour sarcastique et silencieux.

Au moment où le café arriva, Mally se leva et s'excusa ; Barbara devait se reposer après le déjeuner, et il fallait ranger les manuels de classe. À sa grande surprise, sir George émergea d'un silence prolongé pour dire :

« Oh, ne partez pas sans avoir bu votre café, miss Lee !

— Je n'en ai pas vraiment envie. »

Sir George fronça les sourcils.

« Que dites-vous là ? Asseyez-vous et buvez-le. Qu'est-ce que ça change que vous mettiez Barbara au lit à deux heures et demie ou à trois heures moins vingt-cinq ? »

Paul Craddock avait pris sa tasse de café dans laquelle il était en train de mettre du sucre candy d'un geste lent et songeur. Il en prit trois cuillerées, puis mélangea le tout avec un sourire étrange qui incita Mally à se sentir comme un volcan. Pourquoi souriait-il comme ça ?

Mrs. Craddock regarda Mally d'un œil implorant. Cette dernière prit une tasse de café sur le plateau et la but d'un trait.

« Allons-y, Barbara », dit-elle. Et elles montèrent ensemble l'escalier.

« Vous aimez le café ? Moi pas », dit la petite fille en sautillant sur une jambe.

Mally fit la grimace.

« Celui-là ne m'a pas plu. Il avait un goût affreux. Arrête de sautiller, Barbara ! Dépêche-toi.

— Je dois sautiller, rétorqua calmement l'enfant.

— Pas quand je te dis de ne pas le faire.

— Je dois. J'ai promis à ma jambe gauche de ne pas l'utiliser jusqu'à ce que je sois au lit. » Le ton était éploré et sérieux.

Mally la souleva, la secoua et courut en riant jusqu'à la chambre, où elle la déposa au milieu du lit. Au bout de cinq minutes tapageuses, le calme revint. Une fois Barbara et son *golliwog*[1] bordés sous l'édredon, Mally retourna dans la salle de classe.

Elle s'installa sur le canapé, bâilla, et prit le livre que sir George avait lu. Brusquement, elle eut tellement sommeil qu'elle aurait voulu être à la place de Barbara sous l'édredon. Elle bâilla de nouveau, ouvrit le livre et se surprit à lire la même phrase plusieurs fois de suite, sans comprendre ce qu'elle lisait. Elle fixa la page et vit les lignes se chevaucher. Fermant les yeux pour ne plus les voir, elle se laissa glisser sur le canapé, la tête sur l'accoudoir, un bruit semblable à de l'eau qui coule dans les oreilles.

Elle ignorait combien de temps elle avait dormi, mais elle se réveilla dans un sursaut qui la fit trembler de la tête aux pieds en poussant un petit cri étouffé. Le sursaut et le cri étaient sortis d'un rêve dans lequel elle courait à perdre haleine sur une route pleine de pierres qui descendait à pic. Quelque chose la poursuivait. Il n'y avait aucun bruit de pas, mais quelque chose la suivait. Elle sursauta, cria et se réveilla.

Elle était assise face à la porte qui donnait sur le couloir, et cette porte était en train de se fermer. Mally ne savait pas pourquoi elle avait aussi peur, mais le mouvement très lent de la porte qui se refermait la glaça de terreur.

1. Poupée de chiffon représentant une personne noire aux cheveux crépus, en général de sexe masculin.

La porte cessa de bouger ; la poignée tourna un peu ; la serrure cliqua… et ce fut tout. Pas le moindre bruit de pas qui s'éloignent. Pas de bruit du tout. Transie de peur, Mally se figea dans un silence de mort. Elle ne parvenait pas à détourner le regard de la porte, et la somnolence dont elle venait de ne s'extraire qu'à moitié allait et venait, allait et venait.

Ce fut la pensée de Barbara qui la réveilla pleinement et la fit se lever en tremblant. Si quelque chose n'allait pas, elle devait aller la voir. Puis, quand elle se mit à bouger, la peur et la somnolence s'envolèrent d'un coup, la laissant s'interroger sur elle-même.

Franchement, à son âge, s'endormir et se réveiller affolée parce qu'elle avait rêvé ! *Idiote !* se dit-elle. Néanmoins, il était temps que Barbara se lève.

Elle alla devant la porte de la chambre et tourna la poignée. La porte était fermée. Elle eut beau la secouer, elle résista. Elle appela « Barbara… Barbara ! » quand un son derrière elle la fit se retourner en lâchant un petit cri. Sir George Peterson arrivait, suivi de Paul Craddock.

Ce dernier ferma la porte et sir George dit tout bas d'une voix grave :

« Barbara n'est pas dans sa chambre.

— Que lui est-il arrivé ? s'écria Mally.

— À Barbara ? Rien. On l'a emmenée ailleurs sur mon ordre. Vous ne la reverrez pas.

— Sir George !

— Cela vous surprend ? »

Mally redressa le menton. Appuyée contre la porte fermée, elle se demandait si elle continuait de rêver.

« Mais oui. Énormément. Vous m'expliquez ?

— Est-ce vraiment nécessaire ? »

Mr. Craddock n'était pas allé très loin dans la pièce.

Penché sur le dossier d'un fauteuil, il regardait malicieusement Mally, tandis que sir George se tenait droit et sombre près de la table, une main posée sur un des cahiers de Barbara.

« Sir George… qu'y a-t-il ? Que voulez-vous dire ?

— Vous ne le savez pas ? Ma chère miss Lee, c'est là une démonstration d'innocence charmante, mais peu convaincante. Vous avez vraiment un grand talent de comédienne. Mais pour l'instant, je crains qu'il ne soit utilisé en vain. Voulez-vous bien me rendre le papier que vous avez pris sur le bureau de Mr. Craddock ce matin ? »

Mally attrapa la poignée de la porte dans son dos. Un mouvement instinctif qui eut cependant l'effet d'un déni.

Sir George s'avança d'un pas.

« Allez, donnez-le-moi ! dit-il d'un ton sévère.

— Je ne comprends pas de quoi vous parlez. »

Il sembla faire un effort pour garder son calme.

« Miss Lee, je n'ai aucune envie de me montrer dur avec vous. C'est ce qu'a perdu ma sœur qui nous a ouvert les yeux. C'est un acte d'une grande stupidité de prendre un bijou aussi connu que le diamant du Moghol. Mais nous ne tenons pas à faire de scandale. Rendez la broche et le papier que vous avez été assez sotte pour prendre ce matin, et nous ne vous poursuivrons pas en justice. »

Mally écouta ces paroles incroyables sans donner le moindre signe qu'elle les avait entendues. D'ailleurs, dans un sens, elle ne les avait pas entendues. Le son parvenait à ses oreilles, mais sans que son cerveau puisse en faire quoi que ce soit. Intriguée, elle dit d'une voix posée :

« Je ne comprends pas… Je ne sais pas de quoi vous parlez. »

Et à cet instant, Paul Craddock éclata de rire.

Quelque chose dans ce rire ramena brusquement Mally à la réalité. Elle vit sir George jeter un regard furieux à son secrétaire, puis se retourner vers elle avec l'air grave d'un juge.

« Miss Lee, à quoi bon cette attitude ? Vous êtes entrée dans cette maison dans des termes de confiance. Vous avez abusé de cette confiance. J'en suis sans doute en partie responsable, je ne me suis que trop peu renseigné sur vous. Mais Mrs. Armitage est une vieille amie… » Il fit un geste comme pour balayer quelque chose, puis enchaîna d'un ton plus dur : « Je me suis précipité, et je le paie ! Mais je ne veux pas de scandale, pour le bien de Barbara, le mien et celui de ma sœur… qui de toute façon sera bouleversée. Rendez le bijou et le papier, et j'en resterai là. »

Mally continuait à agripper la poignée derrière elle. Ses doigts semblaient s'être figés dessus ; elle ne pouvait pas bouger ; ils étaient raides et glacés. Son cerveau avait commencé à intégrer les phrases accusatrices de sir George, mais ce n'étaient que des phrases.

« Je n'ai aucun papier. »

L'instinct qui lui fit enregistrer les derniers mots entendus s'avéra lui faire plus de mal qu'elle n'aurait pu le deviner, car les deux hommes se virent confirmer dans leur conviction que non seulement elle avait pris le papier, mais qu'elle en connaissait la valeur.

Sir George perdit son calme. Il lâcha un juron en s'avançant et la saisit par l'épaule.

Mally avait assez de courage en réserve. La violence de sir George la calma. Elle redressa la tête et dit vivement :

« Comment osez-vous me toucher ? Lâchez-moi immédiatement… tout de suite ! Êtes-vous devenu fou ? Je ne sais rien de ce papier.

— Sir George ! » dit tout bas Craddock en le rappelant à l'ordre. Sir George la lâcha et recula d'un pas.

« Bon, écoutez, arrêtez ces bêtises et donnez-le-moi (chacun de ses mots contenait une menace). Vous ne pourrez pas me berner, vous ne vous en sortirez pas. Je vous accorde cinq minutes. Si vous ne me le rendez pas, je vous ferai fouiller, et vous irez en prison comme une vulgaire voleuse. Est-ce que ça en vaut la peine ? Je ne sais pas ce qui vous a pris de voler ce papier, ou qui vous a payé pour le faire. Mais demandez-vous si ça en vaut la peine. Si on vous fouille, on trouvera le diamant du Moghol sur vous. À mon avis, vous serez condamnée à un an de prison, d'où vous sortirez anéantie pour le restant de votre vie. Est-ce que ça vaut le coup ? »

Mally resta muette. Elle serra les lèvres et chercha à comprendre quelque chose dans ce que venait de dire sir George. Elle le vit, une fois son calme recouvré, aller à la table et poser sa montre sur le cahier de Barbara. Un cahier bleu avec une étiquette blanche collée dessus. Mally savait ce qui était écrit sur l'étiquette – « Barbara Peterson. Calcul ». Les lettres étaient encadrées d'une fine ligne noire agrémentée de volutes aux quatre coins.

Sir George avait posé sa montre juste en dessous de l'étiquette. Le cahier avait des coins arrondis, et les pages étaient bordées de rouge. Mally faisait particulièrement attention à ces choses.

« Trois minutes », dit sir George.

Elle continua à regarder le cahier. Le bleu était assez joli – un bleu sombre et trouble comme de la moire. Lady Mooring avait une robe noire en moire, qui ne lui allait pas ; elle était beaucoup trop raide. Elle la portait avec un col en dentelle de Honiton et une broche en diamant.

Tout à coup, toute une phrase de sir George jaillit dans l'esprit de Mally et masqua l'image de lady Mooring en robe de moire noire : « *Si on vous fouille, on trouvera le diamant du Moghol sur vous.* » Les mots semblaient suspendus en l'air. Comme ces panneaux d'affichage qu'elle avait aperçus la veille quand elle avait traversé Piccadilly Circus avec Roger. Ils ressortaient dans la nuit et brillaient d'une lumière horriblement éblouissante : « *Si on vous fouille, on trouvera le diamant du Moghol sur vous.* »

Mally repensa au goût bizarre du café qu'elle avait bu sur l'insistance de sir George. Elle repensa à son sommeil, à son réveil terrifié, à la porte se refermant doucement. Et elle se rappela que Paul Craddock avait ri.

« Les cinq minutes sont écoulées, miss Lee. Allez-vous être raisonnable ? »

Elle ne savait pas qu'elle allait le faire, mais elle s'entendit dire ce qu'elle avait déjà dit :

« Je ne sais pas de quoi vous parlez. »

C'était la vérité. Elle ne le savait pas. Elle ne savait qu'une chose : un atroce filet invisible se refermait sur elle. Ils allaient la fouiller. Ils trouveraient le diamant du Moghol. Et elle irait en prison. Pourquoi ces choses arriveraient, elle n'en savait rien ; elle savait juste qu'elles allaient arriver et qu'elle ne pourrait pas y échapper.

« Voyons, miss Lee, soyez rationnelle. Je vous demande de ne pas vous détruire. Donnez-moi le papier, et vous vous en sortirez à bon compte. Allez ! »

Mally ne dit rien. Il n'y avait rien à dire. Non, rien de ce qu'elle dirait ne changerait quoi que ce soit. S'ils comptaient la détruire, ils la détruiraient. Elle ne pouvait rien faire.

Sir George s'en alla. La porte se referma derrière lui en claquant si fort que toute la pièce trembla.

« Quelle imbécile vous faites ! dit Paul Craddock. Il vous aurait frappée, s'il était resté là. Mais ça aurait mieux valu pour vous. Il va vous faire fouiller, de façon convenable et respectable. Et quand on aura trouvé le diamant sur vous, vous regretterez d'avoir été une pareille imbécile, ma chère Mally ! Écoutez, passons un accord. Ce papier a de la valeur aux yeux de sir George, et il se trouve que je sais qu'il donnerait une somme considérable pour le récupérer. Donnez-le-moi, vous partirez avec deux cents livres dans la poche, et il ne vous arrivera rien. Vous rendrez le diamant, bien sûr, mais (il rit avec malice) nous n'insisterons pas pour savoir comment vous vous l'êtes procuré. »

Mally ne prononça pas un seul mot. La tête appuyée contre le bois de la porte, elle fixa le visage de Paul Craddock. Elle continua à le regarder en silence et avec calme. Il s'attendait à de la colère, de la peur, ou peut-être – c'était le plus plaisant – à ce que, terrifiée, elle le supplie de l'aider. Au lieu de quoi les yeux noisette aux reflets verts se posèrent sur lui avec une expression qui passa de la surprise à une sorte de sombre mépris ; et face à ce regard, Paul ressentit un malaise qui le surprit. Il s'en détourna une seconde, puis la dévisagea de nouveau.

Mally était pâle et impassible, mais ses yeux le jugeaient.

# 10

La porte s'ouvrit sur Mrs. Craddock, toute tremblante, et sa femme de chambre, une personne très grande, très sévère et très respectable qui répondait au nom de Jones. Sir George entra à son tour en faisant signe à Paul Craddock de le suivre.

« Nous attendrons dehors. Vous avez bien compris, Jones ? Vous devez fouiller miss Lee complètement en présence de Mrs. Craddock. Si elle fait des difficultés, prévenez-moi : j'appellerai la police. Et si vous ne trouvez pas le diamant sur elle, vous fouillerez sa chambre.

— Oh ! » s'exclama Mrs. Craddock. Elle se laissa tomber mollement dans un fauteuil et tamponna les larmes qui coulaient sur ses joues. « Oh, miss Lee, c'est épouvantable ! Oh, George, je n'arrive pas à le croire !

— Ma chère Lena, je ne te demande pas de croire quoi que ce soit. Je te prie simplement de rester dans cette pièce pendant que Jones applique mes instructions. » Il sortit dans le couloir et ferma la porte.

Mally, tête appuyée contre la porte et doigts crispés sur la poignée, n'avait pas bougé. Elle entendit Mrs. Craddock renifler et sangloter.

Jones lui toucha le bras.

« Venez, mademoiselle. »

Ce fut le contact de Jones qui la réveilla pleinement. D'un geste brusque, elle se dégagea en tapant du pied.

« Ça veut dire quoi, tout ça ? Vous êtes fous… Vous êtes tous complètement fous ! Mrs. Craddock !

— Écoutez, mademoiselle… »

Jones s'interposa entre Mally et la dame en pleurs.

« À quoi sert de perturber Mrs. Craddock plus qu'elle ne l'est déjà ? Ça rime à quoi ? Si vous êtes innocente, vous êtes innocente, un point c'est tout ! Et si vous vous êtes oubliée en prenant des choses qui ne vous appartiennent pas… eh bien, mieux vaut que ce soit moi qui les trouve plutôt que la police vous emmène au commissariat pour vous fouiller ! Soyez raisonnable… N'allez pas perturber Mrs. Craddock qui ne ferait pas de mal à une mouche ! »

Mally regarda la grande domestique impassible, et sa colère retomba. À quoi bon se mettre en colère ? L'idée du commissariat de police la glaça. Jones remarqua son changement d'expression et reprit son rôle de femme de chambre, brusque et professionnelle.

« Commencez par me passer votre pull et votre jupe. Allez. »

Mally retira son pull bleu marine, puis la jupe courte assortie. Déshabillée ainsi, elle avait froid. Jones palpa le pull un peu partout et le posa sur une chaise. Après quoi elle palpa la jupe en la retournant dans tous les sens, pendant que Mrs. Craddock pleurait en continu et que Mally l'observait.

« Oh ! » s'écria soudain Jones d'une voix aiguë. Elle lâcha un pli de la jupe, puis le fixa d'un œil accusateur. « Une aiguille m'a transpercé le doigt ! »

Mally était debout, les bras nus et croisés. Tenant

chacun de ses coudes glacés dans les mains, elle vit Jones tâter l'ourlet de sa jupe avec hésitation. Tout près du bord, la couture avait été décousue.

« Oh ! » s'écria Jones une seconde fois. Elle pinça l'ourlet, puis passa un doigt et son pouce dans le trou.

Le mouchoir s'éloigna des yeux de Mrs. Craddock. Elle, Jones et Mally regardèrent ce que le doigt et le pouce sortirent de l'ourlet – quelque chose de brillant, une couronne de feuilles en brillants tressée en forme de cœur autour d'une goutte centrale éclatante, qui capta la lumière de ce triste après-midi hivernal. Lentement, la bouche de Mrs. Craddock s'ouvrit ; on aurait dit qu'elle criait, mais elle n'émit aucun son. Mally s'entendit dire « Non ! » dans une sorte de murmure perçant. Jones lâcha la jupe par terre.

« Ça alors ! » Elle le dit avec lenteur, de façon quasi abstraite, avant d'aller poser le diamant du Moghol sur le cahier bleu de Barbara. Alors qu'elle tournait le dos, elle ajouta : « Rhabillez-vous. Je vais devoir appeler sir George. »

Mally ramassa sa jupe. Comment une telle chose avait elle pu arriver ? Ce n'était pas possible. Ce devait être un rêve. Elle enfila sa jupe et ensuite son pull. Puis sir George entra, et elle l'entendit parler à Jones, qui répondit :

« Non, sir… Seulement ça, sir.

— Vous avez bien cherché ? Des papiers importants ont disparu. »

Mally saisit le mot « papiers ». Intriguée, elle le contempla sans savoir quoi en faire. Sir George ressortit et ferma la porte. Jones revint vers elle.

« C'est quoi cette histoire de papiers ? Pourquoi prendre des papiers qui appartiennent à quelqu'un d'autre ? Donnez-les-moi, vous vous épargnerez des tas d'ennuis.

— Je ne les ai pas », dit Mally.

Elle regarda le visage banal et respectable de Jones en ayant le faible espoir qu'elle allait la croire, ou même qu'elle l'aiderait. Un très faible espoir car Mally ne voyait pas comment qui que ce soit aurait pu l'aider. Le diamant du Moghol avait été trouvé caché dans l'ourlet de sa jupe. Que pourrait faire ou dire qui que ce soit pour effacer ce fait accablant ?

La seconde fouille s'avéra nettement plus complète que la première. Dès que Mally fut rhabillée, Jones alla ouvrir la porte en restant sur le seuil. Mally entendit qu'elle parlait, mais pas ce qu'elle disait. Au bout d'un moment, la femme de chambre revint et toucha le bras de Mrs. Craddock.

« Venez, madame, dit-elle d'une voix douce. Ne le prenez pas comme ça… Venez avec moi, vous allez vous allonger un peu, et ne vous inquiétez plus. Sir George n'a plus besoin de nous, venez.

— Oh, c'est épouvantable ! » Mrs. Craddock eut une nouvelle crise de larmes. « Vraiment épouvantable ! »

Entre tremblements et sanglots, elle se leva en prenant appui sur Jones. Mais avant que celle-ci l'eût guidée jusqu'au milieu de la chambre, elle s'arrêta, se retourna et regarda Mally de ses yeux larmoyants.

« Comment avez-vous, pu, miss Lee, comment avez-vous pu faire ça ?

— Je n'ai rien fait. » La réponse de Mally sortit avec une telle vigueur qu'elle s'en étonna. Elle ignorait ce qui allait lui arriver, néanmoins l'apathie l'avait quittée, et quoi qu'il advienne, elle avait l'intention de se battre.

Dès qu'il entra, sir George remarqua son changement d'attitude, qu'il attribua au fait que le papier était demeuré introuvable. Il se pencha sur elle, le visage rouge et l'air menaçant.

« Qu'avez-vous fait du papier ? Où est-il ?

— Je ne sais pas de quoi vous parlez.

— Ah, vous ne savez pas ? Réfléchissez, miss Lee, sans quoi vous allez vous retrouver en mauvaise posture. Pauvre petite imbécile, qu'est-ce qui vous empêchera de finir en prison ? Rien, si vous persistez à être aussi obstinée ! »

Mally maintint sa position, fixa le visage furieux et dit d'une petite voix posée : « Comment la broche de Mrs. Craddock a-t-elle atterri dans l'ourlet de ma jupe ?

— Je pense qu'un jury dirait que vous l'avez cachée là.

— Je me le demande…

— Allez-vous me donner ce papier ?

— Je ne sais rien sur aucun papier.

— Vous avez pris un papier sur le bureau de Mr. Craddock ce matin. Je le veux. Si vous me le remettez, je ne vous poursuivrai pas en justice. »

La petite bouffée de colère que ressentit Mally la réchauffa et lui délia la langue.

« C'est très gentil à vous. Dois-je vous en remercier ? »

Sir George crispa la mâchoire.

« Soit vous me donnez ce papier, soit vous allez en prison. »

Mally recula en riant vaguement. Maintenant qu'elle était en colère, elle pouvait rire.

« Comment pourrais-je vous donner quelque chose que je n'ai pas ?

— Où est-il ? Qu'en avez-vous fait ?

— Comment le saurais-je ? s'esclaffa-t-elle. Je crois que vous en savez plus que moi sur le diamant, et sur ce papier stupide qui semble tant vous obséder ! »

Dès qu'elle eut prononcé cette phrase, elle se sentit comme poignardée par la peur. L'expression de sir George changea ; un silence noir et lugubre s'installa. Au bout d'un moment, il se retourna, très raide, et alla se poster devant la fenêtre. Il était environ quatre heures de l'après-midi. Dans l'air de janvier, la lumière déclinait déjà. Et le feu s'était éteint parce que personne n'avait pensé à l'entretenir.

Après un silence interminable, sir George s'éloigna de la fenêtre et alluma la lumière. Puis, d'une voix dure et forte, il appela Paul Craddock.

# 11

Mally était assise sur une chaise à dos droit dans une petite chambre située au troisième étage de la grande maison hostile. Une simple ampoule électrique éclairait le lit fait au carré, le tapis turc et les meubles peints en blanc.

Elle venait de décider avec une certaine satisfaction que le tapis devait appartenir à Mrs. Craddock et avait dû décorer sa salle à manger ; c'était exactement le genre de tapis que Mrs. Craddock aurait mis dans une salle à manger. Les meubles devaient être à elle également – les meubles d'une chambre de domestique, jugés pas assez bien pour Jones. Que personne n'utilisait cette pièce était une évidence ; elle donnait l'impression de froideur inhabitée qu'ont les maisons vides. Il y avait une heure que la porte s'était refermée sur Mally, et deux heures que sir George avait appelé Paul Craddock. Mally n'avait jamais entendu parler du troisième degré, mais elle se retrouvait en plein dedans avec une efficacité impitoyable. Le fait qu'elle ignorait tout du papier manquant l'avait aidée à supporter le long et pénible contre-interrogatoire auquel on l'avait soumise. À la fin, c'était sir George qui avait perdu son sang-froid, d'une façon soudaine, terrible et choquante, et Paul Craddock qui s'était interposé entre elle et la violence physique de son patron. Tout comme c'était Paul qui l'avait entraînée au troisième étage en lui conseillant de profiter de la nuit pour réfléchir et qui l'avait enfermée à clé.

Mally alla devant la fenêtre et remonta le rideau. Elle contempla la place, la douce ombre des arbres devant les rangées de maisons éclairées qui la délimitaient, et les arbres sombres au milieu à gauche de la porte d'entrée. La lumière formait un cercle brillant étrange sur la route mouillée et le trottoir humide. L'extérieur du cercle touchait la grille qui entourait le jardin, où les arbres et les arbustes vivaient tels des prisonniers derrière les barreaux.

Mally regarda la grille en se demandant à quoi ressemblait d'être en prison. Elle le saurait bientôt, car elle ne voyait pas comment elle pourrait y échapper. Elle était persuadée que quelqu'un avait mis de la drogue dans son café, et que Paul Craddock avait caché le diamant dans l'ourlet de sa jupe. La chose aurait été facile car elle avait dormi très profondément ; il lui avait suffi de défaire un centimètre de l'ourlet avec ses doigts impeccables pour y dissimuler le diamant. C'était très facile. Cependant, elle ne pourrait jamais le prouver, pas plus qu'elle ne pourrait prouver que ce n'était pas elle qui l'avait caché là.

Paul Craddock avait mis le diamant du Moghol dans l'ourlet de sa jupe, elle en était certaine. Mais pourquoi avait-il fait cela ? Certes, elle l'avait giflé, cependant ça ne paraissait pas une raison suffisante. Quand on embrassait une fille ou qu'on essayait d'embrasser une fille qui ne le voulait pas, on le méritait. « Et s'il n'avait encore jamais été giflé, je suis sûre qu'il le sera encore. D'ailleurs, il l'a bien cherché…

Oui, absolument. » Telle fut la conclusion à laquelle en arriva Mally. Non, il y avait quelque chose de plus que le fait que Paul Craddock ait été giflé et qu'il se soit senti blessé. Elle en était convaincue. Néanmoins, elle ne parvenait pas à pousser le raisonnement plus loin. Cette histoire de papier disparu était-elle un leurre ? Ou bien avaient-ils vraiment perdu quelque chose qu'ils devaient à tout prix retrouver ?

Mally regarda par la fenêtre d'un air songeur. Elle faisait face à quelque chose qu'elle ne comprenait pas. C'était comme si elle essayait d'avancer dans un endroit sombre et glissant où chaque pas effectué dans une direction pouvait être d'un danger mortel. Glissant, oui, c'était bien le mot ; de quelque côté qu'elle se tourne, elle avait la sensation que le sol se dérobait sous ses pieds.

Elle appuya son front contre la vitre. La nuit, les arbres et la chaussée mouillée paraissaient plus accueillants que cette maison. Si seulement elle avait pu s'en échapper ! Elle regarda un chat traverser tranquillement la rue mouillée. Il sortit de l'obscurité telle une ombre, s'immobilisa un instant dans le cercle de lumière du réverbère, puis se faufila de nouveau dans l'obscurité comme un trait noir.

Oui, si elle avait pu s'échapper… Si seulement elle avait pu sortir. Tout cela avait quelque chose de plus qu'étrange. Si elle pouvait parler à Roger, il l'aiderait.

Elle eut soudain la vision très agréable de Roger et d'elle-même abandonnant Londres loin derrière eux, roulant de nuit dans la voiture de Roger et arrivant sains et saufs à Curston. Elle avait le sentiment que, à Curston, elle serait en sécurité – si les Mooring prenaient son parti, elle le serait. Elle ne chercha pas à analyser ce sentiment, mais il n'en était que d'autant plus fort vu qu'il était purement instinctif. Roger l'emmènerait à Curston, et là, elle serait en sécurité. *Mais comment allait-elle prévenir Roger ?*

Dès cet instant, Mally devint extrêmement pragmatique. Elle ouvrit la fenêtre et se pencha à l'extérieur. La chambre dans laquelle elle était enfermée se trouvait au troisième étage. À l'étage d'en dessous, une fenêtre avait un petit balcon en pierre.

Mally regarda le balcon. Pas plus large que trente centimètres, on aurait pu y mettre trois pots de fleurs. Elle observa attentivement la corniche, située à trois mètres ou trois mètres cinquante en dessous d'elle. Se suspendre à un rebord de fenêtre et se laisser tomber trois mètres ou trois mètres cinquante plus bas sur une corniche pouvant accueillir trois pots de fleurs est impossible, à moins d'être un chat, un cambrioleur ou un acrobate.

Mally n'était aucun des trois. Elle avait fait pas mal de gymnastique à l'école, et elle était sensée ; cependant, même en ayant la prison comme seule alternative, elle ne se voyait pas se suspendre à un rebord de fenêtre au troisième étage et se laisser tomber gracieusement sur une corniche au deuxième étage – à moins d'avoir quelque chose à quoi s'accrocher. Si elle avait eu une corde, elle l'aurait fait en un clin d'œil.

Elle se retourna et observa la chambre. Le petit lit étroit était recouvert d'un de ces couvre-lits en nid-d'abeilles bordés d'une frange tout autour qui sont extrêmement lourds quand on dort dessous. Mally arracha le couvre-lit et le mesura sur son bras. Il avait la taille que les catalogues qualifient de deux mètres sur trois.

Elle revint à la fenêtre et laissa pendre le dessus-de-lit en le tenant par un coin de manière à utiliser toute la longueur en diagonale. La frange se balança juste au-dessus du balcon. Elle le remonta en vitesse. À quoi pouvait-elle l'attacher ? Il aurait fallu une bonne barre solide devant la fenêtre. Mais puisqu'il n'y en avait pas, elle allait devoir trouver autre chose.

Elle s'approcha du lit, le déplaça et eut l'affreuse certitude qu'il basculerait à la seconde où on lui infligerait le moindre poids. Fragile, bon marché et léger, ce pourrait être un dernier recours, mais ce serait horriblement dangereux. Retournant devant la fenêtre, elle fit coulisser le châssis du bas, puis, le dessus-de-lit enroulé autour du bras et de la main, brisa la vitre juste au-dessus du montant en bois, en prenant soin qu'aucun éclat de verre ne tombe à l'extérieur.

Bon, si quelqu'un venait, que ferait-elle ? Mally alla devant la porte et tendit l'oreille en retenant son souffle. De très loin en bas, un bruit assourdi lui parvint. Ce devait être le gong, indiquant qu'il était l'heure de s'habiller ou de dîner. Dans un cas comme dans l'autre, elle ne risquerait rien pendant au moins une heure. Elle avait cru comprendre qu'elle serait privée de dîner – en fait, Paul Craddock le lui avait dit. Mais, quoi qu'il en soit, personne ne viendrait ici avant que le repas soit terminé.

Après avoir passé le coin du dessus-de-lit dans le trou qu'elle avait fait dans la vitre, elle contempla d'un air consterné l'épaisseur du tissu qu'il allait falloir nouer. Même si elle parvenait à faire un nœud serré, une si grande partie du tissu serait utilisée qu'il n'en resterait plus assez pour qu'il descende assez bas. Si elle déchirait un coin pour obtenir deux bouts et les attacher, ce serait déjà nettement mieux.

Elle s'accroupit et chercha un morceau de verre au bord pointu et, alors qu'elle posait le genou à terre, elle entendit des pas dans le couloir – des pas d'homme, rapides et impatients.

Mally ne prit pas le temps de réfléchir. Elle n'eut pas du tout conscience qu'elle le fit. Dès qu'elle entendit les pas, elle se retrouva à l'autre bout de la pièce, la main sur l'interrupteur. L'obscurité l'enveloppa ; les murs, la fenêtre, le lit, le tapis turc, tout disparut dans une douce obscurité. Elle resta là et entendit la poignée tourner. Si quelqu'un entrait, ce serait fini. La poignée tourna, et la voix de Paul Craddock demanda :

« Bonsoir ! Vous avez réfléchi ? »

Mally ne répondit pas, mais elle alla tout doucement au milieu de la pièce et attendit.

« Vous boudez ? Vous feriez mieux de réfléchir. Vous n'aimerez pas du tout être en prison.

— Quand est-ce que j'aurai quelque chose à manger ? » Mally fut rassérénée d'entendre que, bien que son cœur batte à toute allure, sa voix était calme et posée.

« Je n'en sais rien. Je ne serais pas étonné que vous n'ayez rien. Jeûner est excellent pour la conscience. » Il rit. « Nous nous verrons demain. Adieu. »

Les pas s'éloignèrent. Mally ralluma, trouva un morceau de verre et entreprit de couper le coin du dessus-de-lit en diagonale sur une cinquantaine de centimètres. Elle noua les deux extrémités autour du montant inférieur de la fenêtre, éteignit la lumière et enjamba le rebord.

La lumière était maintenant en dessous d'elle – la lumière jaune vacillante du réverbère. Le balcon qu'elle devait atteindre paraissait noir et minuscule. Accrochée au rebord de la fenêtre, Mally fit descendre le dessus-de-lit sur toute sa longueur ; et ce fut à l'instant où les plis lourds glissèrent le long du mur qu'elle perdit courage, au point qu'elle aurait donné presque n'importe quoi au monde pour pouvoir revenir en arrière.

À genoux sur le rebord de la fenêtre, dont la pierre rugueuse lui lacérait la peau à travers ses bas fins, les pieds pendant dans le vide à trois étages du trottoir mouillé et de la grille pointue, ses mains agrippaient le rebord comme si plus jamais elles ne le lâcheraient. Et sur la place, toutes les fenêtres éclairées l'observaient.

Mally sentit qu'elle se balançait. La maison sembla se balancer avec elle, lentement, à un rythme monotone, comme le balancier d'une horloge. Et d'un seul coup, elle murmura d'un ton rageur :

*Espèce de* trouillarde *! Tu veux aller en prison ? Tu veux* t'écraser *comme une crêpe sur le trottoir ? Tu veux que* Paul Craddock *te trouve là et se moque de toi ? Oui, pauvre petite idiote... qu'il se* moque *de toi ! Alors arrête tout de suite de te comporter comme une méduse invertébrée !*

La maison cessa de se balancer.

*Vas-y ! Allez, trouillarde ! Enlève ta main du rebord et attrape le dessus-de-lit... Et à présent, la gauche... Accroche-toi. Et maintenant, décolle les genoux !*

Mally fit exactement ce qu'elle se dit. Si elle avait attendu encore une seconde, elle n'aurait pas pu le faire. Mais elle n'attendit pas. Le moment le plus effrayant fut celui où son genou glissa sur le rebord et où elle s'accrocha au tissu suspendu dans le vide en le sentant s'étirer et s'étirer encore. À cause du rebord de la fenêtre, son corps était à l'écart du mur, de sorte qu'elle n'était pas vraiment suspendue. Elle serra un peu plus fort le tissu jusqu'à ce que ses mains touchent le rebord. Puis elle dut se suspendre par une seule main pour attraper le tissu plus bas. Il était si épais qu'elle n'arrivait pas à l'agripper complètement. Néanmoins, elle réussit à passer le rebord tant bien que mal et à descendre centimètre par centimètre.

Quand le dessus-de-lit devint moins épais et plus facile à agripper, elle sut qu'elle était presque arrivée. Et là, avant même qu'elle s'y attende, ses pieds qui pendaient dans le vide touchèrent la balustrade. Pour la première fois depuis qu'elle avait entamé sa descente, elle jeta un coup d'œil en bas, et aussitôt, elle eut le vertige – un tel vertige que, lorsqu'elle atterrit dans le petit espace entre la balustrade et la fenêtre, elle ne put que s'y accroupir en tremblant des pieds à la tête.

Deux hommes passèrent dans la rue. Elle entendit leurs voix – l'un d'eux riait. Mally se ressaisit. N'importe qui pouvait lever les yeux à n'importe quel moment et apercevoir ce dessus-de-lit suspendu dans le vide. La peur d'être découverte l'emporta sur toutes les autres peurs. Elle ôta une de ses chaussures, brisa la vitre qui se trouvait devant elle et, avant même – pour ainsi dire – que les éclats de verre ne cessent de tomber, entra dans la chambre qui se trouvait là. Les rideaux étaient tirés, de sorte que le verre tomba dessus en faisant très peu de bruit.

Mally s'immobilisa de l'autre côté des rideaux ; sa main gauche les agrippa dans son dos. Ils étaient en chintz glacé, très froids au toucher. La chambre était plongée dans le noir. C'était une des chambres inutilisées, et elle supposa que la porte se trouvait juste en face de la fenêtre par laquelle elle venait d'entrer. Elle lâcha les rideaux et avança droit devant elle. Quand sa main droite sentit le bois de la porte, elle se figea et chercha la poignée, et alors qu'elle le faisait, une pensée la traversa : *Et si la porte est fermée à clé de l'extérieur ?* Les bonnes consciencieuses fermaient les portes des chambres inutilisées. À supposer qu'elle se retrouve enfermée ici et qu'elle soit ignominieusement découverte ici par Paul Craddock...

Haletante et affolée, Mally actionna la poignée. La porte s'ouvrit sur un long couloir désert qu'éclairaient de petites appliques. Elle s'immobilisa sur le seuil en tendant l'oreille. Elle était à son étage ; sa chambre et celle de Barbara se trouvaient au bout du couloir. En respirant toujours très vite, elle sortit de la chambre, referma la porte derrière elle et courut à pas légers au bout du couloir.

Dans l'obscurité de sa chambre, elle réfléchit. Il fallait qu'elle s'en aille. Et qu'elle trouve Roger. Un chapeau – c'était la première chose –, un chapeau et un manteau. Elle les chercha à tâtons et les mit. Son porte-monnaie était dans un sac, et le sac dans un tiroir avec ses gants. Le problème était que le tiroir grinçait. Elle allait devoir tenter sa chance. Il lui fallait de l'argent. Elle n'en avait pas beaucoup, mais elle devrait prendre un taxi.

Tout doucement, elle ouvrit le tiroir d'un centimètre, puis d'un autre. Naturellement, ce maudit tiroir grinça. Mally se mordit la lèvre, attrapa son sac, et elle venait juste d'y fourrer ses gants lorsqu'elle entendit un bruit. Quelqu'un ouvrait une porte – non pas dans le couloir, mais celle qui communiquait avec la chambre de Barbara. Aussitôt la lumière s'alluma, et là, tout près d'elle, l'enfant apparut en chemise de nuit, le visage blanc comme de la craie, les yeux noirs et ronds tout grands écarquillés.

Elle dit « Mally ! » dans une sorte de murmure et de sanglot, puis se précipita vers elle et l'attrapa par le bras.

« Tu t'en vas !

— Oh, Barby chérie, chut !

— Tu pars !

— Je suis obligée. »

Toutes les deux chuchotaient. Soudain, une autre voix leur parvint. C'était celle de Jones, qui était dehors dans le couloir et parlait à quelqu'un. Elles l'entendirent dire : « Elle va très bien. » Et ensuite, aussi vive que l'éclair, Barbara éteignit la lumière et tira Mally vers le lit. Elles étaient juste devant celui-ci quand la porte du couloir s'entrouvrit, et elles aperçurent Jones – la moitié de sa silhouette noire se détachait contre la lumière du couloir.

La femme de chambre resta là un instant à tendre l'oreille, tandis que Barbara agrippait Mally et que Mally agrippait Barbara. Puis elle demanda tout bas : « Vous dormez, mademoiselle ? », puis tendit de nouveau l'oreille et dit : « Elle dort comme un loir, madame. Retournez vous coucher et laissez-moi descendre dîner. » Elle referma la porte sur la réponse que murmura Mrs. Craddock.

« Tu vas partir ? » demanda Barbara dans le noir.

Mally la prit dans ses bras, la mit au lit et la borda. La nuit était froide. L'enfant frissonnait.

« Il le faut. »

Barbara rejeta les couvertures et se redressa, droite comme un I.

« Ils ont dit que je ne devrais plus jamais te revoir. » Mally ne dit rien. Les petites mains froides de Barbara l'agrippèrent par le poignet. « Pourquoi il le faut ?

— Barby chérie, je dois partir. Lâche-moi.

— C'est à cause de Pinko, c'est ça ?

— Oui. Si je ne pars pas très vite, il me fera du mal. Lâche-moi !

— Je savais bien que c'était à cause de lui. Attends… je veux te donner quelque chose. Attends-moi là. »

Elle se releva en vitesse – Mally entendit ses pieds nus sur le tapis – et revint quelques secondes plus tard en lui fourrant dans les mains ce qui se révéla être une liasse de papiers.

« Qu'est-ce que c'est ? »

Barbara sauta sur le lit. Son murmure se teinta d'un sentiment de triomphe.

« Mes dessins. Je les avais cachés pour que ce sale Pinko ne puisse pas les prendre et les brûler comme les autres.

— Il a fait ça ? »

Barbara arrêta de sautiller.

« C'est *criminel* de sa part ! Ils étaient à moi, je les avais faits toute seule. Et il les a déchirés et les a brûlés. Mais j'ai caché ceux-là, et même toi tu ne le savais pas. Je veux que tu les emportes d'ici et que tu les gardes, comme ça, quand je serai grande, tu me les redonneras. Et maintenant, va-t'en, parce que je vais pleurer ! »

Mally serra la petite silhouette tremblante très fort dans ses bras. Une larme brûlante lui mouilla la joue. Puis Barbara la repoussa.

« Vite, vite, va-t'en vite ! » Et Mally s'en alla.

Sortir dans le couloir éclairé et descendre l'escalier était de la folie, seulement il n'y avait pas d'autre moyen. D'emblée, elle écarta l'idée d'emprunter l'escalier de service ; ce serait nettement plus dangereux. Sir George et Paul Craddock seraient encore en train de dîner ; il y avait donc une chance qu'elle puisse traverser le hall et sortir sans être vue.

Elle s'arrêta devant le buste de sir George et regarda les statues de marbre et le sol froid en mosaïque.

Le bureau se trouvait sur la gauche, la salle à manger sur la droite. Le hall était désert. Mally dévala les marches et franchit les portes battantes qui donnaient sur le hall. La porte d'entrée était devant elle. Alors qu'elle essayait de l'ouvrir, elle se retourna en entendant du bruit et se retrouva face à Herbert, le deuxième majordome, un grand jeune homme avenant au teint frais et aux yeux qui avaient tendance à dévisager. Ils dévisagèrent Mally, qui lui adressa un petit signe impérieux.

« Ouvrez-la ! » dit-elle en montrant la porte.

Herbert demeura immobile et réfléchit. Il n'avait aucune envie de perdre sa place. C'était une bonne place et, comme le premier majordome envisageait de partir, Herbert avait de réels espoirs de promotion. Il ne savait pas trop ce que Mally était censée avoir fait, en revanche, il savait qu'on l'avait enfermée à clé et que Mr. Craddock avait donné des consignes précises la concernant.

« Ouvrez-la ! » répéta Mally, sur un ton un peu plus impérieux.

Herbert avança à pas lents. Il aimait bien Mally, mais cela ne l'aurait en rien écarté de son devoir. Mr. Craddock s'était montré très insistant. Herbert ne l'aimait pas. Il avait essayé d'embrasser Alice, la deuxième femme de chambre, à peine une semaine auparavant ; Alice lui avait boxé les oreilles et avait tout raconté à Herbert, avec lequel elle sortait.

« Ouvrez cette porte ! » répéta Mally une troisième fois en tapant légèrement du pied.

Elle avait les cheveux de la même couleur que ceux d'Alice.

Herbert vint ouvrir la porte d'un geste merveilleusement silencieux. Lorsque l'air froid de la nuit s'engouffra dans le hall, le cœur de Mally se mit à battre à toute allure. Elle n'avait pas vraiment cru qu'il la laisserait sortir.

Elle mit la main sur sa gorge et tourna vers lui un regard brillant. Puis, avec un respectueux « Merci, Herbert », elle se faufila dans la rue sombre et disparut.

## 12

La collection de porcelaine et de verre de Bristol de feu lady Catherine Cray est très connue des amateurs. Mr. Roger Mooring, son neveu par alliance, était chargé d'en établir le catalogue. Étant lui-même un peu collectionneur, il trouvait cette occupation suffisamment absorbante, si bien qu'après avoir dîné dans le salon de l'appartement, il était revenu dans la salle à manger, où la collection occupait le moindre espace disponible.

La lumière, que diffusait de tous ses feux un magnifique lustre en verre taillé, éclairait un mélange de gobelets, de bouteilles, de plats et de centres de table. Le vert pomme éclatant du Bristol, le bleu turquoise, le blanc translucide et le rose très rare donnaient de la couleur à l'exposition. L'œil de Roger s'attarda dessus amoureusement. Il prit un grand pichet bleu azur moucheté d'argent qu'il brandit vers la lumière. Il n'en existait que deux exemplaires, et lady Catherine avait toujours espéré réunir la paire. La lumière se reflétait délicatement à travers le bleu. Roger s'apprêtait à le reposer quand la porte s'ouvrit précipitamment et se referma en claquant.

Mally s'y adossa et dit « Roger ! » d'une étrange

voix haletante ; Roger faillit lâcher le précieux pichet sur une tasse et une soucoupe qui l'étaient encore plus, où un faisan flottait parmi des paons sur un fond d'argent lustré.

Il regarda Mally avec un air de reproche, remit le pichet en place et demanda : « Que se passe-t-il ? »

Mally le fixa sans rien dire. Il trouva qu'elle avait une allure bizarre. Elle avait les joues rouges et sa mise semblait quelque peu négligée – les cheveux en bataille, le chapeau de travers, le manteau pas boutonné. Une telle négligence ne lui plaisait guère.

« Roger !

— Ma chère Mally, qu'y a-t-il ? Vous ne devriez pas venir ici. Vous ne… » Il s'interrompit en la voyant réprimer un drôle de petit sanglot sec.

« Si je ne peux pas venir ici, je ne peux aller nulle part. Je… Je me suis enfuie.

— Que voulez-vous dire, ma chère ? »

Mally s'avança. Arrivée devant le bout de la table, elle s'immobilisa.

« Je me suis enfuie. Je voudrais que vous m'emmeniez à Curston.

— À Curston ?

— Roger, si vous répétez chacun de mes mots, je vais hurler ! Si je dis Curston, ça veut dire Curston. Et je veux y aller tout de suite. »

Roger l'offensa de nouveau.

« Tout de suite ? » répéta-t-il en la dévisageant.

Mally attrapa un flacon turquoise surmonté d'un filigrane doré et tapa sur la table.

« Oui, là, tout de suite, maintenant ! Vous allez prendre votre vieille voiture et m'emmener à Curston… *Là, tout de suite*. Sans quoi la police va débarquer pour venir m'arrêter, et vous n'aimerez pas ça du tout. »

Chaque fois que Mally disait « tout de suite », elle tapait sur la table avec le petit flacon bleu. Le péril qu'encourait l'objet déconcentra Roger. Il lui prit la main et observa d'une voix rauque :

« Vous allez le casser !

— Ça m'est égal. Vous ne m'écoutez pas, Roger ! Je viens de vous dire que la *police* allait débarquer et m'arrêter.

— Pourquoi donc ? Oh, faites attention avec ce flacon… Vous allez le casser ! »

Mally perdit son calme.

« C'est bien ce que j'ai l'intention de faire si vous continuez à être aussi agaçant ! Je veux que vous m'aidiez, et vous me parlez d'un misérable morceau de verre bleu ! Roger, je suis au fond du trou. Je me suis enfuie. Et je pense que la police va arriver d'un instant à l'autre. Mais si vous m'emmenez à Curston, je ne crois pas qu'ils feront quoi que ce soit. Non, je ne le crois pas, car je suis sûre qu'il y a quelque chose derrière tout ça… quelque chose d'horrible, d'ignoble et de honteux ! Ils pensent que je ne suis rien et qu'ils peuvent se servir de moi. Mais avec vous, lady Mooring et tout le pays solide derrière vous… non, ils ne prendront pas ce risque. J'en suis sûre. »

Elle reposa le flacon d'un geste brusque qui fit s'entrechoquer les pampilles d'un chandelier en cristal vert pomme. Puis elle saisit le bras de Roger en le pinçant très fort.

« Oh, dites quelque chose, faites quelque chose ! Il n'y a pas un instant à perdre… pas une seule minute !

— Je ne comprends pas… Et ne me pincez pas comme ça ! »

Il recula. Mally tapa du pied. Soudain, le téléphone retentit avec la soudaineté d'un réveil.

« Quelle plaie ! s'écria Mally. Dites que vous n'êtes pas là… que vous êtes parti à Brighton… que vous avez fui avec quelqu'un.

— Chut ! » fit Roger à Mally. Puis, dans l'appareil, Mr. Mooring dit poliment : « Allô ? »

Elle se précipita à ses côtés, mit sa main sur le combiné et murmura d'une voix fébrile :

« Vous ne m'avez pas vue… Vous ne savez pas où je suis ! Vous m'entendez ? »

Roger la fusilla du regard.

« Vous me chatouillez l'oreille. Et je ne comprends pas de quoi vous parlez. »

Mally couvrit l'appareil.

« *Vous ne m'avez pas vue depuis hier soir !* »

Le chuchotement le chatouilla de nouveau. Puis elle lâcha le combiné et saisit le bras de Roger. Elle entendit ce qu'il entendait – de loin, mais distinctement.

« Mr. Mooring est-il…

— Lui-même, dit Roger, sur le même ton agacé.

— Ah, Mooring ! C'est sir George Peterson. Nous… nous sommes inquiets au sujet de miss Lee. Sauriez-vous où elle est ? »

Les doigts de Mally s'enfoncèrent dans le bras de Roger en le pinçant de toutes ses forces. Il lui jeta un regard noir avant de répondre, très raide :

« Elle a dîné avec moi hier soir. »

Le filet sonore qui était immanquablement la voix de sir George dit alors :

« Mon cher Mooring, il s'agit d'une affaire extrêmement délicate. Nous sommes tous très inquiets. Euh… avez-vous vu miss Lee aujourd'hui ? »

Roger secoua le bras que Mally pinçait.

« Pourquoi cette question ?

— Eh bien… (*hésitation*) Eh bien…

— Qu'y a-t-il ? » Roger commençait à être exaspéré.

« Eh bien, il s'est passé quelque chose de très désagréable. Miss Lee est une jeune fille charmante, et nous l'apprécions tous beaucoup… notamment ma sœur. Mais je suis au regret de dire que nous avons tous reçu un choc, un choc très grave. »

Mally fronça son petit nez. Ses lèvres articulèrent les mots « Quel monstre ! » sans les prononcer.

« Que s'est-il passé ? » Roger estimait qu'il était temps que quelqu'un le lui explique. Il posa la question avec une certaine autorité.

« Euh… (*nouvelle hésitation*) Vraiment, Mooring, c'est très douloureux pour moi de devoir vous le dire.

— *Que s'est-il passé ?*

— Je vous prie de croire que je suis très abattu. J'aurais juré que… Mais bon, personne ne sait quelle a pu être la tentation.

— Je ne comprends pas où vous voulez en venir.

— La vérité est qu'en venir au fait ne me plaît pas. Néanmoins, il le faut bien. Voilà… Hier, ma sœur a perdu un bijou très précieux serti d'une pierre qu'on appelle le diamant du Moghol. Naturellement, personne n'aurait imaginé que miss Lee ait un rapport avec sa disparition, mais… » La voix se tut.

« Qu'entendez-vous par "mais" ? » demanda lentement Roger. Les doigts de Mally lui agrippaient toujours le bras. Il lui sembla qu'ils tremblèrent au moment où il posa la question.

La voix reprit :

« Personne n'aurait soupçonné miss Lee si un papier important n'avait pas disparu ce matin dans de telles circonstances qu'il est impossible que quelqu'un d'autre ait pu le prendre. La femme de chambre l'a fouillée en présence de ma sœur, et je suis au regret de dire que le diamant du Moghol a été retrouvé en sa possession.

— *Quoi ?*

— Le diamant a été retrouvé en possession de miss Lee. Croyez-moi, j'aurais préféré qu'on ne le retrouve pas du tout. »

Un silence s'étira. Roger regarda Mally, qui lui lâcha le bras en reculant d'un pas. Si Roger pouvait la regarder de cette façon, il pouvait bien dire ce qu'il voulait. Il pouvait…

La voix très faible de sir George dit alors :

« Avez-vous vu miss Lee ? Nous avons pensé qu'elle aurait pu venir chez vous. L'avez-vous vue ?

— Non ! » Roger le dit fermement et, en le disant, reposa le combiné sur la fourche d'un geste violent.

Mally avança la main comme pour repousser quelque chose. « Roger ! » dit-elle, la voix tremblante de colère. Puis elle tapa du pied et fondit en larmes.

Horrifié, il continua à la regarder d'un air ahuri. Il ne dit rien, parce qu'il ne trouvait pas quoi dire. De plus, Mally parlait, sanglotait et se mouchait, tout ça en même temps et avec une extrême vigueur.

« Vous n'allez pas faire quelque chose ? Vous n'allez pas m'emmener ? Vous n'allez pas chercher votre voiture ? La police sera sans doute là dans une minute. Nous aurions dû partir il y a une éternité… une éternité ! À la façon que vous avez eue de parler à ce misérable, n'importe qui aurait deviné que j'étais là… *Roger !* »

Roger ne dit toujours rien.

Parfois, les petites causes produisent de grands effets. Shakespeare, Bacon et d'autres ont disserté sur le sujet. Ce n'en est pas moins vrai. Si une mèche de cheveux n'avait pas pendouillé sur l'œil gauche de Mally, si son chapeau avait été posé dans le même angle coquet que d'habitude, et si elle avait été moins radicale dans sa manière de traiter le flacon en verre bleu au bouchon doré, Roger Mooring eût été moins enclin à la croire coupable dans l'affaire du diamant du Moghol.

« *Roger !* » répéta-t-elle. Le ton était autoritaire, pas implorant. Peut-être que si elle l'avait imploré… Mais elle était pour cela trop en colère.

Mally froissa en boule son mouchoir trempé, le fourra au fond de la poche de son manteau, essuya une dernière larme brûlante et vit la méfiance qu'exprimait le visage de Roger.

Jusqu'à cet instant, elle s'était simplement dit qu'il était d'une lenteur agaçante, ridicule, mais là, elle vit pleinement que cette lenteur était délibérée. Il n'irait pas chercher la voiture parce qu'il n'avait pas l'intention d'aller la chercher. Il ne voulait pas l'emmener à Curston. Il ne voulait rien faire. Il croyait sir George. Jamais Mally n'aurait pensé qu'il l'aurait cru. *Roger…* Il aurait dû s'énerver et utiliser son meilleur vocabulaire pour insulter l'ensemble de la famille Peterson. Ou alors, il aurait dû courir chercher la voiture. Or il ne faisait rien de tout cela ; il restait planté là et la regardait avec une sombre suspicion.

La pièce vacilla un instant sous les pieds de Mally.

C'était bizarre, comme quand on est sur un bateau ; tout ce verre étincelant l'éblouit et vacilla sans faire de bruit. Elle devint toute pâle et fit trois petits pas prudents de côté jusqu'à la table en agrippant le bord. Elle l'attrapa d'une main tandis que l'autre, à tâtons, se posa sur un grand chandelier blanc opalescent. Les pampilles tintèrent. La main de Mally se referma plus fort sur l'une d'elles, dont l'angle aiguisé lui entailla la paume. La pièce cessa de tanguer. Elle fit face à Roger Mooring et murmura :

« Comment osez-vous ? Oh, comment osez-vous ?

— Mally !

— Ne me parlez pas ! Vous le croyez… Je vous ai vu le croire !

— Mally, qu'avez-vous fait ? »

À ce stade, excuser ce que fit Mally devient impossible. Elle lâcha un « Oh ! » dans un petit soupir furieux ; une rage irrépressible s'abattit sur elle tel un cyclone. Elle ôta sa bague de fiançailles qu'elle jeta au visage de Roger en visant avec une précision remarquable. Le diamant l'atteignit sur le maxillaire gauche qui se mit à saigner. Il jura, et Mally empoigna le chandelier blanc qui lui avait entaillé la main.

Roger plongea vers elle en criant :

« Attention ! Faites attention ! Vous allez casser quelque chose !

— En effet », rétorqua Mally. Et elle lança le chandelier au beau milieu de la table encombrée.

Il y eut un effroyable fracas de verre qui se brise et qui tombe, suivi d'un claquement de porte.

Roger Mooring essuya le sang sur sa joue et contempla les ruines de la collection de lady Catherine Cray.

# 13

Devant le téléphone, sir George Peterson se retourna et dit très vite :

« Elle est chez lui. Il a menti, bien sûr, mais très mal. Elle est sûrement là.

— On fait quoi ? On appelle la police ?

— Mon bon Paul ! Non, appelez Makins et Poole. Précisez qu'il s'agit d'une affaire confidentielle. Parlez-leur du diamant, et informez-les que nous ne comptons pas porter plainte par respect pour les sentiments de ma sœur, mais que nous avons des raisons de croire qu'elle est partie avec des papiers personnels importants, que nous devons récupérer. Offrez une récompense qui les allèchera sans pour autant les rendre suspicieux. Dites-leur de mettre un homme vraiment compétent sur le coup. Et surtout, pas de publicité ! »

Mally descendit en courant l'escalier de l'appartement de lady Catherine et, quand elle sortit dans la rue noire et mouillée, elle se précipita jusqu'à l'angle, où elle héla un bus et prit la dernière place libre. En réalité, ce n'était qu'une moitié de place étant donné qu'une très grosse dame avec un filet à provisions et un manteau brodé de perles et bordé de fourrure de vieux lapin occupait de tout son volume les deux tiers de la banquette.

Mally s'assit au bord et reprit sa respiration. Elle paya le contrôleur et rangea le ticket dans son porte-monnaie, qui se retrouva en compagnie d'une demi-couronne, d'un shilling, de trois pence et d'un liard tordu. En tout et pour tout, elle avait neuf pence.

Que peut-on faire avec neuf pence lorsqu'on a la police à ses trousses et qu'on n'a nulle part où aller se cacher ? Combien de temps est-il possible de tenir ?

Mally se mordilla la lèvre, car la réponse ne faisait aucun doute : « Pas très longtemps. »

Quand son ticket à un penny fut périmé, elle descendit du bus et le regarda s'éloigner en bringuebalant. Elle avait le même genre de sentiment qu'éprouve un marin abandonné qui voit son bateau disparaître dans le lointain. Elle était au croisement de deux rues – l'une sombre et tranquille, l'autre plus brillamment éclairée et vrombissante de circulation. Elle ne savait pas du tout où elle était.

Mally avança dans la rue la plus sombre en pensant que, si elle restait immobile, les gens la remarqueraient et se demanderaient ce qu'elle faisait. Elle marcha jusqu'au croisement suivant, puis revint sur ses pas : la rue qui se trouvait devant elle paraissait déserte, et son instinct la dirigea vers les lumières. Elle marcha à pas lents en s'efforçant de réfléchir. Il pleuvait – une pluie glacée qui à tout instant pourrait se transformer en neige ; il faisait très froid.

Arrivée à l'angle éclairé, Mally tourna et s'engagea dans la rue. Il y avait près de sept heures qu'elle n'avait rien mangé. Dès qu'elle essayait de songer à ce qu'elle allait faire, des visions inappropriées de soupe brûlante, de brioches, de muffins, d'œufs à la coque et de tourtes à la viande défilaient devant ses yeux et interrompaient le fil de ses pensées.

À cause de cette confusion qui régnait dans son esprit, elle ne se rendit pas compte tout de suite qu'on la suivait. Elle attendait au bord du trottoir pour laisser passer les voitures quand quelqu'un lui murmura quelque chose à l'oreille. Elle entendit un bruit, pas des mots. Elle dit malgré elle : « Je vous demande pardon ? » et tourna la tête.

Un homme se tenait près d'elle en souriant ; et dès qu'elle vit son sourire, Mally se précipita devant un taxi, contourna un bus, se cogna violemment contre un vieux monsieur corpulent et, après avoir manqué de peu se faire renverser par une voiture, arriva sur le trottoir opposé sur lequel elle se mit à courir sans se retourner. Non seulement elle était en colère, mais elle avait peur. Personne ne l'avait jamais regardée comme ça, et qu'on l'ait fait la remplit d'une rage frémissante.

Après avoir parcouru une vingtaine de mètres en courant, elle se ressaisit et ralentit le pas. *Petite idiote... Pauvre imbécile ! Il ne faut pas que tu coures. Tout le monde va te remarquer. Arrête tout de suite et marche normalement.*

Elle s'arrêta, puis repartit en marchant normalement. Ce n'était pas très facile dans la mesure où elle frissonnait de peur à l'idée de ce qui pourrait venir derrière elle. *Ne te retourne pas... C'est la pire chose à faire... Ne fais surtout pas ça.* Et d'un seul coup, elle se retourna. L'homme au sourire était à une dizaine de mètres derrière elle. Le cœur battant à tout rompre, elle recommença à courir.

Cette partie de la rue était plutôt vide. Des maisons

étaient alignées de chaque côté, mais elles n'étaient pas éclairées ; toutes les boutiques étaient fermées ; et, apparemment, il n'y avait aucun policier en vue. Mally avait le pied léger, et l'homme qui la suivait ne tenait pas à se faire remarquer en courant. Il comptait attendre qu'elle soit hors d'haleine pour la rattraper tranquillement. C'était une bonne idée, sauf que Mally la gâcha en se cachant dès qu'elle fut à bout de souffle. Sur sa droite, elle aperçut trois marches qui menaient à une porte ouverte derrière laquelle brillait de la lumière. De la lumière, ça voulait dire des gens, et des gens, ça voulait dire la sécurité. C'était en tout cas ainsi que Mally voyait les choses.

Elle monta les marches en courant et entra dans un hall pavé désert d'où partait un escalier en pierre. Il n'y avait personne, et rien n'indiquait qu'il y ait un ascenseur. Mais au moins, c'était un endroit où elle pourrait reprendre son souffle. Peut-être que celui qui la suivait penserait qu'elle habitait là et s'en irait.

Cette pensée venait de la traverser quand l'homme jeta un coup d'œil par la porte. Sans hésiter une seconde, Mally monta l'escalier. Une fois qu'elle eut commencé, elle ne put plus s'arrêter. L'escalier montait en tournant encore et encore. Il y avait des portes avec des noms écrits dessus, mais elle ne s'arrêta pas pour voir ce que pouvaient être les noms. Elle courut avec toute l'énergie désespérée de la panique jusqu'à ce qu'elle arrive au dernier étage, et là – oh, joie ! –, une porte était entrouverte.

Mally s'appuya contre le montant en reprenant son souffle. Ses jambes, aussi flageolantes que celles d'une marionnette, tremblaient et menaçaient de céder sous elle. Alors qu'elle s'appuyait au montant, une voix lui parvint de l'intérieur, une voix d'homme qui répétait des mots étranges dans une sorte de murmure fervent. Des mots, comme elle le dirait plus tard, « totalement dingues ».

« Spatial, dit la voix d'un ton sérieux. Spatial, glacial, racial, facial, palatial. » Un fort grognement suivit.

Mally entrouvrit un peu plus la porte, derrière laquelle elle découvrit un grenier, une table encombrée et un jeune homme en manches de chemise assis devant une pile de manuscrits gribouillés. Le poignet de sa manche droite était dans un état de désintégration extrême, et il serait certainement tombé s'il n'avait pas été attaché par pas moins de trois épingles de nourrice.

La bizarrerie que présentaient ces trois épingles eut un effet très rassurant sur Mally. Elle s'avança dans la pièce et ferma la porte derrière elle. « S'il vous plaît… »

Le jeune homme leva la tête. Il avait une ressemblance étonnante avec un chat blond-roux pas encore adulte ; de ses yeux d'un bleu laiteux il regarda vaguement Mally et répéta avec circonspection : « Sommet glacial, air glacial, torrent facial. »

Une infime pointe de défi teinta le dernier mot ; les yeux bleu pâle exprimaient une légère obstination.

« Torrent *quoi* ? » dit Mally. Elle se sentait complètement rassurée. Elle se trouvait devant un authentique poète dans un authentique grenier, et le poète et le grenier étaient aussi inoffensifs qu'on pouvait l'être.

« Facial, répondit le jeune homme. J'ai *dit* facial.

— Oui, je sais. Mais qu'est-ce que ça signifie ?

— Un torrent qui coule sur la face des rochers. »

Mally s'assit sur une chaise très branlante et éclata de rire.

« Mais un torrent coule sur la face des rochers ! » protesta le poète blessé.

Mally sortit son mouchoir de sa poche. Il était encore trempé des larmes de rage qu'elle avait versées dans l'appartement. Elle le trempa encore un peu plus, sauf que ce fut cette fois de larmes de rire. Puis elle secoua la tête.

« Ah, c'est tout le temps pareil ! enchaîna le poète d'un air sombre. À la moindre chose originale, singulière, la dent de la critique destructrice se referme et désintègre tout !

— Non, arrêtez ! » Mally se tenait les côtes. Mieux valait rire que pleurer. Cependant, elle ne voulait faire ni l'un ni l'autre. Elle voulait manger.

Le jeune homme attrapa son manuscrit et le jeta par terre d'un geste impétueux.

« D'accord… Comme vous voudrez… Pourquoi j'écris ? Pourquoi écrit-on ? À quoi bon ? Pourquoi ne suis-je pas employé de bureau ?

— Je ne sais pas », répondit poliment Mally.

Et avec une soudaineté surprenante, le poète blessé devint un jeune homme à la curiosité humaine. Il regarda Mally comme s'il la voyait pour la première fois, lui dit « Bonsoir ! » d'un air intrigué et demanda :

« Vous voulez quelque chose ?

— Oui. Je voudrais quelque chose à manger.

— Quelque chose à manger ? »

Mally répéta avec une fermeté fort louable :

« Quelque chose à *manger* – M-A-N-G-E-R. »

La bouche du poète s'ouvrit à moitié. Il était dix heures du soir. Castleby était sorti, il ne reviendrait pas avant minuit ; lui, Wilfrid, était seul, absolument seul et sans aucune protection ; et face à lui se trouvait cette fille surgie de nulle part qui voulait quelque chose à manger. La situation était des plus extraordinaires. Si extraordinaire que le sommet glacial, l'air spatial et tout le reste s'évanouit et cessa d'exister.

L'espace d'un fol instant, Wilfrid Witherby regretta que sa tante Judith ne soit pas présente. Il perdit son sang-froid et reprit le bégaiement que sa tante avait si sévèrement réprimé dans son enfance.

« Que… que… quel genre de chose à manger ? »

Une lueur d'espoir éclaira l'œil de Mally.

« *N'importe quoi*. Je *meurs* de faim.

— De… de… de faim !

— Oui. Vous n'auriez pas de la soupe… ou du café… ou des sardines… ou du corned-beef… ou des brioches ? Je pourrais manger tout ça.

— Des b… br… brioches ?

— *N'importe quoi !* » répéta Mally, désespérée. Elle commençait à avoir une piètre opinion de l'intelligence de ce garçon.

« Nous n'avons pas de br… br… brioches. »

Mally se leva d'un bond et tapa dans ses mains.

« Arrêtez de dire brioches, sinon je hurle ! Avez-vous quelque chose à manger, oui ou non ?

— Ca… Castleby a des bi… bi… biscuits. »

Mally poussa un cri de joie.

Comme en transe, Mr. Witherby alla farfouiller dans un coin de la pièce où il trouva une boîte en fer dépourvue de couvercle. Il la posa sur la table.

« Ce sont des g… gâ… gâteaux secs au gin… gingembre. Castleby adore les gâteaux secs au gingembre. Personnellement, je les trouve infâmes. »

Mally approcha la chaise branlante de la table encombrée et commença à manger des gâteaux secs au gingembre. Ils n'étaient pas bons, trop mous et plus de la première fraîcheur, mais il y en avait en quantité. Elle en mangea environ cinq cents grammes, puis demanda quelque chose à boire.

« Il n'y a rien à boire. »

Wilfrid avait recouvré un débit d'élocution normal, mais il avait conscience d'être un peu étourdi. Pendant que Mally mangeait les biscuits, il la regarda d'un œil fixe en ayant le sentiment que tout ça faisait probablement partie d'un de ses rêves les plus étranges, et qu'à tout instant la jeune fille allait s'évaporer dans l'air ou se dissoudre en quelqu'un d'autre.

« Il n'y a rien à boire, dit-il.

— Qu'est-ce que vous racontez ? Il y a sûrement quelque chose !

— Non.

— Vous ne vous *lavez* pas ?

— Oh… *de l'eau !* »

Il était évident que Wilfrid ne considérait pas l'eau comme une boisson. Mally lui jeta un regard de reproche ; un bref instant, elle lui fit penser à sa tante Judith.

« Donnez-moi de l'eau… s'il vous plaît. »

L'eau, quand elle arriva, n'était pas très bonne ; elle avait un vague arrière-goût de savon à barbe. Bien que Mally ait très soif, elle ne but pas tout. Quand elle eut reposé le gobelet craquelé, elle poussa un soupir et sourit soudain d'un sourire éblouissant.

« Vous remercierez Mr. Castleby pour les biscuits ! » Puis, sans aucune honte, elle en fourra une dizaine dans sa poche. « Ça ne le dérangera pas ? » demanda-t-elle en souriant de nouveau.

Wilfrid décida que c'était un rêve agréable et qu'il aimerait bien qu'il se prolonge.

« Il sera ra… ravi. C'est un très bon ga… garçon,

vraiment. Il n'est pas du tout comme on pense que sont les détectives. »

Un vilain petit frisson remonta d'un côté de Mally en redescendant de l'autre. Elle prit un biscuit et le regarda fixement.

« Mr. Castleby est détective ?

— Oui, je crois. Personnellement je détesterais, mais ça a l'air de lui plaire. Ce soir, il est sorti brusquement pour une mission très spéciale : retrouver une fille qui a disparu.

Mally, qui fixait toujours le biscuit au gingembre, le vit comme un immense disque brun dont le bord tremblait. Le phénomène ne dura qu'une seconde. Puis il reprit sa taille normale ; mais ses doigts l'avaient serré si fort qu'ils l'avaient déformé. Elle le mit dans sa poche avec les autres d'un air songeur, suça son doigt tout collant et sourit une dernière fois à Wilfrid Witherby.

« Merci beaucoup pour cet aimable dîner », lui dit-elle. Et là-dessus, elle disparut.

# 14

Autant le préciser tout de suite, la mission de Mr. Castleby n'avait rien à voir avec Mally Lee. Si celle-ci avait lu un journal du soir, elle aurait appris que la presse à scandale s'inquiétait de la disparition simultanée d'une certaine miss Ellen Marshman et du contenu de la caisse de son employeur. Néanmoins, sa propre affaire recevait l'experte attention de Mr. Alfred Dawson, un des sous-fifres les plus brillants de Messrs. Makins et Poole.

Ces derniers n'étaient pas du genre à se reposer sur leurs lauriers. Dès qu'ils avaient reçu les instructions de Mr. Paul Craddock par téléphone, ils avaient agi avec une promptitude admirable. Les dépenses n'étant pas un problème, leur Mr. Alfred Dawson se rendit à l'appartement de lady Catherine Cray en taxi. Ce ne fut pas sa faute s'il arriva trop tard pour voir Mally monter dans un bus ; toutefois, il eut un coup de chance en rencontrant une dame mécontente qui aurait aimé s'asseoir à la place qu'avait prise Mally. Une dame forte et volubile qui, lorsqu'elle avait à se plaindre de quelque chose, tenait à ce que la terre entière soit au courant.

« Cette petite tricheuse… Me faire ça à moi qui suis

mère de quinze enfants ! Des gifles, c'est tout ce que méritent les filles d'aujourd'hui ! Et elles verront bien comment c'est, quand elles auront un mari ! Ne vous laissez insulter par personne, homme ou femme, sans en faire autant ! C'est ce que je leur dis à toutes, je ne me suis jamais laissé insulter par personne, sachez-le bien ! Mais… où en étais-je ? »

Mr. Alfred Dawson, attendant le prochain bus à côté de l'impressionnante matrone, répondit avec une politesse toute professionnelle :

« Vous me parliez de la jeune dame qui a pris votre place. »

La femme émit un grognement.

« Une dame, ah, ça non ! J'espère moi-même en être une, et savoir reconnaître une dame quand j'en vois une ! Une dame, ah ça non ! » Elle se tut un instant, puis reprit avec autant de rapidité que d'amertume. « Et pour ce qui est de ce contrôleur, si vous voulez savoir ce que j'en pense… Un drôle de zigoto, avec la morale d'un lapin, qu'on aurait mieux fait de noyer à la naissance, au lieu de le prendre par la peau du cou pour insulter des femmes respectables de mon âge avec son “À l'extérieur ! Il y a de la place en haut à l'extérieur !” J'espère qu'il m'a entendu quand je lui ai dit : “Allez-y donc vous-mêmes, vous et les freluquets dans votre genre ! Laissez la place aux dames qui font deux fois le poids que vous n'avez jamais fait et ne ferez jamais, et qui ne vont pas prendre le risque de se briser la nuque en montant votre escalier !”

— Ah… Et à quoi disiez-vous que ressemblait la jeune personne qui a pris votre place ? »

Mr. Alfred Dawson déploya pas mal d'énergie et de ressources pour retrouver le bus de Mally, après quoi, l'ayant retrouvé, il interrogea le contrôleur freluquet et l'engagea à se rappeler où Mally était descendue. Lui-même arriva à cet endroit au moment précis où Mally avait mis six biscuits au gingembre dans sa poche et contemplait le septième.

Il regarda de part et d'autre de la rue, décida à pile ou face de quel côté aller, puis partit dans la direction que Mally avait prise. Les chances qu'il tombe sur quelque chose qui lui serait d'une quelconque utilité étaient maigres, mais il était consciencieux et voulait faire de son mieux.

Mally descendit les six étages de l'escalier en pierre encore plus vite qu'elle ne les avait montés. Elle savait dès lors ce que ressentaient les criminels ; à chaque tournant, elle s'attendait à rencontrer Mr. Castleby muni d'un mandat d'arrêt. Le fait qu'elle venait de manger cinq cents grammes de ses biscuits n'était pas sans ajouter un caractère poignant à la situation.

Dans le petit hall, elle attendit un moment, puis se glissa prudemment jusqu'à la porte, jeta un coup d'œil et, hors d'haleine, sortit sur le trottoir désert. Dieu merci, l'horreur visqueuse qui l'avait suivie était partie !

Mally reprit courage, bien que sans véritable raison. La pluie avait laissé place à un grésil qui se transformerait certainement en neige d'ici le matin. Elle n'avait nulle part où aller. Elle ne connaissait personne à Londres à part Roger et les Peterson. Elle n'avait en poche que quelques sous. Elle n'avait pas de parapluie. D'un autre côté, elle venait de manger quelque chose, avait évité Mr. Castleby et avait rompu ses fiançailles avec Roger Mooring.

Mally en était à ce stade de ses réflexions quand elle et Mr. Dawson se croisèrent. Une fois de plus, Dawson eut de la chance. Au moment où il la croisa, un réverbère éclairait pleinement Mally. En voyant une jeune fille en manteau bleu marine avec un chapeau en feutre noir, il se remémora rapidement la description officielle qu'on lui avait transmise : « Un mètre soixante-quatre ; très menue ; petit visage plutôt pâle ; yeux noisette tirant sur le vert et cils noirs ; cheveux foncés ; porte sans doute un pull et une jupe bleu marine, un manteau bleu marine sans fourrure, un petit chapeau noir incliné sur l'avant, un petit bijou en pâte représentant un panier de fleurs. »

Ces détails fidèles avaient été fournis par Jones. Chacun d'eux, à l'exception peut-être du petit panier de fleurs, aurait pu s'appliquer à Mally comme à un nombre indéfini d'autres jeunes femmes. Londres est remplie de petites jeunes filles menues en manteau bleu marine et chapeau de feutre noir. La plupart des manteaux, il est vrai, ont de la fourrure, et très peu de chapeaux en feutre noir seraient susceptibles d'arborer un bijou en forme de panier de fleurs.

Après avoir laissé Mally atteindre le coin de la rue, Alfred Dawson fit demi-tour et commença à la suivre. Quand elle était passée près de lui, il n'avait vu que le côté droit de son chapeau. Il fallait qu'il voie l'autre. Et si celui-ci était piqué d'une broche ou d'une épingle en forme de panier de fleurs, il aurait la certitude d'avoir eu la chance incroyable de tomber sur miss Lee.

Mally traversa puis remonta la longue rue humide. Elle regretta de ne pas avoir demandé à Wilfrid Witherby où elle était. Elle avança en ayant l'intention d'arrêter la première femme respectable qu'elle verrait pour la prier de lui indiquer la gare la plus proche.

Waterloo – elle aurait bien aimé que ce soit la gare de Waterloo. Elle avait dans l'idée que des trains y arrivaient et en partaient toute la nuit. Elle prendrait un billet pour une destination à proximité, et les employés la laisseraient patienter dans la salle d'attente. Là, il ferait chaud. Elle trouva que c'était un très bon plan ; la seule difficulté pour le mettre à exécution était qu'elle ne savait pas du tout comment aller à Waterloo.

Elle traîna jusqu'à ce que ses chaussures se mettent à clapoter. Ce fut au moment où elle remarqua le bruit horrible qu'elle entendit aussi les pas de Mr. Alfred Dawson. Elle fronça les sourcils et marcha un peu plus vite. Il était peut-être parfaitement inoffensif, ou peut-être pas.

Après avoir marché à des allures diverses sur près de huit cents mètres, elle fut certaine que les pas avaient un but, et que ce but était de la suivre. Elle se dit que la rue n'en finirait jamais. Et soudain, celle-ci prit fin, déboucha sur une grande artère, où des bus et des foules de gens se bousculaient. Juste en face, un grand cinéma était en train de se vider de ses spectateurs. Mally vit aussitôt sa chance et se faufila dans la foule.

Inutile d'espérer trouver une place assise dans le bus. La foule n'était pas très aimable – ça poussait très fort dans tous les sens. Mally se dégagea tant bien que mal de la cohue. Puis elle demanda à une fille qui avait à peu près son âge de lui expliquer comment aller à Waterloo. La fille la dévisagea. Mally reposa la question.

« Alors ça, j'en sais rien », répondit la fille.

Mally tenta sa chance auprès d'une femme plus âgée, qui lui donna des indications d'une fluidité confuse qui se mélangèrent dans son esprit et s'embrouillèrent.

« Première à gauche, deuxième à droite, troisième à gauche, et là, vous prenez le métro. »

Ça ressemblait plus ou moins à ça. Mais elle n'était pas certaine de ne pas avoir confondu le nombre de fois où il fallait tourner. Elle allait reposer la question quand elle eut tout à coup l'insidieuse impression qu'elle était en danger. L'homme qui la suivait – peut-être était-ce Mr. Castleby… Elle ne chercha pas à trouver une autre explication. Elle se mit à courir.

Mr. Alfred Dawson, en effet, n'était qu'à une dizaine de mètres derrière elle. Il avait vu Mally et, perché sur le bord gauche de son chapeau, il y avait bel et bien un petit panier de fleurs étincelantes. Un sentiment de triomphe l'inonda. Et au même instant, un sentiment de déception. Il perçut l'air affolé de Mally et il la vit se mettre à courir. Puis, alors qu'un bus s'arrêtait devant lui, il se retrouva entraîné dans une soudaine cohue qui l'emporta.

On peut dire qu'il fit de son mieux. Il poussa trois grosses dames à la suite, ce qui lui valut trois réprimandes plus ou moins grossières lui reprochant de ne pas être un gentleman. Il marcha sur les pieds d'un coursier, et une autre dame le traita de brute épaisse. En dépit de tous ses efforts, le flot l'emporta et, lorsque sa violence diminua et que le bus fut parti, Mally avait disparu.

Il se mit à courir comme on court pour attraper un train ; la rue s'étirait sur trois cents mètres sans un seul tournant. Qu'était devenue la fille ? Elle n'était pas dans la rue, et quand il arriva à un angle, il se rendit compte qu'il s'agissait d'une petite impasse déserte. Ce fut un jeune homme très en colère en même temps que très perplexe qui renonça à chercher miss Lee et rentra chez lui.

Mally s'était assurément échappée de peu. Quand Mr. Alfred Dawson la regarda, elle le vit comme quelqu'un dans la foule. En fait, elle avait déjà commencé à courir avant même d'en prendre conscience parce que ce grand jeune homme l'avait regardée, d'un regard qui était celui de la reconnaissance triomphante. Elle laissa la foule derrière elle et se retrouva sur la longue étendue de trottoir devant elle ; pas un tournant, par une arche, pas le moindre endroit où se cacher ; rien que des maisons, très hautes et sombres ; des boutiques fermées ; encore des maisons ; encore des boutiques. Et puis une rangée de pompes à essence et la façade d'un grand garage éclairé en rouge vif sous le projecteur fixé au-dessus. Si éclatante que c'était presque douloureux, en sortant brusquement du sombre et du mouillé, une telle giclée d'écarlate. Et comme Mally le regardait, une porte coulissa et un garçon sortit en sifflotant. Il regarda un instant la rue, et derrière lui, entre lui et Mally, il y avait un espace large de trente centimètres dans l'écarlate.

Mally se faufila dans l'espace et entra dans un endroit qui lui paraissait pour l'instant être noir comme dans un four. Elle devait s'éloigner de la porte. Elle ne pouvait pas attendre que ses yeux s'accoutument à passer de l'éblouissement aux ténèbres. Il fallait qu'elle s'éloigne en vitesse avant que le garçon ne revienne. Elle garda la main sur l'intérieur de la porte coulissante et avança vers la droite ; et au bout de cinq ou six pas, elle réussit à voir où elle allait.

Des tas de voitures étaient garées les unes à côté des autres – la cachette la plus splendide du monde ! Elle atteignit le mur latéral, se faufila entre une limousine Rolls Royce et un landaulet Lanchester, puis entendit le garçon revenir en sifflotant et refermer la porte dans un grand bruit.

Mally se plaqua contre la Rolls sans bouger ni respirer. S'il venait par ici… S'il le faisait… Mais le garçon passa au milieu du long garage, et les notes de *Tea for Two* qu'il sifflotait s'éloignèrent.

Mally était pleine de reconnaissance à l'égard de ce garage. Si un palais enchanté avait soudain surgi pour la protéger, elle n'en aurait pas éprouvé davantage de gratitude. Ici, il faisait sec – elle s'aperçut qu'elle était très mouillée. Surtout, l'endroit était merveilleusement sûr. Le garçon avait fermé la porte. Le mur écarlate ininterrompu éclairait de nouveau la rue. Personne n'irait imaginer qu'elle se trouvait là. Un abri, au chaud, au sec et en sécurité – que demander de mieux ? Et ce n'était pas tout. L'une ou l'autre de ces voitures lui fournirait un lit luxueux pour la nuit.

À l'instant où cette brillante idée la traversa, elle faillit éclater de rire, puis elle entreprit de choisir ses quartiers en toute discrétion. Pas la Rolls Royce, ni le Lanchester. Les limousines et les landaulets étaient plus susceptibles de circuler à Londres qu'une voiture de tourisme. Un coin de son esprit recelait la vision magnifique d'un départ de Londres en glissant dans l'obscurité sur des routes de campagne.

C'était là un vague écho du plan qu'elle avait échafaudé il y a cent ans, lorsqu'elle était encore fiancée à Roger et avait cru qu'il l'emmènerait à Curston en voiture et la protégerait du monde. Elle chercha donc une voiture de tourisme et aperçut une grosse Wolseley quatre places, couverte d'éclaboussures de boue. La capote était ouverte, et les vitres latérales fermées. Elle ouvrit la portière arrière et monta en tâtonnant.

Une grande couverture gisait en tas par terre, sur

laquelle elle faillit trébucher. La banquette paraissait d'un confort attrayant. Mais Mally ne se laisserait pas détourner de la stricte voie de la sécurité. Si elle s'asseyait par terre sur un bout de la couverture et la ramenait sur elle, personne ne devinerait qu'elle était là, à moins de vouloir s'asseoir sur la banquette arrière. Auquel cas, évidemment, tout serait fini.

Mally n'était pas encline à chercher les ennuis. La couverture était merveilleusement douce et chaude. Elle mangea trois autres biscuits au gingembre, puis envisagea d'en prendre un quatrième ; cependant, juste à ce moment-là, la somnolence l'enveloppa comme un épais brouillard blanc et, très vite, elle s'endormit sur le sol d'une Wolseley, la tête contre le siège et la chaude couverture remontée sur elle.

# 15

À peu près au même moment où l'excellente Jones était occupée à fouiller Mally, sir Julian Le Mesurier lisait un rapport détaillé et confidentiel qu'il avait reçu le jour même. Il y était question des affaires de Peterson & Co., l'entreprise de transport maritime dont sir George Peterson était l'unique partenaire survivant.

Le rapport révélait une situation difficilement compatible avec le style de vie que menait sir George et le solde extrêmement confortable de son compte en banque. Lorsqu'un homme a plus d'argent – beaucoup plus – que ne lui en rapporte sa profession, le Département des enquêtes criminelles a dès lors une bonne raison pour garder un œil sur ses activités.

Piggy termina de lire le rapport et resta là à le contempler. Quand il réfléchissait sérieusement, il avait la manie de dessiner des chats. Il commença à en dessiner – deux chats au dos arqué avec une queue en goupillon en train de cracher l'un sur l'autre. Il dessinait bien et accordait une réelle attention aux détails. Chacun des chats avait trois griffes aiguisées dégainées, quatre poils de moustache d'un côté, et trois de l'autre ; leurs yeux saillaient avec malice.

Quand il eut dessiné une clôture de jardin sous leurs pattes, il repoussa le rapport, décrocha le téléphone et demanda le numéro de son cousin Julian Forsham. La voix, un peu contrariée, de ce dernier dit : « Allô ?

— Salut Ju-Ju ! »

La contrariété s'envola.

« C'est toi, Piggy ? J'allais passer te voir demain. Je suis arrivé seulement aujourd'hui.

— C'est ce que m'a appris le *Times*. »

Mr. Julian Forsham, rappelons-le, était un peu connu à la fois comme explorateur et homme de lettres. Il grogna.

« Mes premières vingt-quatre heures en ville, je les ai passées au téléphone ! Quelle salutaire invention ! »

Piggy rit.

« D'accord, je ne te tiendrai pas longtemps la jambe. J'imagine que tu vas au dîner des Loups en l'honneur de Lawrence Marrington. J'avais presque oublié que tu étais un Loup. »

Julian grogna de nouveau.

« Si je n'étais pas venu, tout le monde aurait dit que deux hommes du métier ne s'entendent jamais. En tout cas, c'est ce qu'Annabel m'a assuré qu'on dirait. Alors elle a fait ma valise et m'a poussé dans le train. Elle a même dit que ça me plairait – c'est ce qui s'appelle ajouter l'insulte à l'injure !

— Tu ne connais pas ta chance ! Je donnerais n'importe quoi pour être à ta place. Sérieusement, j'aimerais bien rencontrer ce type.

— Pourquoi donc ?

— Une passion pour les pyramides aztèques, le culte du Soleil, et… euh… les vierges du Soleil et ce genre de choses. » La voix de Piggy était parfaitement impassible.

Ce fut au tour de Julian Forsham de rire.

« Quel colossal imposteur tu fais ! Je suis persuadé que tu n'as pas pensé au Pérou depuis que tu as reçu un prix "Prescott" il y a une éternité. Bon, qu'est-ce que tu veux ?

— Venir au dîner de ce soir. Ou, si c'est impossible, j'aimerais passer après. »

Le sifflement qu'émit Mr. Julian Forsham arriva fidèlement au bout du fil. L'air qu'il sifflotait avait un sous-entendu grivois ; en fait, c'était l'air bien connu des *Pirates de Penzance* : « Tels des chats poursuivant leur proie, nous volons ». Puis il cessa de siffler et dit :

« D'accord, je t'invite. Tu pourras dîner. Et note bien que tu as de la chance, mon vieux Piggy ! Carstairs était mon invité – *Carstairs était un ministre* –, mais il m'a appelé il n'y a pas dix minutes pour me prévenir que le Premier ministre lui avait demandé de venir le rejoindre dans sa résidence secondaire. S'il n'avait pas décliné l'invitation, je ne vois pas ce que j'aurais pu faire pour toi. Tout le monde à Londres veut rencontrer Marrington. Il a fait des découvertes incroyables et a rapporté des choses merveilleuses. »

« Je ne vois pas Peterson », dit sir Julian Le Mesurier en levant le nez de son assiette de soupe. Ses petits yeux qui voyaient tout scrutèrent la table d'un bout à l'autre.

« Tu veux voir Peterson ? » rétorqua Julian Forsham.

Piggy grommela un vague « Mmm » et continua à manger sa soupe.

Son autre voisin de table, un petit homme à l'œil vif et à la barbe en pointe, Manisty, un artiste, le renseigna sur l'absence de sir George.

« Peterson viendra plus tard. Il a téléphoné. Il ne

pouvait pas arriver à temps pour le dîner. Un engagement professionnel important. Une réunion de conseil. Je me suis toujours demandé pourquoi on n'appelait pas plutôt ça réunion d'ennui ! Je suis bien content de ne pas être dans les affaires. Ce n'est qu'ennui, hausse, baisse et faillite. Surtout faillite ! “Limiter les dépenses et rester solvable”, c'est ma devise. »

Piggy reposa sa cuiller, attrapa le menu, sortit un crayon de quelque part et commença à dessiner une frise de chats.

« Peterson… j'imagine qu'il est plus que solvable », observa-t-il.

Manisty laissa tomber Peterson et commença à plaisanter sur le séquestre judiciaire. Piggy le laissa poursuivre le temps de dessiner trois autres chats, puis le ramena à sir George.

Julian Forsham rit par-devers lui. « Piggy en chasse ! », tel fut le commentaire qu'il se fit intérieurement. *Les vierges du Soleil, tu parles ! Je me demande combien de temps il pourrait parler à Marrington sans se faire pincer. Quel vieux roublard ! Mais pourquoi voulait-il venir ici pour voir le misérable Peterson ?*

Son regard et ses pensées se reportèrent sur Lawrence Marrington. Et la minute suivante, Manisty se penchait vers lui en disant : « Que pensez-vous de lui ? Vous le connaissez ? »

Julian secoua la tête.

« Moi oui, reprit Manisty. Enfin, je le connaissais. Je l'ai croisé il y a deux ans alors qu'il parcourait Londres comme un lion affamé à la recherche d'un financier à dévorer. Il avait prévu cette expédition, et il n'avait pas un radis. Je vous assure, il était fou de rage !

— Finalement, il l'a menée à bien. »

Manisty hocha la tête.

« C'est drôle comme se passent les choses… Il y a deux ans, personne n'avait entendu parler de lui, pas plus qu'il y a deux *mois*. Et là (il fit un geste accompagné d'une grimace), *je* vais peindre son portrait.

— C'est un bon sujet. »

Manisty acquiesça de nouveau.

« J'aimerais l'appeler *Briser la forme*, mais je suppose que ce n'est pas possible. »

Les trois hommes regardèrent Lawrence Marrington.

« Vous voyez ce que je veux dire ? enchaîna Manisty. Il a commencé en étant un aristocrate typique – longue et bonne éducation, bien de sa personne, plutôt méprisant, le regard pénétrant. C'était lui avant qu'il ait connu la faim, n'ait plus que la peau sur les os et ait vu la mort de près. Le type a l'œil calme et pensif ; cet homme regarde du coin de l'œil pour voir ce qui va lui arriver ensuite. »

Julian Forsham éclata de rire.

« J'espère que vous n'aurez jamais envie de me peindre, Manisty ! »

Piggy continua à dessiner des chats. Manisty continua à parler.

« Il a eu une bonne presse. L'ignorance est la mère de l'adulation. Je ne sais rien du Pérou. Vous ne savez rien du Pérou. » Ses yeux vifs et alertes défièrent Piggy, défièrent Julian. « Du fond de notre ignorance abyssale, nous voyons un homme qui peut distinguer un Inca d'un iguane, un être capable de prononcer des mots comme Quetzalcoatl, et des choses qui se terminent par “hualtepec”. Naturellement, nous sommes à genoux devant lui. Nous l'adulons. Nous le portons aux nues. Nous le distrayons. Nous lui épargnons un ou deux articles en politique et au tribunal de police.

N'est-ce pas, Forsham ? C'est ce qu'on a fait pour vous l'année dernière. La Chaldée, c'était ça ? S'il est possible d'en savoir moins sur une chose que j'en sais sur le Pérou, c'est sur la Chaldée. Mais les noms sont plus faciles à prononcer – courts et chouettes, comme "Ur". Ha, ha, ça vous offusque ? Vous ressentez quoi ? Oh, Seigneur ! Figurez-vous que je dois faire un discours dans une minute… C'est pour ça que je suis aussi mutique et déprimé. »

Il se leva et prononça son discours, l'air très à son aise. La seule tête à ne pas se tourner vers lui fut celle de Mr. Marrington, qui s'enfonça paresseusement dans son fauteuil sans cacher son ennui. Et quand il s'ennuyait, il retrouvait complètement sa vraie nature, qui était la quintessence même du bel aristocrate indolent.

« Habitué que je suis à parler en public, commença Manisty, il me serait très facile de… de tous vous parodier. En réalité, la parodie est le but et l'objet de l'art oratoire. Mais je suis une âme sincère et honnête avant d'être un orateur, aussi mettrai-je les choses au point en vous avouant que tout ce que je sais sur le Pérou et… euh… sur les Aztèques, je l'ai puisé dans une encyclopédie de poche pendant que je m'habillais pour me rendre à ce dîner. Mr. Lawrence Marrington… » Il passa à des compliments fort bien tournés, dit les bonnes choses de la bonne façon au bon moment, s'inclina devant l'invité de la soirée, puis revint s'asseoir en grognant.

Lentement, presque à contrecœur, Lawrence Marrington se leva pour répondre. Il était très grand, très mince, très bronzé, et la marque d'une ancienne cicatrice faisait comme un faux pli sur une de ses joues. Il commença à parler d'une voix basse inaudible et, pendant cinq minutes, l'ennui alimenta la répétition hésitante de platitudes. Puis il y eut soudain un total changement. Il se mit à parler d'expériences concrètes, d'épreuves, de dangers, de délais, de suspense, d'accomplissement. La voix se fit forte et claire ; le long dos languide se redressa. La passion de l'enthousiaste, du fanatique, monta en lui tel un feu. À la fin, l'homme se montra d'une réelle éloquence, l'éloquence de la véritable passion.

Sir Julian Le Mesurier, qui observait son cousin, vit que son visage sombre était aussi émerveillé et captivé que celui de Marrington. Il se fit la réflexion que le vieux Ju-Ju n'allait pas tarder à repartir sur les sentiers.

Sir George Peterson arriva juste au moment où Marrington terminait son discours. Manisty lui fit signe, et il vint s'asseoir à la table entre celui-ci et Chetwynd Case, le conseiller royal.

« Vous avez raté le meilleur, dit Manisty. Ce qui vous a retenu en valait la peine, j'espère ? »

Sir George rit de son rire cordial. Il venait d'apercevoir sir Julian Le Mesurier.

« Salut, Piggy ! Bonsoir, Forsham ! » Puis, se tournant vers Manisty, il répondit à sa question : « Si ça en valait la peine ? Pas vraiment. En fait, il ne s'agissait pas d'une affaire professionnelle, mais d'un contretemps domestique – une gouvernante d'enfant kleptomane… et ma sœur tellement bouleversée que je ne pouvais pas la laisser. C'est une chose extraordinaire que la kleptomanie !

— Il semblerait qu'elle ait gagné le monde, observa sèchement Manisty. Autrefois, on voyait cela dans la plus haute société. Une duchesse pouvait être atteinte de kleptomanie, mais une gouvernante d'enfant… volait ! Pourquoi ne pas le dire simplement ? »

Sir George se renfrogna.

« Je ne sais pas. J'étais désolé pour la demoiselle. Nous l'aimions tous bien. On préfère penser qu'elle est dérangée. Ma foi, je regrette d'avoir raté le discours de Marrington.

— Vous l'avez déjà rencontré ? demanda sir Julian.

— Moi ? Non. Je suppose que nous ne sommes pas nombreux à le connaître. Pourquoi ?

— J'aimerais bien lui parler. Où séjourne-t-il, Manisty ?

— Oh, il n'est pas en ville… Il évite les journalistes. Il séjourne dans le Surrey, chez les Lennox. Je crois qu'il y retourne ce soir. Oh, mon Dieu quelle plaie ! Crewthorn va prendre la parole… »

# 16

Quand Lawrence Marrington quitta les Loups, il refusa qu'on lui appelle un taxi, qu'on le raccompagne en voiture, ou quelque compagnie que ce soit.

La nuit était particulièrement exécrable ; les trottoirs ruisselaient d'une pluie qui n'était pas loin d'être de la glace, l'air piquait d'une neige fondue qui se transformait indubitablement en neige. Lawrence Marrington respira une grande goulée de cet air glacé et sembla trouver cela agréable. Après avoir ôté son chapeau claque, il s'éloigna tête nue dans les rues sombres et désertes.

Il marcha pendant une bonne demi-heure avant d'arriver à un carrefour. Un nouveau cinéma immense se trouvait sur la gauche, l'enseigne lumineuse éteinte, la masse énorme ne se distinguant que comme une masse noire informe.

Marrington traversa la rue. Quelques heures plus tôt, il aurait dû se faufiler avec circonspection au milieu de la circulation ; maintenant, il pouvait traverser sans même regarder. Il suivit le trottoir sur environ deux cents mètres et s'arrêta devant une lampe à arc qui perçait l'obscurité en éclairant la longue façade rouge vif d'un garage.

Mally Lee avait sombré dans les eaux du sommeil les plus profondes où ne parvient aucun bruit. Les rêves n'accèdent pas à de telles abysses. Elle dormait sans bouger, la tête contre le siège, la couverture sur elle. Si un coup de tonnerre avait retenti juste au-dessus d'elle, il ne l'aurait pas réveillée.

Le bourdonnement du starter, la vibration du moteur, puis le coup de klaxon que donna Marrington en sortant du garage en marche arrière, rien de tout cela ne lui parvint ; elle continua à dormir, la respiration lente et profonde, une main sous la joue, les lèvres entrouvertes sur un sourire enfantin.

Ce fut environ une demi-heure plus tard qu'elle commença à remonter de ces profondeurs, à revenir à la surface de la conscience. Elle rêva qu'elle était dans un avion qui volait très haut sous une lune flamboyante. Elle était poursuivie par Paul Craddock, qui volait derrière elle dans un omnibus vert vif faisant un bruit d'enfer. Mally savait que, si elle arrivait à atteindre la Voie lactée, elle serait hors de danger. Mais l'omnibus gagnait du terrain, et il faisait un tel vacarme qu'elle ne pouvait ni réfléchir ni crier à l'aide. Le bus arriva en rugissant, et pile au moment où Paul Craddock voulut l'attraper, elle sauta et tomba en effectuant un plongeon à faire vomir. Et là, d'un seul coup, lui poussèrent des ailes qui lui permirent de remonter. Des ailes bizarres et flasques, car elles étaient faites dans ce tissu mou en nid-d'abeilles dont sont fabriqués les dessus-de-lits bon marché.

Mally recommença à tomber – lentement, très lentement – jusqu'à ce que ses pieds touchent le sol, et, brusquement, la lune disparut et tout devint noir. C'est dans cette impression d'obscurité qu'elle se réveilla. La lune avait été éclatante, or là, elle ne voyait rien du tout. Elle remua, sentit la couverture qui l'entravait et se rendit compte qu'elle était tout ankylosée ; la main sous sa joue était froide ; ses pieds étaient froids. Elle repoussa la couverture en se redressant et sentit que la voiture roulait.

Elle roulait sans à-coups, régulièrement, et à vive allure. Lorsque Mally se redressa, elle aperçut des haies noires qui défilaient. C'était exactement ainsi qu'elle avait imaginé sa fuite ; sauf qu'elle aurait dû être assise à côté de Roger, en route pour Curston et la sécurité. Elle fixa la tête qui se découpait dans la lueur des phares. Il n'y avait plus de Roger – et d'ailleurs, *c'était tant mieux !* Elle roulait en compagnie d'un inconnu vers une direction inconnue.

Une extrême et violente curiosité prit possession de Mally. La situation était exaltante à l'extrême. Elle avait quitté Londres. Et sans se départir d'une seule de ses rares et précieuses pièces de monnaie. C'était exaltant au-delà des mots. Elle était simplement débordée de curiosité. De l'homme qui conduisait, elle ne distinguait que le contour de la tête et les oreilles. Des oreilles qui n'étaient pas décollées, qui dépassaient juste un peu. Mally se dit qu'elle aurait détesté être sauvée par un homme aux oreilles décollées.

Elle continua à observer l'arrière de sa tête, sans que cela la renseigne en rien. Elle aurait bien voulu oser s'asseoir sur la banquette : maintenant qu'elle était réveillée, le sol lui semblait horriblement dur. Elle se demanda si elle pouvait le faire, mais décida que ce serait trop risqué. Et là, alors même qu'elle en arrivait à cette conclusion, la voiture tourna et franchit un portail, roula entre des arbres sur environ quatre cents mètres, puis sur une cour pavée, et entra dans un garage ouvert.

L'homme descendit de la voiture, passa à l'arrière et, avant que Mally ait pu deviner ce qu'il allait faire, il ouvrit la portière pour prendre la couverture. La main attrapa la couverture, commença à la tirer, puis s'immobilisa.

Il fallut une seconde à Marrington pour réaliser que la couverture qui aurait dû être froide était toute chaude.

« Qui est là ? » demanda-t-il sans élever la voix.

Mally s'éloigna de la main, s'assit bien droit et répondit avec une pointe de défi :

« C'est moi. Si vous voulez bien vous pousser, je vais sortir. »

Marrington ne bougea pas, mais il éclata de rire.

« Je voudrais sortir. »

Il rit de nouveau.

« Vous êtes plutôt détendue, pour une passagère clandestine ! Je suis naturellement ravi de rendre service à une dame, mais puis-je savoir pourquoi vous avez choisi ma voiture ?

— Je ne l'ai pas choisie. Je me suis endormie. C'était juste une voiture et… je suis montée dedans. »

Quand Marrington se tourna pour prendre quelque chose dans sa poche, Mally envoya promener la couverture et sortit d'un bond. Une seconde plus tard, il leva la main dans laquelle il tenait une lampe électrique.

Lawrence Marrington vit une petite jeune fille froissée en bleu marine ; elle avait les yeux noisette et des cheveux châtains sous un chapeau en feutre noir. Contrairement à Mally, il avait lu les journaux du soir. Il rit de nouveau, assez sèchement, et observa :

« Miss Ellen Marshman, j'imagine ?

— Qui est Ellen Marshman ? » Le ton était acide.

Elle détestait qu'on lui braque une lampe en pleine figure alors qu'elle savait qu'elle ne devait ressembler à rien.

En disant cela, Mally s'écarta du faisceau de la lampe.

« Oh, à d'autres ! J'ai lu les journaux. Vous avez droit à un paragraphe à côté de celui qui annonce mon arrivée. Le vôtre était un peu plus long que le mien. Mais il est vrai que le crime est prioritaire ! »

Une sensation de picotement informa Mally qu'elle allait perdre son calme. C'est un fait regrettable que, du moins en cette occasion, elle le perdit avec une bonne dose d'anticipation. En guise de préliminaire, elle fronça le nez d'un air hautain en regardant Lawrence Marrington, qui de nouveau braquait sa torche sur elle, et dit, dans ce qu'elle aurait qualifié une intonation un brin ironique : « Arrêtez ! Je n'aime pas ça. Éteignez-la ! »

Au lieu d'éteindre, il promena le faisceau de haut en bas.

« Qu'est-ce que je vais faire de vous ? » rétorqua-t-il.

Mally tapa du pied sur le sol en ciment.

« Je vous ai demandé d'éteindre ! Je n'apprécie pas du tout. »

La colère la prit. Elle lui arracha la torche des mains. La lumière éclaira un instant le visage de Marrington. Qui était-il ? Et pourquoi avait-il des paragraphes dans le journal ?

Il la saisit alors par le poignet et reprit la torche. Elle se dégagea aussitôt d'un geste furieux et l'entendit dire d'une voix exagérément ennuyée : « Vous remettre à la police, c'est évidemment ce que je dois faire. »

Les joues de Mally s'enflammèrent.

« Comment osez-vous ?

— Oh, c'est assez facile, ma chère ! Toutefois, ce serait un peu ennuyeux. » Il bâilla. « Je crois que j'ai trop sommeil pour m'embêter avec vous. »

Il abaissa la torche, s'avança et posa soudain une main sur son épaule.

« Vous voulez m'embrasser pour me souhaiter bonne nuit ? »

Une peur panique s'empara de Mally. Par la suite, elle aurait pas mal de choses à se dire à ce sujet. Il y avait des choses qu'elle aurait pu lui dire et qu'elle aurait pu faire, mais, à l'instant, elle n'avait qu'une cnvic : s'en aller. Poussant un petit soupir mi-rageur mi-effrayé, elle partit en courant dans la nuit.

## 17

Mally se précipita aveuglément dans l'obscurité. Elle sentit d'abord des pavés sous ses pieds, et ensuite du gravier quand elle sortit de la cour. Elle heurta de plein fouet un énorme buisson d'où montait une odeur aromatique et s'écorcha les mains sur le feuillage. Elle s'immobilisa en poussant un petit cri, puis se fraya un chemin entre les branches jusqu'à ce qu'elle sente le tronc et puisse s'y accrocher ; il lui fallait quelque chose à quoi s'accrocher parce que, depuis qu'elle avait cessé de courir, elle tremblait de tout son être.

Elle resta là dans le noir en se traitant de tous les noms.

*Pauvre imbécile ! De quoi as-tu peur ?*

Elle n'en avait pas la moindre idée. La peur panique s'était abattue sur elle comme une douche d'eau glacée. Elle avait l'impression d'être trempée jusqu'à la moelle, mais elle ignorait pourquoi. C'est alors qu'elle entendit la porte du garage se fermer d'un coup sec. Et, sifflotant dans sa barbe et braquant sa torche de-ci de-là, Lawrence Marrington s'approcha.

Le rayon blanc dansa telle une lanterne magique

malicieuse. L'espace d'une seconde, Mally aperçut les graviers saupoudrés de neige, puis les baies de houx rouge sur les feuilles piquantes. La lumière s'éloigna. Lawrence Marrington s'éloigna. Le bruit de ses pas diminua. Il tourna à un angle, et la dernière lueur dansante disparut avec lui. Mally sentit l'obscurité se refermer sur elle avec un sentiment de sécurité réconfortant. Le buisson sentait très bon. Elle s'appuya contre les branches robustes et cessa de trembler.

Qu'allait-elle faire ? Il devait être environ deux heures du matin – ou peut-être trois –, et il faisait un froid affreux. La neige qu'elle avait aperçue sur le gravier était blanche et fraîche ; la terre sous ses pieds était dure comme de la pierre et tous les arbres du jardin s'agitaient dans le vent qui soufflait du nord.

Mally sortit du buisson et repartit vers la cour. La porte du garage était fermée à clé – c'était prévisible. Mais il y avait peut-être une remise, une cabane de jardin ou un grenier.

Elle n'allait certainement pas rester là-dehors à se geler s'il y avait un endroit où s'abriter ! Maintenant que Marrington était parti, la sensation de vivre une aventure la rasséréna. Après tout, elle s'était bien débrouillée ; non seulement elle avait quitté Londres, mais il lui restait trois livres et neuf pence en liquide et quatre biscuits au gingembre.

Elle sentit sous ses mains un portail avec un verrou en fer, et faillit de peu trébucher sur un arceau planté dans le sol. Puis il y eut une longue barrière qui se terminait contre un mur en briques. Mally suivit le mur en palpant les briques et se cogna contre une échelle. Vu que celle-ci n'avait pas bougé quand elle l'avait heurtée assez fort avec son épaule, elle en déduisit qu'elle était fixée au sommet. Ce qui signifiait qu'il y avait un grenier ou une remise. Pleine d'espoir, elle commença à monter sur l'échelle et trouva ce qu'elle avait espéré.

En haut, il y avait un grenier, dont la porte était ouverte, et – ô joie ! – il était à moitié rempli de foin. Ce fut seulement lorsqu'elle s'en recouvrit qu'elle se rendit compte à quel point elle avait eu froid. Le foin était merveilleusement chaud, quoiqu'il la chatouillât un peu. Dès qu'elle se recroquevilla sur elle-même, elle s'endormit.

Il faisait plein jour lorsqu'elle se réveilla à cause d'un bruit : un claquement, un chuintement. Des voix d'hommes lui parvinrent par la porte ouverte du grenier.

Le chauffeur lavait la voiture tandis qu'un autre homme allait et venait. Mally n'entendait pas leurs propos, mais elle se dit que c'était une bonne chose que les moteurs ne consomment pas du foin. Pour l'instant, elle espérait être en sécurité. Elle se redressa, mangea ses quatre biscuits, puis se demanda quoi faire.

Elle pouvait rester ici encore un peu. Mais après, que ferait-elle ? Mally retourna la question, réfléchit et regarda au loin. Et juste à cette seconde, elle entendit une voix entonner une chanson.

Autant le dire, la voix n'avait rien de mélodieux, néanmoins elle était joviale et fondit sur Mally avec la puissance soudaine d'un trombone basse.

« *Just a song at twilight* », beuglait la voix. Il y eut un martèlement, suivi d'un silence. Mally soupçonna la bouche du chanteur d'effectuer la tâche plus utile de tenir des clous. Au bout d'un moment, la voix reprit :

« *Just a song at twilight,*
*When the lights are low* – Ah, zut !
*And the whispering shadows*
*Softly come and go.*
*When the heart is weary* (très fort)
*Sad the day and long,*
*Then to us at twilight* (bang, bang, boum)
*Comes love's sweet song* – saleté de clou !
*Love old's swee-ee-eet song.* »

Le marteau s'abattit d'un coup violent.

Mally se leva d'un bond et se débarrassa de quelques brins de paille. La porte se trouvait sur la droite. Le son ne venait pas de là. Une moitié du grenier était rempli de foin, mais le reste était vide, poussiéreux et plutôt sombre.

Elle alla vers le coin le plus sombre où elle repéra une porte dans le long mur face à l'ouverture. C'était de derrière cette porte que provenaient un bruit de scie et la chanson :

« *Once in the dear dead days beyond recall*
(Crac, cric, bzzz)
*When on the – m – the umpty-umpty-um*
*Out of th – m – that umpty-umpty throng,*
*Low to my heart love sang his old sweet*
*Song* – Oh, zut ! »

Tout doucement, Mally tourna la poignée. Elle commença à le faire au moment où le chanteur chantait « *umpty-umptu-um* » fortissimo en y mettant une bonne dose de mélancolie.

Trois marches menaient à une mansarde dans

laquelle il y avait deux fenêtres. La pièce contenait un établi de charpentier, un tas de ferraille, une pile de fil de fer, des morceaux de bois, des outils, des copeaux, et un très grand jeune homme occupé à fabriquer ce qui aurait pu être un poulailler ou un clapier.

Mally l'observa avec intérêt. Elle eut l'impression très irrationnelle qu'un jeune homme qui chantait des chansonnettes sentimentales démodées aussi fort avec tant de joie et si peu de mélodie devait déborder de ces qualités solides qui poussent à faire confiance à quelqu'un même quand on ne l'a jamais vu auparavant.

Le jeune homme était immense ; les mains qui tenaient la scie avaient une taille démesurée. Ses cheveux bruns avaient tendance à se dresser sur sa tête. Comme il tournait le dos à Mally, elle ne voyait que ses pieds, ses mains, sa nuque brûlée par le soleil, ses cheveux bruns et un très vieux costume en tweed. Une boule de fourrure grise posée sur son épaule gauche frottait sa tête contre son oreille. Le chaton devait ronronner, mais le bruit se noyait dans *Love's Old Sweet Song*.

Mally franchit la porte, la referma derrière elle et demanda de la marche du haut : « Qui êtes-vous ? »

Le jeune homme cessa de scier, se retourna lentement et révéla un vilain visage aussi joyeux que perplexe. Mally constata que sa peau aurait été très blanche si elle n'avait pas été aussi brûlée, et qu'il avait des yeux gris, un nez en trompette et une bouche absolument énorme. Voyant qu'il la dévisageait sans rien dire, elle répéta sa question, tandis que le chaton arrêtait de ronronner et faisait le gros dos.

« Qui êtes-vous ? »

Le jeune homme continua à la dévisager. Quand il vit Mally commencer à taper du pied sur la marche, il répondit très vite :

« Ethan Messenger.

— Comment ?

— Messenger… Ethan. Ça surprend un peu au début, mais on s'y habitue. Euh… vous ne voulez pas entrer ?

— C'est ce que je viens de faire.

— Je voulais dire descendre… Vous ne voulez pas descendre ? »

Non sans une certaine réticence, Mally descendit. Il était tellement grand… Être trois marches plus haut lui donnait une sorte d'avantage moral. Elle comprit très bien pourquoi le chaton préférait être sur son épaule que sur le plancher.

Ethan Messenger n'était pas idiot. Il lui était apparu d'emblée que c'était lui qui aurait dû poser la question « Qui êtes-vous ? ». Il regarda Mally, vit ses vêtements froissés et la paille qui s'y accrochait. Dans une main, elle tenait un petit chapeau noir. Ses courts cheveux châtains étaient ébouriffés et couverts de brins de paille. Ses yeux lui firent penser à ceux du chaton qu'il avait sur l'épaule avant qu'il ne soit devenu ami avec lui ; des yeux éclatants, méfiants et aux aguets. La première fois qu'il l'avait approché, le chaton lui avait craché dessus et l'avait griffé avant de prendre la fuite.

Il n'était pas sûr d'oser poser la question. Puis il se dit que, derrière son air de défi, cette petite créature était terriblement pâle.

« Qu'est-ce que je peux faire pour vous ? demanda-t-il en se levant.

— Je ne sais pas. »

Le chaton frotta sa tête contre l'oreille du jeune homme. Cette fois, Mally l'entendit ronronner. Et alors que le chaton se frottait, elle vit l'imposant jeune homme au nom bizarre avancer une de ses mains démesurées et caresser la fourrure grise du petit animal d'un doigt énorme et doux. Elle fut prise d'une impulsion et la suivit sans aucune hésitation.

« La police est à mes trousses. Je m'appelle Mally Lee. »

Puis elle fit une chose qui la mit en rage lorsqu'elle y repensa par la suite. Elle vit le jeune homme avancer les lèvres pour siffler, vit son expression de total désarroi… et elle fondit en larmes.

« Comment osez-vous ? s'exclama-t-elle en s'asseyant sur la dernière marche.

— Je… je n'ai rien fait.

— Si ! dit Mally en cherchant un mouchoir.

— Oh, je vous en supplie, ne pleurez pas…

— Je ne… je ne pleure pas. » Les larmes coulèrent sur ses joues. « Je ne pleure jamais. »

Ethan sortit un mouchoir propre plié en quatre, s'approcha avec prudence, le posa sur le genou de Mally, puis recula à bonne distance.

Mally se tamponna les yeux, se pinça, les sécha avec une détermination furieuse, et dit :

« Pourquoi vous n'allez pas prévenir la police… et me dénoncer… et m'emmener en prison… et…

— Pourquoi je le ferais ? Mais comment êtes-vous arrivée ici ? »

Mally se détendit un peu.

« Je suis arrivée en voiture.

— Quand ça ?

— Pendant la nuit. Je me suis endormie à l'arrière

de la voiture… dans le garage… à Londres. Et il a roulé jusqu'ici sans se douter que j'étais là. » Elle laissa échapper un petit rire. Ses yeux humides brillèrent. « Je ne sais pas qui il est, et je ne sais pas où je suis. Je suis montée dans le grenier à foin parce que j'avais froid. Qui est-ce ? Et où suis-je ?

— Vous êtes à Peddling Corner, dans le Surrey. Cette maison est celle de sir Charles Lennox. Vous avez dû venir dans la voiture de Marrington.

— Qui est Marrington ?

— Lawrence Marrington… quelqu'un d'important… un explorateur… les Aztèques et ce genre de choses. Il séjourne ici. Hier soir, il a dîné en ville… pour des raisons professionnelles.

— Lennox ? Mais vous ne vous appelez pas Lennox. »

Le jeune homme rit, d'un rire sonore et joyeux.

« Je suis juste en visite. Lady Lennox est une cousine au ixième degré. Je suis en permission.

— Vous ne vivez pas ici ?

— Je ne vis nulle part. Dites, vous êtes sérieuse au sujet de la police ? »

Elle répondit par un drôle de petit hochement de tête décidé ; une grosse larme tardive tomba sur sa manche.

« Mais qu'est-ce que…

— Je ne sais pas.

— Qu'est-ce que vous avez fait ? »

Mally releva le menton d'environ un centimètre et le regarda sans rien dire.

« Écoutez, tout ça c'est très bien, mais que vous reproche la police ? »

Elle prit son menton dans sa main. Son expression se modifia. D'une voix très différente, elle répondit : « Je ne sais pas. Je vous assure. » Puis, tout à coup, elle sourit ; ses cils papillonnèrent ; un lutin dansa dans ses yeux. « J'ai horriblement faim !

— Faim ?

— Je n'ai mangé que des biscuits au gingembre depuis hier midi. J'ai terminé les quatre derniers quand je me suis réveillée. Je me sens affreusement maigre. J'imagine que vous feriez mieux d'aller chercher la police. »

Ethan sortit une banane de sa poche.

« J'ai ça. On allait la donner au lapin.

— On ?

— Bunty Lennox et moi. Elle a trouvé le lapin hier dans une foire épouvantable, et j'ai promis de lui fabriquer un clapier. Pourquoi les gens font-ils des foires ? On est restés là-bas deux heures entières ! Et tout le monde vendait des trucs à tout le monde, avant de les emporter et de les remettre en vente. Le lapin a été vendu huit fois. Mais quand Bunty l'a eu, elle s'est mise à hurler et a continué jusqu'à ce que sa mère accepte de le ramener à la maison. Et j'ai juré de lui fabriquer un clapier. Elle va arriver dès qu'elle aura fini ses devoirs. Le lapin est dans la cage du perroquet en attendant que le clapier soit prêt. »

Mally termina la banane, puis déposa la peau par terre délicatement et, à cet instant même, quelqu'un dehors éclata de rire. Le son flotta à travers la fenêtre ouverte.

Mally retint sa respiration. Ce n'était pas possible… C'était tout à fait impossible… Elle se leva.

« Qui est-ce ? » demanda-t-elle d'une petite voix haletante.

Ethan Messenger ne répondit pas. Il alla devant la fenêtre et resta là en bloquant la vue.

Mally, une main sur son bras, le poussa légèrement sur le côté pour jeter un coup d'œil. Il la sentit, plus qu'il ne l'entendit, sursauter.

La fenêtre donnait sur un potager au milieu duquel courait une allée. Deux hommes étaient en train de la remonter.

L'un d'eux était Paul Craddock.

## 18

L'apparition de Mr. Craddock n'était due ni à un hasard ni à un miracle. Il faut reconnaître que Paul était quelqu'un d'efficace et que, non seulement il l'était, mais qu'il avait une capacité à se donner du mal qui tenait du génie.

Alfred Dawson avait reçu l'ordre de faire son rapport à l'aube. Il trouva Mr. Craddock très peu disposé à accepter le compte rendu qu'il lui fit sur la disparition de miss Lee. Avant même de s'en rendre compte, il se retrouva traîné à l'endroit où il l'avait aperçue pour la dernière fois ; et dès que Mr. Craddock posa les yeux sur la porte du garage rouge, il s'énerva en ayant des mots très injurieux pour l'amour-propre d'Alfred Dawson. Ce qu'il dit est en grande partie impossible à imprimer ici. Et il continua à l'injurier avec une aisance remarquable pendant l'intervalle qui s'écoula le temps que le directeur du garage aille faire chercher le jeune homme qui avait été de service la nuit précédente.

Avec ce dernier, Mr. Craddock alla droit au but ; un gros pourboire et quelques questions rapides lui suffirent à obtenir ce qu'il était venu chercher.

1. Le jeune homme était sorti respirer une bouffée d'air frais et regarder le temps qu'il faisait.
2. Il devait être alors dix heures et demie, ou pas loin de onze heures.
3. Un monsieur qui avait laissé sa voiture vers sept heures était revenu la chercher aux alentours de minuit.
4. C'était une Wolseley quatre places. (Des quantités de détails techniques avaient suivi.)
5. Oui, il connaissait le monsieur, il l'avait tout de suite reconnu étant donné qu'il avait vu sa photo dans le *Mail*.
6. C'était Mr. Lawrence Marrington, l'explorateur.
7. Aucune autre voiture n'était sortie pendant qu'il était de service.
8. Non, il n'avait vu aucune jeune dame.

Après avoir interrogé le jeune homme, Paul Craddock eut encore quelques mots caustiques pour Alfred.

« Allez voir l'employé qui est arrivé après le départ de celui-ci. Trouvez les coordonnées de toutes les voitures qui sont sorties du garage. Si on ne retrouve pas miss Lee aujourd'hui, nous vous retirerons l'affaire. »

Les coordonnées de Mr. Lawrence Marrington étant connues du public, l'arrivée de Mr. Craddock à Peddling Corner ne nécessite pas de plus ample explication.

Pour Mally, vu de la fenêtre, c'était le genre de chose qui n'arrive que dans les cauchemars. Elle pinça Ethan Messenger de toutes ses forces et l'éloigna de la fenêtre.

« Non, ne le laissez pas me… Non ! »

Ethan la regarda d'un air sombre.

« Qui ça ? Paul Craddock ?

— Vous le connaissez ? Oh ! » À son cri de colère se mêlait du désespoir.

« C'est une sorte de cousin. À la vérité, je le déteste. Écoutez, c'est d'accord… Si vous ne voulez pas le voir, vous ne le verrez pas. Promis. »

Mally poussa un « Oh ! » de pur soulagement. Après quoi elle dit « Chut ! », courut en haut des trois marches qui menaient au grenier, se retourna, embrassa sa propre main et disparut.

La porte se referma sans bruit. De l'autre côté, elle échafauda un plan. Elle allait rester là près de la porte. Si quelqu'un montait par l'échelle, elle se faufilerait dans l'atelier. S'ils entraient ici en venant de l'atelier, elle devrait plonger dans le foin. Mais en réalité, elle ne pensait pas que Ethan les laisserait entrer. Il était sympathique, gentil, extrêmement fort, et d'une laideur très rassurante.

Elle pensa au visage séduisant de Roger Mooring et se réjouit de la laideur d'Ethan Messenger. Une bonne fois pour toutes, Roger l'avait guérie des beaux jeunes gens.

Ethan donnait des coups de marteau quand Charles Lennox ouvrit la porte à toute volée.

« Il y a une marche, Paul. Ethan, voici Paul Craddock. Il nous fait une visite surprise.

— Euh… bonjour, Craddock. J'ai presque terminé le clapier, sir. Comment vous le trouvez ? »

Sir Charles Lennox était un homme courtois. À l'instant, la courtoisie était obscurcie par une tendance à l'agacement. Cette histoire de Craddock était vraiment extraordinaire… dérangeante… embêtante…

déplaisante. Il n'avait jamais trop apprécié Craddock – trop rose et trop blanc, trop imbu du son de sa propre voix, trop malin, trop plein de théories.

Il jeta un regard sur le clapier et se sentit de nouveau très ennuyé. Pourquoi Maud n'avait-elle pas été plus ferme au sujet de ce fichu lapin ? Pourquoi céder à une enfant qui pleure ? De la fermeté, c'était de fermeté qu'elle avait besoin. Il regarda Ethan d'un air fâché, le clapier d'un air désobligeant, et se lança dans une explication chagrinée.

« Paul dit qu'il a des raisons de croire que Marrington a ramené une jeune fille avec lui hier soir. Une insinuation fort déplaisante… C'est vrai, Marrington est mon invité et un homme très distingué.

— Je n'ai jamais dit que Marrington se doutait que…

— Se doutait ? Un homme ne conduit pas une jeune fille de la ville sans… Et, parbleu, s'il le fait, il ne la dénonce pas ! Aller le réveiller pour lui poser ce genre de question personnelle sous mon propre toit m'est très désagréable. Que peut-il dire, sinon qu'il ne sait rien de tout ça ? J'imagine que c'est un gentleman… »

Paul Craddock haussa les sourcils.

« Personne n'a laissé entendre que Mr. Marrington soupçonnait miss Lee d'être dans sa voiture. Cela s'est certainement fait à son insu. Elle aurait pu se faufiler et se cacher là.

— Marrington dit qu'il a fermé le garage à clé. Si elle était dans la voiture, elle aurait été enfermée là elle aussi, et Lane l'aurait trouvée ce matin en allant laver la voiture. C'est une histoire à dormir debout ! »

Ethan Messenger équilibra le clapier d'un côté. Le chaton s'était carapaté de son épaule pour se retirer sous une planche posée contre le mur ; dans la pénombre, ses yeux verts brillaient ; sa petite queue s'agitait.

« Mais qui est miss Lee ? » demanda Ethan.

Derrière la porte, Mally retint son souffle. Le sang lui monta au visage en entendant la réponse de Paul Craddock :

« Miss Lee est une jeune personne à la main légère qui, malheureusement, a berné sir George Peterson en se faisant engager comme gouvernante pour Barbara. Elle a subtilisé une broche en diamant de grande valeur et des papiers que nous tenons à récupérer. On a perdu sa trace devant le garage où Mr. Marrington a laissé sa voiture hier soir. Il m'est apparu qu'elle aurait pu faire le trajet clandestinement avec lui. »

Ethan Messenger éclata de rire.

« Le détective en chasse ! Du garage à Gao ! Tu gaspilles tes talents en étant secrétaire, Paul… Ton truc, c'est de la fiction ! *L'Énigme de la voiture de l'explorateur*, de Paul Pry, enquêteur privé ! »

Ce badinage eut sur Craddock le même effet qu'une anecdote historique sur la reine Victoria – ça ne l'amusa pas. En revanche, sir Charles paraissait réjoui. Ethan était un allié. Il avait de plus en plus la conviction que toute cette histoire était une complète absurdité.

« Si Marrington n'a rien vu et que les hommes n'ont rien vu, je ne vois pas ce que vous espérez voir, grommela-t-il.

— On ne sait jamais », répondit calmement Paul Craddock. Il regardait les trois marches qui menaient au grenier à foin, au bas desquelles la peau de banane était restée sur le plancher. « Qui a mis ça là ? » demanda-t-il en pointant le doigt.

Ethan rugit de rire.

« Un super Sherlock ! La taille, le poids, l'âge et le sexe du criminel, tout cela déduit à partir d'une peau de banane !

— Qui l'a mise là ? » insista Paul.

Il avait déjeuné une dizaine de fois avec miss Mally, or il l'avait vue replier la peau de la même façon après avoir mangé une banane. Elle le faisait d'un geste rapide, d'une simple pichenette.

« Qui a… »

Ethan l'interrompit.

Il avait traversé la pièce et ramassé la peau de banane qu'il balança entre son pouce et son index en disant : « Allons, allons ! Tu ne dois pas poser une question aussi majeure au pauvre Watson, mon cher Holmes ! Ça ne va pas. C'est à toi de nous dire qui l'a mise là, et avec force détails circonstanciés ! Rappelle-toi ta petite monographie sur les bananes… Il en existe, je crois, une trentaine ou plus de sortes différentes, et la peau de chacune sèche en plus ou moins de temps. Par conséquent, il te suffit d'examiner cette intéressante relique pour nous faire part de l'histoire passée de la personne qui l'a mangée, avec tous les détails ! »

Craddock lui tourna le dos.

« Sir Charles, elle est venue ici… Je serais prêt à le jurer. Qu'avez-vous dit exactement à Marrington ? Lui avez-vous précisé qu'il s'agissait de papiers personnels qui appartiennent à mon patron ?

— Non… Pourquoi devrais-je le faire ? Quel rapport avec lui ?

— Aucun, bien sûr. Mais puis-je savoir ce que vous lui avez dit ? »

Sir Charles n'apprécia guère d'être soumis à un

contre-interrogatoire ; ce qu'il manifesta en prenant une attitude un tantinet vexée.

« Ce que je lui ai dit ? Je lui ai demandé s'il avait remarqué quelque chose d'inhabituel quand il a garé la voiture… si quelqu'un traînait par là, etc. Il a répondu que non, et nous en sommes restés là. Si vous tenez à l'interroger, mieux vaudrait le faire vous-même.

— Je vais le faire. Mais je pense que… (il s'approcha des marches) je pense que je vais d'abord jeter un œil derrière cette porte. »

Le cœur de Mally bondit. Pauvre imbécile ! Elle aurait dû se cacher dans le foin depuis longtemps. Maintenant, c'était trop tard. De toute façon il allait regarder dans le foin… allait regarder partout ! Elle eut cette horrible impression d'être prise au piège qui annihile toute pensée, toute volonté et toute action.

Les marches craquèrent sous un pas lourd ; une main saisit la poignée. D'instinct, elle se recroquevilla dans le coin, le visage face au mur, les mains à hauteur de poitrine posées à plat contre les planches rugueuses.

La porte s'ouvrit vers l'atelier. Ils arrivaient. Il y avait une chance infime qu'ils ne la voient pas. Le coin où elle était se trouvait à un mètre de la porte ; peut-être ne regarderaient-ils pas aussi près. Le coin était sombre ; son manteau était sombre ; ils auraient la lumière qui entrait par l'ouverture en plein dans les yeux.

Mally appuya ses mains de toutes ses forces contre le mur. Il était rugueux et plein d'échardes. Ils arrivaient… Il ne fallait surtout pas qu'elle crie.

Quand Paul Craddock avança vers la porte, Ethan posa un pied énorme sur la marche du bas. Il avait perçu un léger bruissement derrière lui.

« Tu ne vas pas nous dire ce que…
— Je vais franchir cette porte.
— Les détectives ne doivent pas s'énerver. C'est très mauvais pour les facultés de déduction, observa tranquillement Ethan.
— Sir Charles !
— Eh bien, quoi ? Que veulent dire ces bêtises ? Allons-y, et finissons-en ! »

Ethan cessa de rire.

« Très bien, sir. » Il monta deux marches d'un coup et ouvrit la porte.

Hormis le foin, le grenier était vide. Ethan se posta dans le coin derrière la porte, puis laissa entrer Paul Craddock et sir Charles. Sa main droite tenait le montant de la porte. Il tendit la gauche derrière lui et la posa sur l'épaule de Mally.

Il avait senti qu'elle était là – étrangement, curieusement. Mais la toucher ainsi était assez horrible. Un long frisson, puis l'immobilité… Il avait ressenti ça une centaine de fois quand il avait tenu une créature sauvage qui paraissait terrifiée sans aucune raison.

Sa main pressa doucement l'épaule un instant, sentit la tension dans les muscles, puis se retira. Posté comme il l'était, il la dissimulait en partie. Paul sondait le foin en faisant voleter de la poussière. Sir Charles avait commencé à éternuer.

« C'est ridicule ! s'écria-t-il en se mouchant. Cette fille n'est pas une souris ! » Il éternua et se moucha de nouveau. « C'est absurde ! Venez, mieux vaut descendre par l'échelle. Elle mène dans la cour. Si vous voulez voir Lane, il sera là. Vous venez, Ethan ?
— Le fidèle Watson vous suit. »

Ethan tendit la main derrière lui et toucha l'épaule de Mally du même geste rassurant qu'il aurait eu pour le chaton. Elle entendit des pas résonner sur l'échelle ; elle entendit Ethan traverser le grenier et suivre sir Charles et Paul ; elle les entendit parler dehors dans la cour.

Ils étaient partis.

# 19

« Ouf ! » Mally poussa un gros soupir de soulagement. *Quelle frayeur ! Heureusement que mon ange gardien était là !*

Elle souffla un baiser en direction de l'ouverture et effectua une pirouette. Puis elle ramassa son chapeau tombé dans le coin, l'épousseta, et retourna dans l'atelier. Elle avait l'impression qu'elle n'aimerait plus jamais les greniers à foin.

C'est dans l'atelier, alors qu'elle enlevait quelques pailles sur son chapeau, que la petite broche en forme de panier attira son attention. Elle la dégrafa d'un air pensif et l'agrafa sur son pull afin qu'on ne la voie pas. Cette broche était jolie, mais c'était pile le genre de chose que les gens pouvaient remarquer et se rappeler. Mally avait la conviction que dissimuler à moitié – ou, mieux, complètement – la modeste violette flétrie faisait partie de son rôle. Un rôle qui, on peut l'affirmer, n'avait rien d'agréable.

Elle chercha un miroir partout dans l'atelier – en vain.

*Je dois ressembler* absolument *à rien !* Même les violettes flétries devraient être arrangées.

Elle se lissa les cheveux, ôta son manteau, l'épous

seta et le renfila. Puis elle se poudra le nez et remit son chapeau. Elle trouva un chiffon crasseux avec lequel elle enleva la boue sur ses chaussures. Après quoi elle s'assit et commença à se demander ce qui allait se passer.

Elle avait dû s'assoupir un peu, car, avant même qu'elle les ait entendus, des pas arrivèrent en haut de l'escalier. Elle eut juste le temps de se lever d'un bond avant que la porte extérieure ne s'ouvre à toute volée. Dans un fracas de métal heurté entrèrent une grande cage en fer et une petite fille d'environ six ans. La cage contenait un lapin noir pas encore adulte, apparemment paralysé de terreur.

La petite fille était sans conteste l'enfant angélique que l'on trouve dans les romans du milieu de l'époque victorienne – boucles dorées, yeux bleus et teint de fleur de pommier. Elle laissa tomber la cage et regarda Mally sans paraître étonnée le moins du monde.

« Je veux voir Ethan. Il est où ? Je veux le voir.

— Je crains qu'il ne soit pas là. »

L'enfant angélique fronça les yeux. De grands maîtres ont peint des anges renfrognés. L'un d'eux à Venise tient un luth ; celui-ci tenait une cage de perroquet.

« Je veux le voir. Il m'a fait un clapier pour Dinks. C'est lui, Dinks. Je l'ai eu hier à la foire. Maman a dit que je ne pouvais pas l'avoir parce qu'il n'y avait nulle part où le mettre, alors j'ai pleuré en plein milieu de la foire. Tout le monde a dit “chut” jusqu'à ce qu'elle veuille bien que je le prenne, et Ethan a promis qu'il me ferait un clapier. Où il est ?

— Je ne sais pas. Le clapier est là. »

Bunty Lennox se précipita vers l'objet en criant. Le lapin tourna une oreille ; ses moustaches tremblèrent légèrement.

« Il l'a fini ! Il l'a fait ! Mettez Dinks dedans, vite !

— Il ne vaudrait pas mieux attendre un peu ? J'ai l'impression qu'il a peur.

— Mais non !

— Si… Je t'assure. »

Bunty secoua la tête avec une extrême vigueur.

« C'est un lapin très féroce. Je crois bien que c'est le lapin le plus féroce du monde ! Il m'a mordu le doigt, il a mordu le doigt de la cuisinière, et il aurait mordu maman, sauf qu'elle veut pas le toucher, et il a même mordu papa, mais quand il a dit que c'était un foutu lapin, maman lui a dit "Tais-toi, Charles !" comme elle fait toujours. » Elle se tut une seconde, puis ajouta d'un air songeur : « Il n'a pas mordu Ethan.

— Donc il vaut mieux laisser Ethan le mettre dans le clapier. »

Bunty tendit un doigt sur lequel s'étalait une minuscule marque rouge.

« Ça me dérange pas qu'il me morde. Ethan a trouvé que c'était courageux de ma part. Qu'il soit féroce ne me dérange pas – si ses moustaches étaient toutes raides de férocité, ça ne me dérangerait pas. Ethan m'a dit que j'étais très courageuse. »

Le lapin huma l'air, le nez tremblant, bougea une patte, puis se figea de nouveau.

« J'adore Ethan. Quand je serai grande, je me marierai avec lui. Il a dit que si je voulais, je pourrais avoir cinq cents lapins et un million de cochons d'Inde ! Maman a horreur des cochons d'Inde. Elle ne veut pas que j'en aie. Et elle a horreur des lapins aussi. Mais j'ai crié et hurlé jusqu'à ce qu'elle dise que je pouvais garder Dinks.

— C'est affreux de ta part ! »

Miss Lennox en convint.

« Oui, hein ? Mais je le voulais tellement que j'aurais mordu s'ils n'avaient pas voulu… et ça, c'est le pire de tout !

— Quoi donc ? »

Bunty la regarda avec une candeur angélique ; ses yeux ressemblaient à deux pans de ciel bleu.

« Mordre, c'est ce qu'il y a de pire. Quand j'ai mordu le majordome, maman m'a envoyé passer *toute* la journée au lit. On met Dinks dans son clapier ?

— Non, dit Mally avec fermeté. Ethan le fera.

— Oh ! Alors, on joue à un jeu ? Ethan joue à des jeux formidables ! À quels jeux tu sais jouer ? »

Mally mit un doigt sur ses lèvres.

« Chut ! Je joue à… cache-cache. Je suis en plein milieu… C'est terriblement excitant. Tu veux m'aider ?

— Mmm… mmm… mmm. » Il n'y avait aucun doute sur le fait que Bunty en avait très envie. « Laisse-moi jouer avec toi. Tu te caches de qui ? Tu te caches d'Ethan ?

— Non, pas d'Ethan. »

Bunty sauta en l'air.

« Tu te caches de Paul ? Je l'ai vu. C'est de lui que tu te caches ?

— Chut ! Oui. »

La petite fille sautilla sur place.

« Paul est un porc. Maman dit que je ne dois pas dire ça, pourtant c'est ce qu'il est.

— Bunty, je voudrais partir sans que personne me voie. Quand iront-ils déjeuner ? Je profiterai de ce moment-là… Il y a une sortie par-derrière ? »

L'enfant hocha la tête.

« Mmm… mmm… mmm, tu pourrais. Lane est allé déjeuner. Je l'ai vu. Sa femme fait des tas d'histoires s'il arrive une minute en retard, et elle l'oblige à retirer ses bottes dans l'arrière-cuisine et à se laver. Elle, je ne l'aime pas trop, mais Lane, je l'aime bien.

— Et l'autre homme ?

— Jack s'en va dès que Lane s'en va. Tu veux que j'aille voir et que je revienne te dire, et puis que j'ouvre la grille… enfin, je pourrais le faire si tu me soulèves d'un tout petit centimètre. Tu veux ? »

Sans attendre la réponse, l'enfant disparut en passant par le grenier, puis revint en un rien de temps, se rengorgeant de son importance.

« Il n'y a personne. On joue au jeu que t'es une princesse et que Paul est un méchant magicien, et puis que tu as une cape de ténèbres et que moi je suis la fée qui t'aide, et on joue au jeu que personne ne peut nous voir et que tu as des bottes de sept lieues ?

— Chut ! Pas un mot ! » Mally se pencha près de la petite oreille rose. « Plus un seul mot, sans quoi la magie s'arrêtera ! »

Bunty serra les lèvres et hocha la tête en secouant ses boucles. Ensemble, elles traversèrent le grenier.

Pendant ce temps, Paul Craddock avait dû attendre pour interroger le célèbre explorateur, qui prenait un bain dans lequel il passa un long moment. Quand enfin il descendit, il trouva son hôte furieux.

« Marrington, je vous dois des excuses… Euh… Voici le secrétaire personnel de sir George Peterson… Il insiste, mais je considère que toute cette histoire est ridicule et, comme je viens de le dire, je m'en excuse. »

Mr. Paul Craddock s'expliqua. Il était sincèrement désolé d'embêter Mr. Marrington, mais sir George avait perdu des papiers importants, et la fille que l'on soupçonnait de les avoir pris avait été aperçue près du garage où il avait laissé sa voiture.

« Nous avons pensé qu'il était possible qu'elle se soit cachée dans un des véhicules qui se trouvaient là. Les papiers disparus sont confidentiels, et sir George est très soucieux de les récupérer. »

C'était là Paul Craddock à son plus courtois. Mr. Marrington pourrait-il les aider ? Apparemment, il le pouvait. À la vérité, il se montra d'une franchise agréable, regretta de ne pas l'avoir su plus tôt, et il était navré que sa négligence ait été un inconvénient pour sir George.

« En effet, j'ai pris la fille pour une secrétaire ou une caissière en fuite, ou quelque chose de ce genre. J'avais lu quelques lignes à ce sujet dans le journal – et la description semblait correspondre. J'imagine que j'aurais dû la remettre à la police. Mais j'ai pensé que ce n'étaient pas mes affaires et que…

— Vous l'avez laissée partir ?

— Je le crains. »

Sir Charles était scandalisé. En tant que juge de paix, il lui paraissait inconcevable qu'un de ses invités puisse se rendre complice de… « Comment ? » Sa pensée surgit dans ses propos. « Mon cher, vous ne voulez pas dire que vous l'avez laissée partir ?

— Si. » Le vague geste que fit Marrington exprimait une sorte d'amusement ennuyé.

Le teint de sir Charles vira au violet.

« Mon cher Marrington, vous n'avez pas conscience que… Comment cela ? Ne saviez-vous donc pas que vous vous rendiez ainsi responsable ? Dieu du ciel, Marrington, cette fille est une vulgaire criminelle… et vous l'avez laissée partir ! Comment est-ce possible ?

Vous êtes devenu complice après les faits… et je suis juge, que diable ! »

Ethan Messenger les laissa entre eux. Il traversa le jardin en arborant une humeur sombre. « Cette fille est une vulgaire criminelle… » La phrase le rendit encore plus morose. Il avait protégé Mally sur l'impulsion de l'instant. Il commença à se demander pourquoi il l'avait fait. En même temps, il savait qu'il le referait probablement. Il avait une aversion naturelle à voir des êtres faibles avoir peur ou être blessés. Quand cela l'amenait à sauver un chaton tourmenté, ce n'était qu'une réaction personnelle aimable ; mais quand cela le poussait à aider et encourager de jeunes criminelles… Eh bien, quoi ?

Ethan hésitait, mais il savait très bien qu'il ne pourrait pas dénoncer Mally.

Il entra dans l'atelier où il trouva miss Bunty Lennox en train de chatouiller Dinks avec un brin de paille. Elle l'accueillit avec un cri ravi qui fit trembler le lapin du nez à la queue.

« Mets-le dans son clapier ! Elle a dit de t'attendre, alors j'ai attendu. Je voulais qu'elle le mette dedans, mais elle n'a pas voulu. Elle a dit qu'il fallait attendre pour que *toi*, tu le fasses. »

Ethan s'agenouilla devant la cage du perroquet et transféra Dinks d'un geste habile dans le clapier.

« Est-ce qu'il t'a mordu ? Moi, il m'a mordue.

— C'est parce que tu lui as fait peur.

— C'est ce qu'elle a dit aussi, observa l'enfant en sautillant sur une jambe. Est-ce qu'il aime son clapier ?

— Qui ça, “elle” ? »

Bunty s'approcha et lui murmura à l'oreille :

« La princesse qui se cache. »

Les contes de fées étaient si rassurants ! Ethan la prit par le cou.

« Qu'est-ce que tu veux dire, Bun ?

— Elle a dit que tu le savais. Elle a dit qu'elle se cachait, et on a joué au jeu qu'elle était une princesse, et que personne ne pouvait nous voir, et personne ne nous a vues, parce que je suis allée vérifier qu'il n'y avait personne, et après j'ai ouvert la grille à l'arrière, et elle est partie en courant, mais je le dirai à personne, seulement à toi, parce que c'est un secret magique et parce que Paul est un porc… Oh ! s'écria-t-elle. Regarde ! Dinks se lave le museau ! »

## 20

Dans la bibliothèque, sir Charles Lennox pérorait.

« Je ne veux rien avoir à voir avec cette histoire. C'est totalement irrégulier… Pas de mandat d'arrêt, rien… Si vous attrapez la jeune femme, qu'allez-vous en faire ? Sans mandat d'arrêt, vous ne pouvez pas poser un doigt sur elle, pas un doigt ! »

Paul Craddock se força à garder son calme.

« Sir George n'est pas rancunier, dit-il. Il ne souhaite pas poursuivre miss Lee en justice.

— Alors à quoi joue-t-il ? S'il ne souhaite pas la poursuivre, que veut-il ?

— Il veut récupérer ses papiers. »

Sir Charles marchait de long en large d'un air agacé. Mr. Marrington lisait le *Times*.

« Des papiers ? Quels papiers ? Que fait cette fille à prendre des papiers ?

— Je n'en ai aucune idée. Nous pensons qu'elle doit être dérangée. Ces papiers n'ont aucune valeur hormis pour sir George. En fait, elle a pris une page de journal sur laquelle il y avait une grille de mots croisés. Mais j'avais écrit au dos des notes importantes pour sir George. »

Mr. Marrington tourna une page du *Times*.

« Jamais je n'ai lu des prévisions météo aussi exécrables. De la pluie, du grésil, de la neige… »

Paul ne lui prêta pas attention.

« Puis-je utiliser votre téléphone, sir Charles ? »

L'appareil était dans la bibliothèque. Pour y accéder, il devait déranger Mr. Marrington. Quand il obtint la communication, sir Charles faisait toujours les cent pas, Lawrence Marrington était toujours en train de lire. La conversation qu'eut Mr. Craddock se révéla assez brève.

« C'est vous, sir ? J'ai retrouvé la trace de miss Lee… Je vous appelle de Peddling Corner, mais personne ne semble l'avoir vue depuis le milieu de la nuit. »

Il entendit la voix faible et lointaine de sir George répondre :

« Dawson vient de faire son rapport. Il dit l'avoir aperçue en ville. »

Paul Craddock émit un sifflement.

« Elle était ici hier soir. Elle s'est cachée dans la voiture de Mr. Marrington. Il l'a prise pour quelqu'un d'autre et l'a laissée partir. Ça s'est passé entre deux et trois heures du matin. »

Sir George dit quelque chose – la ligne était très mauvaise et interrompue par des parasites.

« Tout le temps… retourner en ville… Revenez.

— Comment cela, sir ? Vous voulez que je revienne ? »

Il écouta encore quelques secondes, puis raccrocha et annonça qu'il repartait pour Londres. Sir Charles ne lui proposa pas de rester déjeuner.

Pendant ce temps-là, Mally avait fui dans une descente. Là, ça remontait. L'herbe courte et drue était humide de la neige de la veille, qui depuis lors avait fondu. Le ciel avait la couleur du plomb. Le vent était tombé. L'air était lourd et glacé.

Arrivée en haut de la côte, elle vit un chemin descendre en serpentant dans la brume. Il y avait des ajoncs ici et là, et un ou deux buissons d'aubépine. Elle courut dans la descente et arriva dans un bois – elle aperçut des fougères de l'année précédente au ras du sol, et des buissons épineux et de houx enchevêtrés entre des chênes. Il se prolongeait sur environ quatre cents mètres, puis débouchait sur une haie et une route goudronnée. Mally retourna dans le bois et s'assit sous un buisson de houx.

Dès qu'il arriva à Londres, Paul Craddock fut renvoyé suivre ce que Mr. Dawson avait qualifié de piste fort prometteuse. Il prit juste le temps de téléphoner à une dame qui se déclara très furieuse de sa défection.

« Vous ne pourrez pas venir *du tout* ?

— Malheureusement non.

— Mais il va manquer un homme aux Holmes !

— Je suis vraiment désolé.

— Ça va condamner leur table… et il est trop tard pour chercher quelqu'un d'autre. J'allais partir… Vous auriez pu me prévenir plus tôt !

— Candida, je n'ai pas pu. Vous vous doutez bien que je suis déçu.

— C'est vrai, vous êtes déçu ? Alors vous ne manquerez pas de venir demain au bal à Curston ? Est-ce que vous passerez chez les Holmes ?

— Si je peux. Candida, vous savez bien que… »

Miss Candida Long raccrocha avec mauvaise humeur.

La journée passa lentement pour Mally Lee. Elle avait froid, elle avait faim, et elle devait lutter de toutes ses forces contre le sentiment qu'elle ne pouvait plus rien faire. Elle commença à énumérer ce qui semblait être en sa faveur. Elle était libre. Elle avait quitté Londres. Non, elle n'était pas sûre du tout que ce fût un bon point. Londres était remplie de gens – il était plus facile de se fondre dans la foule. Ici, sur les routes de campagne, si elle croisait un homme, une femme ou un enfant, ils se souviendraient d'avoir vu une inconnue et se demanderaient qui elle était. En tout cas, elle était libre, et elle savait où elle se trouvait.

Elle pensa à toute cette campagne en songeant aux Curston et aux Mooring. Peddling Corner était situé à la limite de ce que lady Mooring considérait être une distance où il était possible de se rendre. Elle échangeait des visites avec les Lennox et les voyait peut-être une fois par an. Mally avait entendu Mrs. Armitage parler de Maud Lennox et de Bunty. Mais Curston ne l'aiderait pas, ni personne dans le cercle des Mooring. Ils avaient tous sans doute déjà dû entendre les pires horreurs sur son compte. Jimmy était le seul qui l'aurait peut-être aidée, mais il était à bord d'un paquebot, en route pour l'Inde.

« Quelque chose se présentera », se dit Mally.

Elle décida d'attendre la tombée de la nuit pour partir sur la route, loin de Peddling Corner. Il faisait de plus en plus froid, horriblement, et elle s'ennuyait, terriblement. Elle mit la main dans sa poche et sentit le paquet que Barbara lui avait donné dans la pénombre de la chambre. Elle le sortit, curieuse de voir à quoi ressemblaient ces chers dessins.

Il y en avait une grosse pile. Mally la posa sur son

genou et les déplia. Sa première pensée fut que c'était une collection de diverses sortes et formats de papiers – du papier ministre, du chiné, du lin bleu, un morceau de papier alimentaire, et le papier à lettres bordé de noir brillant qu'affectionnait Lena Craddock.

Barbara avait dû faire le tour de la maison en ramassant une feuille ici et là pour les cacher. Comme une petite pie !

Mally déplia celui du dessus et se retrouva face à un portrait de sir George Peterson vu de dos – la tête, les épaules, les mains tenant un journal, le tout dessiné très succinctement et en grand sur une feuille de papier ministre. La ressemblance l'étonna – elle était frappante, et le trait assuré. *Oh, quel dommage de ne pas la laisser dessiner !*, telle fut sa première pensée. Puis, juste après, elle songea : *Personne ne pourra jamais l'en empêcher.*

Lorsqu'elle prit la feuille suivante, elle rit en voyant ce qui était écrit en travers en grosses lettres qui dégringolaient : « C'est Pinko, et je le déteste. » La ressemblance avec Paul Craddock n'avait rien de flatteur, néanmoins, il y avait quelque chose. Le long cou était encore plus long, les joues rondes plus rondes. Mais toute personne ayant déjà croisé Paul Craddock n'aurait pas eu besoin qu'on lui dise qui était Pinko.

Mally continua à passer en revue les feuilles volantes. Elle les trouva très amusantes. Mrs. Craddock, avec son tricot tout emmêlé et six ou sept aiguilles pointant dans des angles impossibles. Le carlin, Bimbo, la babine noire retroussée dans un grognement… Une tentative moins réussie du magnifique persan orange… Jones, raide comme une baguette dans une robe galonnée… Le jeune majordome qui avait laissé Mally sortir… Ils étaient tous là, à la limite de la caricature, mais étonnamment reconnaissables.

La dernière feuille était différente des autres. Dessus, il n'y avait pas un dessin, mais une grille de mots croisés. Mally ne se sentait pas d'humeur à faire des mots croisés. Elle replia tous les dessins et les remit dans sa poche.

Il faisait presque nuit lorsqu'elle traversa la haie et descendit un talus jusqu'à la route. Ça valait la peine de bouger. Mais quand elle commença à marcher, elle se demanda jusqu'où elle serait capable d'aller. Cela faisait environ vingt-six heures qu'elle n'avait pas pris un vrai repas ; les biscuits au gingembre semblaient appartenir à un passé lointain, tout comme d'ailleurs la banane du matin.

Arrivée à ce stade de ses réflexions, Mally secoua énergiquement la tête, se redressa et se mit à fredonner tout en marchant. Elle se mit à chantonner à mi-voix :

« Ils vont à l'est et ils vont à l'ouest… »
C'était terriblement approprié.
« Ils vont partout »
*Je devrais dire qu'ils sont tous devenus fous*
*– fous furieux !*
« Ils vont à l'est, ils vont à l'ouest, ils courent
après Mally Lee ! »

Elle rejeta la tête en arrière en riant. Alors qu'elle le faisait, les phares d'une voiture l'éblouirent, et elle bondit vers la haie. La voiture arriva lentement et s'arrêta un ou deux mètres devant Mally. Une femme se pencha à la fenêtre et l'interpella :

« Je suis bien dans la direction de Peddling Corner ? »

Mally s'approcha de la voiture. La femme était en

réalité une jeune fille. Elle était seule, et sa voix très plaintive.

« Oh, vous pouvez me renseigner ?

— Vous l'avez dépassé... Peddling Corner est derrière vous. Vous allez devoir faire demi-tour.

— Oh, mais ce n'est pas là que je vais... je veux aller à Menden. On m'a expliqué qu'il fallait traverser Peddling Corner, mais je ne sais pas où je suis. Et je suis nulle avec les cartes. C'est toujours Deane qui lit les cartes. Je ne peux rien faire d'autre que conduire.

— Je peux lire la carte, proposa Mally.

— Oh, vous *pouvez* ? Vous êtes *maligne* ! »

Mally éclata de rire.

« Où est-elle ?

— Dans une de ces poches, sans doute... Je n'en sais rien. C'est toujours Deane qui s'occupe des cartes. »

Mally trouva la carte, l'examina à la lumière de la lampe latérale et repéra la longue route après la descente.

« Menden est à environ douze kilomètres. Cette route continue sur quatre kilomètres, après quoi vous tournerez à gauche, puis à droite, et encore à gauche. » Elle replia la carte et la remit à sa place.

« Je ne m'en souviendrai jamais, se désola la fille au volant. Vous n'allez pas par là ? » Sa voix s'éclaira. « Parce que si c'était le cas, je pourrais vous emmener ! »

Mally se sentit comme Cendrillon au moment où la citrouille se transforme en carrosse. « Vous pourrez vous rappeler où il faut tourner et regarder la carte. Sans Deane, je me sens toute perdue...

— C'est votre chauffeur ?

— Non, c'est ma femme de chambre. Je ne supporte pas qu'on me conduise, mais j'emmène tout le temps Deane. Et ce n'est pas bien de sa part, mais elle vient de me *laisser tomber*... et à la dernière minute, en plus ! Plus jamais je ne prendrai une femme de chambre qui a de la famille. Vous ne trouvez pas que c'est exagéré de lui envoyer un télégramme pile au moment où j'allais m'en aller ? Et ce n'est pas comme si je pouvais compter sur une femme de chambre là-bas... Je ne sais pas si vous connaissez les Holmes, c'est chez eux que je vais. Elizabeth Holmes est tout ce qu'il y a de charmant, mais pour ce qui est de laisser sa femme de chambre vous coiffer, autant vouloir ressembler à un chimpanzé sorti de l'arche de Noé ! Et je ne *peux pas* me coiffer toute seule. »

La demoiselle semblait être incapable de faire pas mal de choses. Mally la voyait dans la lumière du tableau de bord – très blonde, très bouclée, très jolie dans un manteau et un chapeau en cuir rouge vif. Elle dit : « C'est épouvantable ! » en s'efforçant de ne pas rire.

« Bien sûr, je peux les brosser et les peigner. Mais je ne sais pas les *onduler* – et vous n'imaginez pas de quoi j'ai l'air quand ils sont raides ! Vous ne connaissez pas une femme de chambre temporaire, par hasard ? J'ai appelé une agence, mais c'était au dernier moment, et vous savez comment ils sont.

— On arrive au tournant », dit Mally. Son cœur s'était mis à battre un peu plus vite.

Elles quittèrent la route goudronnée et s'engagèrent dans une zone boisée : des arbres dénudés qui se touchaient presque au sommet, de hauts talus sablonneux de chaque côté. Mally observa de nouveau le visage de la jeune fille – jolie, stupide, inconséquente.

« Les agences n'ont apparemment jamais d'emplois pour ceux qui en veulent. J'en veux un de toute urgence.

— Ah oui ? Quel genre d'emploi cherchez-vous ?

— Oh, peu importe… » Elle se lança. « Je pourrais être votre femme de chambre, si vous voulez de moi.

— Vraiment ? Vous y connaissez quelque chose ? Les cheveux, c'est ça le principal. Je suis tellement affreuse quand les miens ne sont pas coiffés comme il faut !

— Je suis très douée dans ce domaine, vraiment, c'est mon point fort. Chaque fois qu'on a monté une pièce, c'est moi qui coiffais les autres.

— Vous êtes très, très maligne !

— Mais je n'ai aucune affaire avec moi, dit Mally.

— Je pourrai vous en prêter. Deane a préparé mes valises, et elle y met toujours des quantités de choses. Au fait, mon nom est Candida Long. Mais je ne connais pas le vôtre… et où sont vos affaires ?

— Tournez à droite, dit Mally.

— Comment faites-vous pour vous le rappeler ? » Miss Candida Long parlait avec admiration. Elle négocia le tournant. « Comment avez-vous dit que vous vous appeliez ?

— Marion. Marion Brown.

— Vraiment ? » Candida la regarda de biais. Mally laissa échapper un petit rire désespéré.

« Non, ce n'est pas vrai. Miss Long, vous m'avez demandé où étaient mes affaires. Certaines sont à Londres, d'autres sont à Curston, pas très loin d'ici, mais… mais je ne veux pas que les Mooring sachent où je suis ni ce que je fais. »

Candida lui jeta un nouveau regard de biais.

« C'est pour ça que vous êtes Marion Brown ?

— Oui. Vous voulez me déposer ici ?

— Non, pas du tout. Qu'est-ce que ça peut me faire que vous soyez Brown, Jones ou Montmorency, ma chère ? C'est drôle que vous connaissiez les Mooring… Demain, je vais danser chez eux. C'est pour cette raison que je suis venue ici. Pour commencer, il y aura des capes et des masques, et un bal costumé après minuit. J'ai un masque noir et argent fantastique. Et ma robe… attendez de l'avoir vue ! Elle est assez riquiqui. Mais je ne vous dis rien, je veux voir l'effet qu'elle vous fera. C'est une idée de Paul Craddock. Vous l'avez déjà croisé ? Je crois qu'il connaît les Mooring. C'est un de mes amis. En fait, il devait venir ce soir avec moi, seulement il m'a appelée une demi-heure avant que je parte pour m'annoncer que son patron vieux jeu avait besoin de lui à Londres, mais il essaiera de me rejoindre demain pour la soirée à Curston. N'est-ce pas exagéré ? D'abord, Deane, et ensuite, Paul… J'ai failli télégraphier à Elizabeth pour lui dire que j'étais *morte.* » Elle gloussa. « Elle prend tellement tout au pied de la lettre, elle m'aurait probablement envoyé une couronne !

— Tournez à gauche. C'est à une centaine de mètres sur ce chemin, je crois. »

Mally se souvenait de Menden Place. Un jour, elle avait aperçu de loin Mrs. Holmes. Elle espérait ardemment que celle-ci ne l'avait pas vue.

## 21

« Vous allez l'air fatiguée, dites-moi ! observa Candida quand elle vint s'habiller. Vous vous sentez bien ? »

Mally s'accrocha au dossier de la chaise où elle s'était assise. Elle avait défait les bagages de miss Long et sorti le contenu d'une malle très coûteuse. Puis elle s'était assise près du feu qui flambait agréablement et s'était assoupie. Elle papillonna des yeux à cause de la lumière, puis répondit avec une franchise charmante :

« Ce n'est rien... C'est juste que j'ai faim.

— On ne vous a pas servi à dîner ?

— Je suis montée directement ici, répondit Mally en secouant la tête.

— C'est stupide... Je vais mettre cette robe émeraude et argent. Il y a du chocolat dans ma malle. Dites, quand avez-vous mangé pour la dernière fois ?

— Hier, au déjeuner. » Mally rit en tremblant. « Des biscuits au gingembre et une banane ce matin, mais...

— C'est vraiment *idiot* ! Tenez... » Candida lui jeta un paquet de chocolat. « Asseyez-vous et mangez-en autant que vous le pourrez. Et, pour l'amour du ciel, ne commencez pas à me faire des ondulations tant que vous ne serez pas sûre que vous n'allez pas vous écrouler sur moi en tenant le fer à friser ! »

Le chocolat eut beaucoup de succès. Tout comme les cheveux. Candida parla sans arrêt pendant que Mally la coiffa.

« C'est une joyeuse assemblée. Et par chance, ils ont un hôte de passage, du coup ils n'auront pas une table en moins malgré la défection de Paul. Il y a là le colonel Moulton, un vieux monsieur adorable… Il fait des compliments formidables qui durent chacun vingt minutes. Et Janet Elliot, qui est affreusement gentille, et son frère Willie, une âme très joyeuse. Et Ambrose Medhurst… J'imagine qu'Elizabeth l'a invité pour Janet. Pourquoi vous sursautez ? Vous avez failli me brûler. »

Mally avait sursauté parce qu'elle connaissait le nom de Mr. Medhurst, un ami de Jimmy – ce devait être le même. Jimmy Lake lui en avait parlé comme d'un garçon formidable et follement amoureux d'une jeune fille qui avait des tonnes d'argent, si bien que, évidemment, il ne pouvait pas lui faire sa déclaration. Mally se rappelait avoir rétorqué : « Je ne vois pas pourquoi. » Là, elle dit : « Excusez-moi », puis « Miss Elliot est-elle une héritière ? »

Candida partit d'un grand éclat de rire.

« Janet ? Grands dieux, non ! C'est une grenouille de bénitier, une super grenouille de bénitier… Son père est le pasteur du village, et ils sont je ne sais combien… une joyeuse bande ! Bon, je suis prête à m'habiller. »

Elle enfila sa robe et se regarda dans le miroir.

Candida en vert et argent était vraiment une ravissante créature. Il était évident que c'était ce qu'elle-même pensait. Elle s'éloigna du grand miroir en faisant tourner sa jupe courte évasée.

« Je suis pas mal, non ? Brown, dites-moi la vérité. Diriez-vous qu'un homme… » Elle fronça les sourcils et tapa par terre de son pied argenté. « Quand une fille a de l'argent, est-ce que ce n'est pas *infect…* je veux dire, cette façon abjecte qu'ont les gens de parler, comme si un homme qui lui faisait la cour n'en voulait qu'à sa fortune ? Qu'est-ce que vous en pensez… *honnêtement* ?

— Je dirais que ça dépend de l'homme. »

Candida Long rit de bon cœur.

« Oh, l'homme en question est Paul Craddock, et il n'a pas un radis ! J'ai une rente de cinq mille livres par an, et parfois, je voudrais que tout ça aille au fond de la mer. Et d'autres fois pas, bien sûr, parce que je m'offre vraiment du bon temps ! Mais vous, les filles obligées de gagner votre vie, vous n'avez pas ce problème. Vous savez si un homme veut vous épouser pour vous-même ou pas. D'accord, inutile de rester debout. Faites un bon dîner et allez vous coucher. Je n'ai dit à personne que je vous avais ramassée sur la route. Elizabeth a des idées assez victoriennes, elle en ferait toute une histoire. Alors, ne dites rien vous non plus ! »

Elle se retourna un instant devant la porte.

« Prenez une de mes chemises de nuit et tout ce que vous voudrez. Je ne tiens pas à Paul, vous savez. Mais j'aimerais savoir s'il tient à moi. Il est terriblement ambitieux. S'il m'épousait, il ferait une carrière politique fulgurante. C'est ce qu'il voudrait. D'ailleurs, je me dis parfois que ce serait très amusant de tenir un salon et tout ça. Et d'autres fois, je me dis que ce serait d'un ennui infernal. Qu'est-ce que vous en pensez ? »

Mally fit la même réponse que précédemment.

« Je pense que ça dépend de l'homme. »

Quand la porte se referma sur Candida Long, Mally s'affaira à remettre de l'ordre. Puis elle retourna s'asseoir au coin du feu pour réfléchir.

Si seulement Paul Craddock ne venait pas demain… Elle attisa les bûches et regarda les flammes jaillir dans la cheminée. Elle ferma les yeux un instant en convoquant l'image de la forêt humide et froide et du buisson de houx sombre qui avait été son refuge seulement quelques heures plus tôt. Prise d'un frisson, elle rouvrit les yeux et contempla la jolie pièce à l'ancienne au plafond bas et aux meubles sombres brillants de cire. Les couleurs du tapis ancien étaient fanées, le papier peint légèrement passé, mais il y avait du chintz tout neuf très gai – du genre scintillant avec des perroquets, des roses et des oiseaux de paradis à longue queue. Les rideaux étaient doublés de rose, et le couvre-lit était en soie rose. Mally trouvait que c'était une très jolie chambre.

Si seulement elle pouvait tenir deux jours… Peut-être que Paul Craddock ne viendrait pas. Le menton dans la main, elle regarda le feu. Même s'il venait, pourquoi la verrait-il ? Pourquoi un invité arrivant pour un bal et repartant le lendemain croiserait-il la femme de chambre de miss Long ? S'il venait, ce serait uniquement pour le bal costumé à Curston ; et le jour suivant, Candida Long partirait à l'étranger pour un mois. C'était vraiment une chance splendide !

Paul Craddock arriva le lendemain. La piste de Mr. Alfred Dawson l'avait entraîné dans des recherches vaines. Il trouva Mr. Peterson très favorable à l'idée qu'il se rende à Curston ; il y avait une vague chance qu'il recueille là des informations, et puis ce serait tout aussi bien de sauver les apparences, de ne pas avoir l'air de trop s'inquiéter au sujet de miss Lee et des papiers avec lesquels elle était partie.

Il arriva à temps pour s'habiller. Mally, en tournant dans un couloir, faillit se cogner à lui. Elle se retira prestement, et il passa sans la regarder. L'angle était sombre, sa robe était sombre ; il avait filé tout droit.

Mally alluma les lampes dans la chambre de miss Long et se traita de parfaite imbécile d'avoir eu aussi peur.

Pendant ce temps, Paul Craddock alla au bout du couloir, tourna à l'angle, attendit une minute, puis revint sur ses pas et redescendit. Il connaissait la maison et était quasi certain que, à cette heure, il aurait le bureau pour lui tout seul. Il ferma la porte, alla directement décrocher le téléphone et demanda le numéro de sir George Peterson à Londres. On lui passa très vite la communication. À son grand soulagement, ce fut sir George lui-même qui répondit. « Allô ! »

Paul Craddock commença à parler en portugais. En règle générale, les employés de la poste ne connaissent pas le portugais, et il trouvait que c'était un bon moyen pour avoir des conversations privées avec son patron.

« Elle est ici.

— Où ça ? demanda sir George d'un ton incrédule.

— Ici, dans cette maison. Je viens de la voir.

— Est-ce qu'elle sait que vous l'avez vue ?

— Non, je dirais que non. Elle arrivait à l'angle d'un couloir sombre et j'ai continué tout droit.

— Qu'allez-vous faire ?

— On ne peut pas la laisser partir. Et on ne peut

pas l'intercepter sans avoir un mandat d'arrêt. Je pense que vous devriez en demander un.

— Vos raisons ?

— J'ai réfléchi. Je suis sûr que nous avons eu tort de soupçonner qu'elle avait un but quelconque… Je suis persuadé qu'elle n'a pas été introduite dans la maison, comme nous l'avons cru tout d'abord.

— Poursuivez.

— Si elle avait su ce qu'elle a pris, ou si quelqu'un l'avait envoyée le prendre, elle n'aurait jamais quitté Londres. Elle serait allée directement le remettre quelque part. Je pense qu'il est prudent de la faire arrêter. Si elle a des papiers sur elle, vous les réclamez… C'est votre affaire personnelle. Si elle n'en a pas, elle fera de la prison pour avoir volé le diamant et sera suffisamment discréditée pour être quantité négligeable à l'avenir. Si elle sait quelque chose, elle ne sait pas où transmettre ses informations. Mais j'ai la conviction qu'elle ne sait rien du tout. »

Il y eut un moment de silence, puis sir George dit : « Oui, je crois que vous avez raison. J'ai le même sentiment. Je vais demander le mandat d'arrêt et faire envoyer quelqu'un dès que possible. Mais je ne sais pas s'ils feront quelque chose ce soir.

— D'accord. »

Mr. Craddock raccrocha et monta s'habiller.

« Brown, je viens d'avoir une véritable idée de génie ! s'exclama miss Candida Long.

— Oh ! Ne tournez pas comme ça ! J'ai failli vous brûler, dit Mally en montrant la crinière blonde de Candida.

— D'accord… Il n'y a pas de mal. Écoutez-moi, ma brave fille et, pour l'amour du ciel, ne me brûlez pas !

— Je ne le ferai pas si vous vous tenez tranquille.

— Vous ne m'écoutez pas… Vous ne m'avez pas dit que vous aviez laissé des affaires à Curston ?

— Si. »

Mally regretta de ne pas avoir tenu sa langue ; son intimité avec Candida, si brève soit-elle, lui faisait craindre ce qu'elle qualifiait d'idée de génie.

« Bon, écoutez-moi ! Vous m'écoutez ? C'est une sacrée idée ! Je vais vous emmener avec moi, et comme ça, vous irez chercher vos affaires. De toute façon, je comptais vous emmener… Je déteste conduire toute seule.

— Mais vous ne serez pas seule. Il y aura les autres invités… et Mr. Craddock.

— Brown, vous ne vous servez pas de votre tête ! Je tiens à rester un secret absolu. Raison pour laquelle je vous ai demandé de ne pas ouvrir la boîte où est rangé mon costume. Je veux être sûre que personne ne me reconnaisse avant que j'enlève mon masque… et surtout, je ne veux pas que Paul Craddock me reconnaisse ! Je vais vous emmener, et vous prendrez vos affaires. Je sortirai d'ici en douce dès que le dîner sera terminé. Vous serez prête, n'est-ce pas ? Et là, nous ouvrirons cette boîte. Préparez-vous à être époustouflée ! »

Mally fut en effet quelque peu déconcertée. Le costume que miss Long se proposait de porter sous sa cape était calculé pour faire sensation à Curston. En imaginant la tête de lady Mooring, Mally faillit partir d'un grand éclat de rire des plus irrespectueux.

« C'est un poisson argenté, dit Candida en prenant les collants pailletés. La queue est mignonne, non ? C'est une idée de Paul. Nous sommes tombés d'accord pour dire que je n'étais pas assez riche pour être un poisson doré – ça aurait coûté une somme à cinq chiffres, et je n'en ai que quatre. Oh, c'est beau, non ? »

Des chaussures argent, des bas argent, un justaucorps argent recouvert d'écailles de poisson en pointes de diamant, et la petite queue à trois coins que Candida avait qualifiée de mignonne – le tout en révélait autant qu'un maillot de bain, mais en plus seyant.

Les cheveux de lin argentés ressortaient comme une auréole. Elle se hissa sur la pointe de ses chaussures argent et tourbillonna devant le miroir.

« Oh, je n'ai pas envie de l'enlever ! Mais je ne peux pas descendre dîner dans cette tenue. Si je le faisais, j'aimerais bien voir la tête que ferait Elizabeth ! Elle m'a expliqué un jour avec le plus grand sérieux qu'il lui avait fallu des années pour s'habituer à voir des chevilles. "Et maintenant, ma chère, personne ne se soucie de ce qu'il montre." J'ai belle allure, non ? Tenez, passez-moi cette chose noire pour aller dîner, et cachez ça avec mon masque… Surtout, pas un mot à qui que ce soit, sinon je vous tue et j'abandonne le cadavre dans le bois le plus désolé entre ici et Curston ! »

En bas, miss Long fut accueillie aux cris de « Pas encore habillée ? », « Candida, vous n'allez pas y aller comme ça ? » et « Ma chère, qu'avez-vous fait de votre costume ? Vous ne l'avez pas apporté ? »

Candida leur souffla à tous des baisers.

« Si… Il est là-haut. Non, Elizabeth chérie, je ne mettrai personne en retard, étant donné que je vais me conduire moi-même. Je suis le plus grand secret qui ait jamais existé… Personne ne me verra avant que j'ôte mon loup au souper ! Non, personne ne saura quel est mon masque. Je viens de prévenir ma femme de chambre que je la tuerai si elle le dit. Vous ne voudriez pas d'un meurtre dans la maison, Elizabeth ?

— Ma chère ! » Mrs. Holmes paraissait outrée. Grande et solidement bâtie, c'était une femme faite pour porter du tweed ; elle n'avait pas du tout l'air à son aise dans une horrible robe en satin magenta, qu'elle avait achetée parce que sa couturière avait insisté. Ses cheveux avaient une teinte entre le rouge et l'or, et sa peau évoquait de la poussière de brique. Quand elle s'exclama « Ma chère ! », Candida éclata de rire.

« Oui, chérie, je vous avais dit que ça ne vous plairait pas. Avec qui je vais ? Ambrose ? Parfait… Allons-y, mon vieux ! »

Elle prit le bras d'un beau jeune homme aux yeux sombres et, tandis qu'ils traversaient le hall, elle lui murmura à l'oreille :

« Je ne le dis pas à tout le monde, mais je veux bien vous donner un conseil. Cherchez un masque violet… Peut-être vous accordera-t-elle quelques minutes… Remarquez, je ne promets rien. »

Au dîner, elle eut pour voisin Paul Craddock. Dès qu'on servit le poisson, elle dit à Ambrose de jouer avec Janet Elliot assise de l'autre côté et se tourna vers Paul.

« Ma foi, je crois qu'il ne me reste plus de danses pour vous.

— Comment comptez-vous rester un secret absolu si vous réservez des danses à l'avance ?

— Peut-être ne suis-je pas un secret absolu pour tout le monde…

— Devez-vous en être un pour moi ? Après tout, c'est moi qui vous ai soufflé l'idée de votre costume, et vu que je n'en ai parlé à personne, je mérite quelque chose.

— On n'obtient pas toujours ce qu'on mérite. Pensez à toutes les choses magnifiques que j'aurais, si c'était le cas ! »

Il la regarda avec une expression qu'elle ne parvint pas à interpréter.

« Est-ce qu'il vous reste encore des choses à souhaiter ?

— Mon *cher* Paul ! Quelle question ! Hier encore, j'ai eu un manque de chance diabolique. Vous savez que je pars demain à Florence, chez les Halliday, eh bien, hier, après votre coup de téléphone, figurez-vous que cette misérable et abominable Deane est partie au pied levé, tout ça parce que sa sœur venait d'avoir des jumeaux… des jumeaux !

— Pauvre Candida ! Vous êtes donc sans femme de chambre ? »

Elle parla plus bas.

« Non, pas du tout… C'est ce qu'il y a d'extraordinaire. Je suppose que j'ai de la chance, en fin de compte ! Ça ne me dérange pas de vous le dire, mais, par pitié, n'allez pas le répéter ! Elizabeth ferait une crise.

— Qu'est-ce que vous avez fait ? demanda Paul en lui souriant. Allons… avouez ! Je ne vous dénoncerai pas. Qu'avez-vous fait ? »

Candida ouvrit tout grand ses yeux clairs en prenant un air d'innocence blessée.

« Moi ? *Rien*. Elle m'est complètement tombée dessus.

— Elle ? » Son ton se durcit quelque peu.

Candida se pencha vers lui en hochant la tête.

« Chut ! Pas un mot ! Elizabeth en ferait dix mille crises. »

Elle se redressa et se servit de l'entrée. Paul n'en prit pas. Elle secoua la tête d'un air réprobateur.

« C'est absolument délicieux. Vous devriez en prendre. Je ne sais pas ce que c'est… C'est un mystère, comme moi !

— Ou comme votre femme de chambre. Comment avez-vous dit que vous l'aviez trouvée ? »

Candida hésita.

« Vous jurez de ne rien dire ? *Absolument* rien ? D'accord. Je l'ai ramassée sur la route, juste après Peddling Corner.

— Non !

— Si ! Et elle est bien plus douée pour me coiffer que l'a jamais été Deane… J'ai vraiment de la chance. »

Paul sembla ne pas s'intéresser davantage à la femme de chambre ramassée sur la route. Il regarda tendrement Candida et murmura :

« Et est-ce que, moi aussi, je vais avoir de la chance ? Vous allez me promettre de me réserver quelques danses ?

— Comment le pourrais-je ? Je suis un *secret*.

— Faut-il que vous en soyez un pour moi ? »

Elle baissa les cils.

« Vous voulez vraiment savoir ?

— Bien sûr.

— Mais alors, vous n'en parlerez à personne ? *Juré* ? »

Paul Craddock le jura.

Candida jeta un coup d'œil derrière son épaule. Ambrose était en train de raconter en détail à Janet pourquoi il avait pris neuf au quatorzième trou ce matin-là. Elle se tourna vers Paul et chuchota :

« Quelle est votre couleur préférée, déjà ? »

Paul n'était pas sûr d'avoir une couleur préférée, mais il savait, ou pensait savoir, quelle était celle que préférait miss Long.

« Bleu pâle, dit-il, l'air passablement impatient et dévoué.

— Ce que vous êtes *malin* !

— C'est le bleu pâle ? »

Elle éclata de rire.

« Un loup bleu pâle pourrait bien être là et vous donner sept et dix. »

Candida monta dans sa chambre dans un état de gaieté répréhensible.

« Faites vite, Brown ! Je veux partir avant les autres. Ça va être amusant… Vous n'avez rien dit à personne ? Non, il n'y a pas d'attache… c'est élastique. Tirez ! Tirez de toutes vos forces ! Oui, comme ça. C'est superbe, non ? Ma brave Brown, j'ai dit en toute confidence à Ambrose que mon loup était violet, et à Paul qu'il était bleu pâle… une information tout ce qu'il y a d'exclusif ! Quant à Willie Elliot, il croit qu'il est blanc et or. Et quand le colonel Moulton m'a arrêtée dans le hall, je lui ai chuchoté à l'oreille que je serais une diablesse en rouge vif. Et maintenant, sortons le vrai ! »

Mally lui tendit un loup noir et argent. En réalité, il était plus argent que noir.

Candida mit le masque que prolongeait un rabat en dentelle.

« Maintenant, mon manteau de fourrure pour cacher le loup… et ce foulard rouge pour mettre sur ma tête ! Vous êtes prête ? Alors, allons-y ! »

En haut de l'escalier, elles tombèrent sur Mr. Craddock qui montait la garde. Mally portait son manteau bleu marine et avait abaissé le bord de son chapeau noir pour dissimuler au mieux son visage. Tandis qu'elle avançait en suivant de près Candida, elle sentit le regard de Paul Craddock.

## 22

La voiture fila sur les petites routes obscures. Mally adorait rouler la nuit ; il y avait quelque chose de magique dans l'obscurité qui vous enfermait et le faisceau blanc qui la transperçait en traçant une route. Ce soir-là, tout avait une sorte d'étrangeté. Il était tombé un peu de neige, de sorte que les arbres, les buissons et les haies évoquaient des fantômes argentés qui surveillaient les routes noires.

Candida Long conduisait très bien. Elle parlait presque sans arrêt. Mais il suffisait à Mally de lui prêter une attention superficielle. Elle trouvait la situation extrêmement excitante ; une excitation teintée d'une pointe de terreur et d'un soupçon d'amusement. Ce bal à Curston avait été prévu en son honneur, c'était son bal, où elle allait se rendre dans le double personnage de celle qui fuyait la justice et de la femme de chambre de Candida Long.

En haut à Curston, dans le débarras, se trouvait la malle qu'elle avait laissée, sa vieille malle d'écolière, et dans la malle, le loup qu'elle avait fabriqué dans l'intention de le porter ce soir-là. Roger s'était disputé avec elle parce qu'elle n'avait pas voulu lui dire à quoi il ressemblait. Comme Candida, Mally avait tenu à ce que ça reste un secret absolu ; elle avait acheté le tissu à Londres un jour où Roger l'y avait emmenée, et elle l'avait cousu dans sa chambre en fermant la porte à clé.

C'est à ce moment-là que la grande idée lui vint. Elle lui vint alors que Candida disait sur un ton rempli de commisération :

« Vous allez passer des heures à vous ennuyer, mais j'imagine que vous connaissez quelques personnes dans la maison et qu'elles s'occuperont de vous. Une gouvernante ou quelqu'un d'autre.

— Oh, je ne m'ennuierai pas ! » Mally retint un petit rire amusé. « Je… je serai très bien.

— Pensez à dîner. Et retrouvez-moi dans le vestiaire quand les gens commenceront à s'en aller. Nous sommes parties en toute discrétion. Je ne vois pas comment quelqu'un pourrait avoir la moindre idée de qui je suis… Je compte bien passer un excellent moment ! »

Mally marmonna « Mmm », ce qui était la seule chose exigée de sa part. C'était son bal, et elle y allait en étant la femme de chambre de Candida Long. Elle imaginait avec quelle fierté empesée les Mooring avaient encaissé le fait qu'elle avait rompu les fiançailles. Il lui semblait qu'il y avait mille ans qu'elle avait jeté à la tête de Roger sa bague de fiançailles qui lui avait entaillé la joue, alors que, en réalité, ça remontait seulement à quarante-huit heures.

Quelque chose dans un coin de son esprit lui souffla : « Tu dis n'importe quoi ! », avec tant d'insistance qu'elle dut compter sur ses doigts pour s'en convaincre. C'était entre neuf heures et dix heures du soir qu'elle avait claqué la porte au nez de Roger et de ses fiançailles. Puis il y avait eu une nuit partagée entre un garage, une voiture et un grenier à foin – une nuit qui lui avait paru durer trois semaines ; et une seconde nuit sur un petit lit très dur dans une chambre mansardée à Menden, où elle avait dormi sans bouger. Là, il était neuf heures moins le quart, si bien que, en réalité, seulement quarante-huit heures et quarante-cinq minutes s'étaient écoulées depuis qu'elle avait fracassé la collection de lady Catherine Cray et fui Roger, lequel méritait largement ce qu'elle avait fait – et même plus ! Certes, il aurait pu s'asseoir tout plein de raideur et rédiger une de ces annonces très discrètes comme on en voit parfois dans les journaux :

« Le mariage prévu entre Mr. Trait et miss Astérisque n'aura pas lieu. »

Mally était persuadée qu'il s'empresserait de faire savoir à tout le monde qu'il n'était plus fiancé à une jeune fille qui risquait d'être arrêtée à tout moment.

« Alors vous voyez, je le saurai, non ? était en train de dire Candida, terminant un long discours dont Mally n'avait pas entendu un seul mot. Je me fiche de lui comme d'une guigne, et il n'en ira pas autrement tant que je ne serai pas sûre… Ah, nous y voilà ! La dernière fois que je suis passée ici, je venais juste d'apprendre à conduire, si bien que j'ai atterri au milieu du parterre de roses de lady Mooring. Et ce Roger tout raide a été poli… très poli ! Depuis, je le déteste, parce qu'il a simplement marmonné des "Bon sang !", alors qu'il aurait été bien plus agréable d'avoir une bonne vieille bagarre. S'il avait dit : "Ma petite, vous conduisez comme un pied ! Pourquoi vous laisse-t-on sortir sans chaperon ?", et si j'avais répondu : "Vous êtes le porc le plus odieux et renfrogné que j'aie jamais rencontré !", on aurait pu déballer tout ce qu'on avait sur le cœur et être amis, tandis que là, on se déteste ! »

Le pire moment fut celui où il fallut sortir de l'obscurité pour entrer dans le hall tout éclairé. Mally garda la tête baissée et fila vers l'escalier de service. Elles étaient en avance, mais un groupe assez important était arrivé juste avant elles, si bien que le hall n'était pas vide.

Une fois franchie la porte battante, Mally prit une longue respiration, soulagée. Le pire était passé. Elle monta en courant, faillit croiser une bonne sur le premier palier, mais le reste de la voie était dégagé.

Elle referma la porte du débarras derrière elle, alluma et chercha sa malle. Celle-ci était posée à un mètre au-dessus d'une autre, une vieille malle toute défoncée dont la toile dépassait d'un des coins en cuir écrabouillé. Il y avait des années que la serrure ne fermait plus, ce dont elle se félicita. Il lui suffit de défaire les courroies pour l'ouvrir. Le loup était emballé dans du papier de soie dans le coin gauche de la malle. Elle le déplia et passa en revue le contenu. D'abord, la cape à capuche rouge rosé avec un petit motif doré et un liseré d'or mat ; puis le masque en velours noir – assez grand avec un rabat en dentelle –, les chaussures or et argent, et les bas fins qu'elle avait gardés en vue de ce bal – *Sauf que jamais je n'aurais imaginé devoir m'habiller dans un débarras !*

Elle retira son manteau, sa jupe et son pull. Il lui fallait trouver quelque chose à mettre sous le costume. Elle farfouilla dans ses affaires en cherchant un vieux bout de tissu doré qu'elle avait porté à l'occasion d'une pièce de théâtre donnée à l'école. Elle le mit avant de passer la cape par-dessus. Au moment où elle fixa l'élastique du masque sur ses cheveux et releva la capuche rouge rosé, un merveilleux sentiment de sécurité l'envahit. Elle était là, à son propre bal, et hors de danger. Elle allait s'amuser.

Quand elle eut enfilé les bas argent et les chaussures or et argent, elle enroula du linge de rechange ainsi que toutes les choses qu'elle venait d'enlever dans son manteau, puis attacha le paquet avec des épingles de nourrice. Après quoi elle descendit en courant.

Le hall était maintenant rempli de monde. Elle se faufila au milieu de la foule, sortit par la porte d'entrée et tourna à droite, là où Candida avait garé sa voiture. Il faisait terriblement froid. Elle fourra le paquet dans la voiture et repartit en vitesse dans la maison. Elle se dirigea vers la grande cheminée où flambait un immense feu, et pendant qu'elle se réchauffait, le reste des invités de Menden arriva.

Mally savait par les autres femmes de chambre que Mrs. Holmes porterait une cape en velours violet, et Janet Elliot une vert émeraude. Parmi les hommes, Paul Craddock était facile à repérer tellement il était grand. Il portait une cape rouge vif doublée de noir. Le colonel Moulton et Ambrose Medhurst faisaient à peu près la même taille, mais le colonel avait une façon de pencher la tête en avant, si bien qu'elle décida sans difficulté qu'il était la cape marron, et Ambrose la jaune.

Très contente d'elle, Mally s'engagea dans le couloir avec une foule d'autres gens et arriva dans la salle de bal, où se tenait lady Mooring en velours noir et perles, disant alternativement « Comment allez-vous ? » et « Je n'ai aucune idée de qui vous êtes. »

Quand elle le dit à Mally, celle-ci avança en jetant un regard sur les trois rangs de perles laiteuses irides-centes qui auraient dû être les siennes le jour où elle aurait épousé Roger.

Elle caressa sa gorge lisse et nue. Roger lui avait montré les perles et les lui avait fait essayer. Elle se souvenait de la sensation et, une fois encore, elle regarda les perles sur le cou de lady Mooring, un rang coincé sous son double menton, un autre au niveau du col en dentelle de Honiton, le troisième retombant sur le velours noir de son ample poitrine.

*Ces perles doivent valoir des centaines et des centaines de livres ! C'est comique... affreusement comique ! Et moi, je n'ai en tout et pour tout que neuf pence !*

Mally éprouva un réel plaisir à l'idée que c'était elle qui avait envoyé balader Roger, le manoir de Curston et les trois rangs de perles.

La première danse venait de commencer lorsque la cape jaune de Menden s'arrêta devant elle et demanda avec la voix aiguë grinçante que donnent les masques :

« Euh... me feriez-vous le plaisir ? »

Mally avait décidé qu'un murmure rauque était un meilleur déguisement qu'un murmure grinçant. Non qu'Ambrose Medhurst aurait pu reconnaître sa voix, mais la salle était pleine de gens venus la voir jouer ici même trois semaines auparavant, et certains d'entre eux avaient peut-être bonne mémoire. Elle s'élança sur la piste de danse au bras d'Ambrose et dit :

« Vous êtes très formel. Peut-être qu'on se connaît très bien... ou pas du tout ! Par conséquent, pas la peine de s'embêter à être polis.

— Vous dansez comme un rêve ! grinça la cape jaune.

— Oui, je sais. C'est ma seule passion dévorante. Dansons, nous parlerons après… Vous ne pouvez pas continuer à grincer comme ça… C'est extrêmement désagréable. »

Lorsque la musique s'arrêta, ils trouvèrent des chaises dans une alcôve, et Mally lâcha la bride à l'indiscrétion :

« Vous dirai-je qui vous êtes, et tous les horribles secrets de votre passé ? Je le fais, si vous voulez.

— Qui êtes-vous ?

— Quelqu'un qui sait *tout.*

— Mais que…

— Avez-vous déjà joué à "J'aime mon amour" ? demanda Mally sur un ton mystérieux. On y joue comme ça : "J'aime mon amour avec un C parce qu'elle est Charmante. Je la déteste avec un C parce qu'elle…" Pourquoi la détestez-vous, cape jaune ?

— Mais qu'est-ce que… Qui êtes-vous ? Où voulez-vous en venir ? » Mr. Medhurst en oublia presque de grincer.

« Vous ne voulez pas dire pourquoi vous la détestez. Très bien, passons là-dessus ! Peut-être que vous ne la détestez pas du tout. Et on continue comme ça : "Je l'ai emmenée à Curston et lui ai fait des Compliments. Son nom est Candida, et elle va aller sur le Continent." »

Il y eut un silence. Mally avait vu Ambrose Medhurst regarder Candida pendant que cette dernière regardait ailleurs. Et elle avait remarqué que miss Long, qui parlait durant des heures de Paul Craddock, non seulement changeait de sujet quand on évoquait Mr. Medhurst mais qu'elle changeait aussi de couleur. Une femme de chambre entend pas mal de choses que se racontent les dames pendant qu'elle sort des vêtements ou les range.

Après ce petit silence, la cape jaune demanda :

« Qui êtes-vous ? Candida ?

— Et si je répondais "Non" ?

— Je dirais que vous ne jouez pas le jeu.

— Et si je répondais "Oui" ?

— Je ne vous croirais pas », rétorqua Ambrose Medhurst avec sa voix normale.

La musique reprit ; ils regagnèrent la salle de bal. Il venait de s'éloigner quand il sentit qu'on le poussait du coude et entendit un filet de voix rieur dire :

« Je n'aurais pas peur de son *argent*. C'est juste une jeune fille. »

Mally s'esquiva avant qu'il ait eu le temps de se retourner. Tapant du pied en rythme, elle observait les danseurs quand un bras l'enlaça par la taille et l'entraîna dans le courant sans même un « avec votre permission ».

Ce nouveau partenaire, nettement plus grand qu'Ambrose, portait une cape noire doublée de rouge, si bien que, l'espace d'un instant épouvantable, elle se demanda si Paul Craddock n'avait pas retourné sa cape. L'épouvante ne dura qu'un instant car l'imagination la plus débridée aurait eu du mal à voir Paul Craddock d'humeur joyeuse.

La cape noire était un partenaire très joyeux, qui souleva Mally de terre dans le meilleur style des ballets russes, puis annonça dans un horrible grognement qu'il était Foxtrotski, le bolchevik bondissant de Brixton, avant d'ajouter que son ami Bombenoff proposait d'interrompre la procédure en organisant un grand gala d'invités explosés.

Mally aima beaucoup danser avec lui. Alors qu'ils

étaient à peu près à la moitié de la danse, elle s'aperçut que la grande main qui la tenait avait quelque chose d'étonnamment familier et elle reconnut Ethan Messenger. Une étrange impression de sécurité l'envahit ; et avant qu'elle ait pu tenir sa langue, elle émit un petit rire excité chaleureux et demanda :

« Comment va Dinks ? »

Le bolchevik bondissant avait déjà répondu « Il va très bien ! » quand elle se rendit compte de ce que trahissait sa question. Il se recula en disant : « Bonsoir… bonsoir ! Doux Seigneur ! Qui êtes-vous ?

— Cendrillon… ou la Mendiante, je ne sais pas trop, mais je crois que c'est plutôt Cendrillon. Comme vous n'êtes aucun des personnages de ces histoires, que nous dansions ensemble est d'un affreux ana… – quel est le mot, déjà ?

— Un anachronisme ?

— Sans doute. En tout cas, c'est tout à fait inconvenant. Vous ne m'avez pas parlé de Dinks. Est-ce qu'il vous a mordu ? »

Pendant quelques secondes surprenantes, l'impossibilité de faire coïncider le vif souvenir de Mally Lee couverte de paille avec l'élégante en rouge rosé qu'il tenait dans ses bras laissa Ethan sans voix.

Mally enchaîna :

« J'ai fait très attention à ce qu'il ne me morde pas. Avant, je ne pensais pas que les lapins étaient féroces. Bunty voulait que je le mette dans sa cage, mais je lui ai dit que vous vous y prendriez beaucoup mieux. J'aime bien Bunty… Pas vous ? »

Ethan ignora la question.

« C'est donc vous ! » s'exclama-t-il.

Mally secoua vigoureusement la tête.

« Je ne suis pas moi et vous n'êtes pas vous. Je

suis une cape rose, vous une noire. Et nous n'avons pas de visage… seulement des masques. Rien ne nous est arrivé avant ce soir, et rien ne nous arrivera plus jamais. Nous allons simplement danser et passer un très bon moment jusqu'à ce que votre ami Bombenoff nous fasse tous sauter en nous arrachant à notre conte de fées. »

Ethan la fit tournoyer en riant.

« Si je comprends bien, je ne dois pas vous demander comment vous êtes arrivée ici ?

— Sûrement *pas* !

— Ni quoi que ce soit d'autre ? »

Mally secoua de nouveau la tête. Quelques secondes plus tard, elle aperçut le costume noir et argent de Candida, à l'écart des danseurs au fond de la salle. Sans prévenir, elle s'éloigna d'Ethan et s'approcha de Candida en riant.

« Vous voulez que je vous confie un secret ? » murmura-t-elle.

Le partenaire de miss Long, une cape blanche, ne paraissait pas du tout ravi, néanmoins Mally reprit :

« Je peux vous dire quelque chose qui vaut la peine d'être su. »

La capuche argent et le masque noir se tournèrent vers elle.

« Que pouvez-vous me dire ? »

Mally estima que Candida ne savait pas du tout déguiser sa voix. Si on ne pouvait pas faire mieux, autant ne pas porter de masque !

« Je peux vous dire que la cape rouge doublée de noir aimerait épouser une femme riche. Et que l'argent effraie tellement la cape jaune qu'il laissera partir la fille qu'il aime avec un homme qui ne l'aime pas. »

Candida tapa de son pied argent sur le sol.

« Comment osez-vous ? Qui êtes-vous ? » Puis, dans un murmure : « Comment le savez-vous ? Et que voulez-vous dire ?

— Vous ne voulez pas danser ? » s'impatienta la cape blanche.

Candida lui lança un « Non » et se rapprocha de Mally.

« Mais de *quoi* parlez-vous ? De *qui* parlez-vous ? »

Mally mit un doigt devant la dentelle noire qui dissimulait sa bouche.

« Chut ! fit-elle en montrant quelqu'un du doigt. Voici la cape jaune. Il est trop fier pour vous avouer qu'il tient à vous… Je ne pense pas qu'il le fera à moins que vous ne le lui fassiez dire.

— Qui est-ce ? Mais qu'est-ce que vous racontez ? Vous ne pouvez pas savoir qui c'est !

— "Peut-être que non… peut-être que si.

Car c'est un jeune homme très fier." »

Mally fredonna ces vers de mirliton de sa voix la plus grave. Puis elle continua de façon inconséquente : « Son nom m'évoque de l'ambre au milieu d'un bois.

— C'est absurde !

— Oui, n'est-ce pas ? Et la très grande cape rouge qui arrive a les mêmes initiales que poste central et police conseil. Et lui n'est pas fier du tout… Il peut très bien avaler une fortune, comme la plupart des hommes. »

Mally tournoya devant Candida, puis repartit en chasse dans la salle. Elle s'amusait vraiment comme une folle.

Elle retourna danser avec Ethan Messenger, qui l'avait apparemment attendue. C'est alors qu'elle vit Candida et la cape jaune danser ensemble.

« Je sais qui je suis, dit-elle.

— Une sorcière ?

— *Certainement* pas ! Les sorcières sont toutes parfaitement hideuses, et elles se déplacent par centaines. Non, je viens de m'en rendre compte d'un seul coup… Je ne suis ni Cendrillon ni la Mendiante. Je suis une fée dans un conte de fées bien d'aujourd'hui. »

Elle continua à s'amuser.

## 23

« Comment m'avez-vous reconnu ? demanda soudain Ethan.

Ils étaient assis dans une petite alcôve derrière des paravents et des palmiers en pot.

Mally lui attrapa la main gauche, la plus proche, lui déplia les doigts d'un geste brusque et montra la phalange supérieure de son pouce.

« C'est là que vous vous êtes donné un coup de marteau quand j'ai ouvert la porte.

— Quel souvenir romantique !

— N'est-ce pas ? Vous avez dit "Zut !", j'ai ouvert la porte, et on était là.

— Vous aviez de la paille dans les cheveux.

— Vous en auriez eu aussi, si vous aviez dormi dans un grenier à foin. C'est chaud, mais ça pique. O-o-o-oh ! »

Elle pinça très fort la main d'Ethan. De l'autre côté du paravent sur leur droite, une voix dit : « Mally Lee ? » C'était une voix de femme, que Mally aurait décrite comme une voix de douairière – du genre qui va avec des mentons et des diamants.

« Oh, oui ! » s'exclama une autre femme. Il y eut alors des bruits comme ceux que font deux femmes aux amples proportions qui s'installent pour faire la conversation.

Mally continua à pincer la main d'Ethan. Qu'allaient-elles dire d'autre ?

« Vous ne voulez pas dire qu'elle est ici ce soir ! » C'était la première voix.

L'autre avait une intonation plus aiguë.

« Ma chère Louisa, ne me dites pas que vous n'êtes pas au courant !

— Non. Y a-t-il quelque chose à savoir ?

— Oh, *oui.* » La dame à la voix aiguë insista avec énergie sur le *oui.* « Tout est annulé !

— Non, vraiment ? Vous en êtes sûre ?

— Évidemment, j'en suis sûre. Franchement, Louisa ! Comme si je dirais quelque chose sans le tenir d'une autorité incontestable !

— Et c'est le cas ?

— Lady Mooring m'a appelée ce matin pour nous prévenir. La pauvre, je suis sûre que c'est un soulagement pour elle, car je sais qu'elle était très malheureuse de ces fiançailles. Et ce n'est pas surprenant… une petite rien du tout venue de nulle part sans un sou ! Vous savez, elle a été la gouvernante de Maud Esson, et elle a réussi à attraper Roger pendant qu'elle travaillait là. C'était très ennuyeux pour les deux familles, parce que c'était un secret de Polichinelle que lui et Blanche étaient faits l'un pour l'autre. Et un nom pareil… Mally Lee ! Mally ! Comme dans une vieille chanson qu'elle s'est ridiculisée à chanter au milieu de cette pièce de théâtre qu'ils ont jouée ! Je sais que lady Mooring était très contrariée. Faire une chose pareille ! »

La main droite d'Ethan recouvrit les petits doigts

glacés qui le pinçaient. Mally arrêta de le pincer, et sa main trembla sous la sienne.

« J'ai entendu dire qu'elle chantait de façon charmante », dit la grosse voix.

L'autre dame renifla.

« De façon beaucoup trop théâtrale. C'est bon pour la scène… mais pas pour une bru. Lady Mooring était affreusement contrariée.

— Eh bien, elle n'a plus à l'être… Que s'est-il passé ?

— Je ne sais pas exactement. Mais elle a dit… Vous ne le répéterez pas ?

— Non, bien sûr que non. »

La voix aiguë baissa d'un ton.

« Elle a dit qu'elle ne serait jamais assez reconnaissante que Roger ait découvert à temps le véritable caractère de cette fille. »

Mally retira sa main de celle d'Ethan et se leva. Sous le masque, son visage la brûlait, ses yeux la piquaient. Comment *osaient*-elles ? Oh, comment *osaient*-elles ?

Ethan lui prit le bras en la suivant hors de l'alcôve et dans le couloir. Arrivé devant les deux dernières chaises, il resserra son étreinte. L'endroit était vide, car la musique de la danse suivante venait de reprendre.

« Venez par ici, dit-il à Mally. Que vous importe ce que raconte une vieille femme malveillante ? »

Elle se tourna face à lui.

« Mais ça m'importe ! s'exclama-t-elle en reculant contre le mur entre les deux chaises.

« Elles parlaient de vous ?

— Oui. Vous les avez entendues.

— Vous étiez fiancée à Roger Mooring ? » La voix d'Ethan avait changé.

« Oui, je l'étais.
— Et il a rompu ? Quel abruti ! »

Mally tapa dans ses mains d'un geste exaspéré.

« Non, ce n'est pas lui qui a rompu, ce n'est pas lui ! C'est ce que tout le monde dira, mais vous ne devez pas dire ça… ni même le penser ! C'est moi qui ai rompu. Vous m'entendez ? C'est moi. »

Sa capuche avait glissé en arrière. D'une main tremblante, elle arracha son masque. Ethan la regarda d'un air grave.

« Pourquoi avez-vous fait cela ?
— Parce que je l'ai décidé… parce qu'il ne m'aimait pas, qu'il ne me connaissait pas et qu'il ne comprenait rien. Comment a-t-il osé me faire la cour alors qu'il ne m'aimait pas ?
— Vous en êtes sûre ? »

Mally éclata de rire, d'un rire blessé et furieux.

« Oui, sûre et certaine. Il a cru tout ce que cet odieux hypocrite de Peterson lui a raconté… Il a cru que j'avais volé les diamants de Mrs. Craddock. Les gens qui vous aiment ne croient pas de telles choses… ils refusent d'y *croire.* »

Ethan émit un long sifflement de désarroi. Dans quel genre de pétrin était allée se mettre cette enfant ?

« Pourquoi quelqu'un le croirait-il ? »

La colère et le défi quittèrent Mally. Elle se sentait affreusement seule, impuissante. Elle mit ses mains sur ses yeux comme une petite fille et répondit tout bas d'une voix tremblante :

« Je ne sais pas. »

Et soudain, il y eut des voix, des rires, et une dizaine de couples cherchant un endroit où s'asseoir. Le moment intime et passionné passa avant même qu'Ethan ait su ce qu'il aurait dû dire ou faire. Mally avait remis sa capuche et son masque ; sa main était posée sur son bras d'un geste conventionnel.

« Ne restons pas ici. Allons dans la salle de bal et devinons qui est qui. J'ai horreur des coins sombres… pas vous ? »

Plus ou moins au milieu du couloir, Mally aperçut la cape noir et argent de Candida. Lorsqu'elle passa, miss Long l'attrapa par le bras et la poussa à l'écart, tout cela d'un geste impérieux.

« Je vous ai cherchée partout ! Il faut que je vous parle. Pourquoi m'avez-vous raconté ces choses ? Qui êtes-vous ?

— Quelqu'un qui sait, répondit Mally en chuchotant.

— Je n'en crois pas un mot. Comment sauriez-vous ? Comment qui que ce soit saurait-il ? C'est la malédiction de l'argent… on n'est jamais sûr de rien ! Écoutez, vous devez me dire qui vous êtes ?

— Vous ne devinez pas ?

— Non. Qu'est-ce qui vous permet de parler ainsi ? Que savez-vous ? Savez-vous vraiment quelque chose ? »

Mally renonça à murmurer.

« Jimmy Lake est un de mes grands amis. Et c'est aussi un grand ami de Mr. Medhurst. Il m'a dit que Mr. Medhurst était amoureux d'une fille formidable qui a beaucoup d'argent, mais qu'il était trop fier pour la demander en mariage.

— Oh ! s'exclama Candida dans un souffle. C'est vrai ? »

Mally confirma d'un signe de tête.

« Vous êtes *Brown* ! Que diable…

— Je ne suis personne… Je suis un masque rose.

— Brown !

— Non, rose ! » s'esclaffa Mally.

Elle s'enfuit en riant. Quand elle entra dans la salle de bal, elle entendit une voix s'adresser à elle avec un grincement convenable.

« M'accorderez-vous la prochaine danse ? »

Mally avait remarqué la séduisante cape violette, et que celle-ci dansait bien. Elle fit une révérence sans prononcer un mot. Un nouveau partenaire lui donnerait le temps de se ressaisir. Elle avait été prise d'une sorte de timidité par rapport à Ethan Messenger. Elle regarda derrière elle et s'interrogea sur ce qu'elle ressentait. Il était un inconnu ; il n'était rien pour elle. Mais la colère et l'émotion qui lui avaient fait perdre pied étaient sa faute à lui. S'il n'avait pas été là, elle se serait pas mal fichue de ce que l'on pouvait dire à son sujet. Ses joues la brûlèrent de nouveau. Elle n'avait pas cherché à se justifier devant Roger Mooring, mais elle avait dangereusement failli se justifier devant Ethan Messenger.

La musique de la danse suivante la tira de ses réflexions. Mally n'avait pas eu une seule pensée pour la cape violette, mais ils n'avaient pas encore parcouru la longueur de la salle lorsqu'elle eut tout à coup une conviction. *Imbécile ! Pourquoi tu n'as pas deviné à temps ? Idiote...* Idiote ! Si elle n'avait pas été en train de rêvasser ainsi, quelque chose l'aurait avertie que c'était Roger Mooring. Le doute ne dura qu'un instant avant de se muer en certitude. Elle avait trop souvent dansé avec Roger pour ne pas reconnaître son pas, la façon qu'il avait de la tenir.

Ce fut alors qu'ils faisaient le deuxième tour de la salle qu'ils entendirent tous deux le nom de Mally.

« Mally Lee ? (C'était la voix pénétrante et dure

d'une jeune fille.) Oh, tout est annulé ! Vous ne le saviez pas ? »

Roger l'entraîna au milieu de la piste, la main un peu plus ferme, et le reste de la danse se déroula en silence. Quand la musique s'arrêta, il lui offrit son bras et traversa la salle en direction du bureau. Mally pensa se retirer, invoquer une quelconque déchirure, mais elle demeura muette.

Roger referma la porte derrière eux, abaissa sa capuche et releva son masque, révélant une mine pâle et sombre. Il regarda Mally de la façon qui l'avait toujours ennuyée et demanda :

« Pourquoi êtes-vous venue ? »

Les mains dans le dos, elle attrapa la poignée de la porte. Elle était très en colère de sentir son cœur battre aussi vite. Pour quelle raison battait-il ainsi ? C'était juste Roger dans un de ses moments moroses.

« Pourquoi êtes-vous venue ? »

Ce ne pouvait pas être lui qui lui faisait peur à ce point. Elle n'avait jamais imaginé avoir peur de Roger.

« Pourquoi êtes-vous venue ? C'est cruel de votre part. »

D'un seul coup, Mally comprit que c'était sa propre conscience qui lui faisait peur. Elle avait entaillé la joue de Roger, elle avait cassé des choses magnifiques qui ne lui avaient jamais fait de mal, et elle avait été contente parce qu'elle était furieuse contre Roger. Elle le regarda, et quelque chose la blessa. Il avait l'air malheureux, pas seulement morose, mais malheureux, meurtri et affamé.

Et quand il dit soudain : « Mally ! », elle tourna la poignée en s'écriant :

« Non, Roger… je vous en prie.

— Où étiez-vous ? demanda-t-il d'un ton jaloux.

Qui vous cherche ? Comment êtes-vous venue ici ce soir ? »

Mally releva son masque avec impatience. Il était dans une humeur qu'elle connaissait et pouvait supporter. Roger avait été si souvent jaloux… Autrefois, elle aurait rétorqué : « Pouf ! Occupez-vous de vos affaires ! », mais là, elle n'avait pas envie de flirter avec lui. Elle éprouvait du remords, s'en voulait d'être venue. Pour une fois dans sa vie, elle ne savait quoi dire.

Roger s'approcha.

« Pourquoi ne répondez-vous pas ?

— Je ne sais pas », dit-elle d'une petite voix.

Il lui prit les mains. Les siennes étaient chaudes et sèches.

« Non, Roger ! Non ! »

Elle tenta de se dégager.

« Lâchez-moi ! Je n'aurais pas dû venir. Laissez-moi partir, et quittons-nous bons amis.

— Bons amis ? Nous n'avons jamais été amis… nous ne le serons jamais. Je ne veux pas qu'on soit *amis*. Je suis fou de vous !

— Je ne vois pas pourquoi. Roger, lâchez-moi… Ça ne sert à rien.

— Moi non plus, je ne vois pas pourquoi, dit-il avec une férocité morose. Écoutez, vous êtes dans un sacré pétrin. Ce Peterson vous tient. Je ne sais pas ce que vous avez fait, ni pourquoi, mais au point où j'en suis, ça m'est bien égal. Je vous veux, et je suis prêt à vous défendre. »

Mally le dévisagea. Était-ce là le prudent et conventionnel Roger ? Elle ne le reconnaissait pas.

Roger Mooring ne se reconnaissait pas lui-même. Pendant quarante-huit heures, il s'était répété qu'il était débarrassé de Mally ; et pendant tout ce temps, le souvenir de son mépris furieux avait ravagé son amour-propre. Pour transformer ce mépris en admiration, il était prêt à faire des choses inouïes.

« Roger, lâchez-moi !

— Je ne vous lâcherai jamais. Ne voyez-vous pas que je suis la seule personne capable de vraiment vous aider ? Non, écoutez-moi… vous devez m'écouter ! Le souper sera servi dans une demi-heure, moment auquel tout le monde se démasquera. Ce soir, la moitié du comté est là. Vous entrez avec moi et, quand on se démasque, j'annonce la date de notre mariage. Je peux coincer Peterson. Il va se présenter au Parlement, et il n'aura pas la moindre chance s'il cherche des ennuis à ma femme. Je peux également peser sur lui par l'intermédiaire des Armitage. »

Mally retrouva de belles couleurs. Dans ses yeux, Roger vit ce qu'il avait espéré voir – l'admiration surprise qui allait restaurer l'image de lui-même qu'il avait perdue. Un sentiment de triomphe l'envahit. Et soudain Mally dit :

« Oh, Roger, c'est affreusement gentil, mais je ne peux pas !

— Vous ne pouvez pas ? Il le faut. Je ne comprends pas. Nous étions fiancés…

— Nous l'étions, oui, confirma-t-elle en redressant le menton. Vous devez me laisser partir, je vous en prie. Je suis désolée d'avoir cassé toutes ces jolies verreries. J'étais… j'étais en colère. C'est très gentil à vous de vouloir m'épouser et tout ça, seulement ce n'est pas la peine. Je ne peux pas. Mais je n'oublierai jamais que vous l'avez voulu. Et… et… quittons-nous bons amis. »

Elle dégagea ses mains et se retourna pour ouvrir

la porte. Si Roger avait eu un spasme de soulagement temporaire, celui-ci fut aussitôt englouti par un sentiment de désolation et de colère. Il n'aurait pas l'occasion de faire son beau geste de sacrifice, il allait perdre Mally.

Alors qu'elle tournait la poignée de la porte, il la prit violemment dans ses bras.

« Vous ne pouvez pas partir… vous ne pouvez pas. Mally ! Mally ! »

Elle ne lutta pas. Elle resta là, raide et immobile, et dit d'une petite voix glaciale : « Ça ne sert à rien, Roger.

— Mally, je vous aime ! »

Elle secoua la tête. Elle était pleine d'une soudaine sagesse.

« Non, vous me voulez seulement. » Puis, lorsqu'il la lâcha, elle ouvrit la porte et se précipita dans le hall en rabaissant son masque.

## 24

Candida Long regarda Mally disparaître dans le hall.

« Brown ! s'esclaffa-t-elle avec excitation. Qui donc est cette *Brown* quand elle ne joue pas à être ma femme de chambre ? »

Puis elle retourna près de la cape jaune qui l'attendait, et ils entrèrent dans la petite alcôve où Mally avait discuté avec Ethan. Candida s'assit en s'adossant à la chaise et ôta son masque.

Voyant que son partenaire ne réagissait pas, elle dit :

« Vous saviez qui j'étais depuis le début. C'est bien ce que je pensais.

— Pourquoi ?

— Juste comme ça.

— Et quand m'avez-vous reconnu ?

— Oh, immédiatement… Je me demande combien d'autres personnes ce soir jouent à entretenir des malentendus.

— Je ne sais pas. C'est bien, non ? »

Candida ne releva pas. Sa voix se fit songeuse.

« Vous avez fait semblant, et j'ai fait semblant. »

Un silence s'étira – un de ces silences qu'il semble difficile de briser. Finalement, ce fut Candida qui le fit : « Je crois que j'en ai assez de faire semblant. Écoutez, Ambrose, nous sommes plutôt bons amis, non ? »

Ambrose Medhurst se pencha en avant. Il avait été un parfait imbécile de venir s'asseoir ici avec elle. Il voyait l'argent de sa capuche, l'or pâle de ses cheveux ; le crépuscule était éclatant. Il n'était qu'un idiot de premier ordre. Il aurait dû tout de suite se mettre à parler de golf, de voitures ou de n'importe quoi au lieu de laisser le silence se refermer sur eux. Il aurait dû dire quelque chose là maintenant, mais il ne parvenait pas à trouver quoi dire en dehors de son nom. Et avant même de s'en rendre compte, il le dit :

« Candida. » Juste comme ça.

« Écoutez, Ambrose, je voudrais vous demander une chose, et je voudrais que vous me fassiez la réponse directe que vous feriez à un homme. J'aimerais que vous vous rappeliez que nous sommes amis, et que vous me répondiez franchement. »

Il se surprit à répéter son nom.

« Candida !

— Je veux vous poser une question. Je voudrais savoir si vous êtes amoureux de quelqu'un. »

La main posée sur son genou se crispa dans un sursaut.

« Pourquoi me posez-vous cette question, Candida ? »

Ambrose avait recouvré sa voix, mais c'était une voix qu'elle connaissait à peine. Elle se sentit quelque peu effrayée.

« Vous ne voulez pas me le dire ?

— Non, je ne veux pas vous le dire.

— Ambrose… Pourquoi ?

— J'ai mes raisons. »

Candida se pencha en avant à son tour.

« Vous devez me le dire. » Et dans un mensonge éhonté, elle ajouta : « Vous l'avez *promis*.

— Je ne crois pas. »

Candida rejeta la tête en arrière en éclatant de rire.

« Si vous n'étiez pas amoureux, vous l'auriez dit tout de suite. Par conséquent, la réponse est "Oui". De qui ? De Janet ? »

Il resta muet.

« Ambrose, vous avez promis ! Vous avez dit que vous me donneriez une réponse franche, et je trouve que vous vous comportez de façon infecte ! Vous pensez vraiment que j'ai envie de vous poser toutes ces questions ? Et que je ne préférerais pas que vous me fassiez votre demande en bonne et due forme ? »

Ambrose repoussa sa chaise et se leva.

« Candida, pour l'amour du ciel ! »

Elle se cacha le visage de ses mains.

« Si vous ne m'aimez pas, allez-vous-en immédiatement ! Partez ! »

Une longue minute atroce s'écoula. Puis elle se leva d'un bond.

« Pourquoi ne partez-vous pas ? Pourquoi ? »

Il s'éloigna vaguement d'un demi-pas, puis revint vers elle.

« Si vous m'aimez et si vous partez à cause de mon abominable argent, je… je ne vous parlerai plus jamais ! »

Ambrose Medhurst était humain. Entendre la voix de Candida trembler comme ça… Ses bras l'enlacèrent avant même qu'il ait très bien su comment. Une fois que Candida fut dans ses bras, son argent sembla ne plus avoir aucune importance. Il voulut l'embrasser, mais elle l'en empêcha.

« Vous ne m'avez pas répondu. Si vous n'êtes pas amoureux de moi, vous devez vous en aller.

— Ne soyez pas sotte ! Je suis amoureux de vous, oui. Je le regrette.

— Oh ! »

Ambrose la relâcha avec une certaine brusquerie.

« À quoi ça sert que je sois amoureux de vous ? » Il le dit d'une voix saccadée et contrariée.

« Je n'en sais rien. » Puis, avec une pointe de défi, Candida ajouta : « Vous voulez que j'épouse Paul Craddock ? Parce que c'est ce que je vais faire, si vous continuez comme ça. Je pense que vous êtes une parfaite brute ! »

Il se passa la main dans les cheveux.

« Qui vous épousez m'est égal, mais… Paul Craddock ! Dieu du ciel, pourquoi lui ?

— Il veut que je l'épouse. »

Ambrose rit.

« Voilà qui me semble être une bien piètre raison ! Naturellement, je ne voudrais pas vous influencer. Je vous l'ai dit, ce ne sont pas mes affaires…

— Oh ! Je vous déteste ! s'exclama-t-elle en tapant du pied. Cessez de me faire la morale ! Et je ne veux pas entendre que ce ne sont pas vos affaires. Je me marierai avec dix hommes si ça me plaît ! D'ailleurs, qu'est-ce que ça peut vous faire ? Vous vous fichez pas mal de ce qui m'arrive ! »

Ambrose la foudroya du regard.

« C'est faux !

— Non.

— Si.

— Alors pourquoi êtes-vous aussi monstrueux avec moi ?

— Parce que… Écoutez, je n'ai pas un sou en

dehors de mon salaire, et je n'aurai jamais plus. Et si vous croyez que je vais tourner autour d'une femme riche, certainement pas ! Fin de l'histoire. »

Le silence retomba. Candida abaissa son masque.

« D'accord. M'épouser ne rebutera pas Paul. » Sa voix tremblait un peu. « Tout le monde ne pense pas à l'argent autant que vous.

— Je n'y pense pas.

— Ah oui ? Vous n'arrêtez jamais d'y penser. Je ne compte pas… vous ne comptez pas… qu'on soit malheureux tous les deux ne compte pas. Rien ne compte à vos yeux en dehors de mon argent ! »

Sur ces mots, elle arrangea sa capuche et s'éloigna dans le couloir. Avant qu'il ait réalisé qu'elle partait, elle était partie.

Ambrose ne la suivit pas.

Candida entra dans la salle de bal à l'instant où une nouvelle danse commençait. Elle chercha des yeux la cape rouge et noir et l'aperçut tout seul à l'autre bout de la pièce. Quelques secondes plus tard, elle demanda : « Vous ne dansez pas ? » La cape rouge et noir lui offrit son bras.

Lorsqu'ils rejoignirent le flot des danseurs, Candida espéra qu'Ambrose la voyait, et qu'il savait qui était son partenaire. Après un premier demi-tour sur la piste, elle ne prit plus la peine de déguiser sa voix, et un homme qui aurait eu une nettement moins bonne opinion de lui-même que Paul Craddock aurait pu trouver son attitude encourageante. Paul était assurément plus que prêt à y répondre. Lorsque la danse se termina et qu'ils allèrent s'asseoir, il semblait enclin aux tendres confidences, ce qui suscita un léger sentiment de recul chez Candida. Elle ne voulait pas que Paul lui fasse sa demande ce soir-là. Ambrose s'était comporté comme une brute, certes, mais elle n'en avait pas terminé avec lui. Et soudain, Paul se pencha et lui dit tout bas :

« Je suis ravi de cette occasion. Je craignais de devoir attendre après le dîner. Il fallait absolument que je vous voie ce soir. Je ne trouvais pas bien de laisser tout ça vous tomber dessus sans que vous ayez d'abord été prévenue. Mais je crois que ça va vous faire un choc. »

Était-ce une demande en mariage ? Un choc ? De quoi parlait-il ?

Candida se redressa et dit, d'une voix destinée à décourager tout sentiment :

« De quoi parlez-vous ? Qui va avoir un choc ?

— Vous.

— Comment le savez-vous ? Peut-être que non. »

Paul Craddock écarta sa remarque d'un geste de la main.

« Je crains qu'il ne puisse en aller autrement. C'est au sujet de votre femme de chambre.

— *Brown* ?

— Votre femme de chambre ne s'appelle pas Brown.

— Non, je le sais. Si c'est ça votre choc, je l'encaisse très bien, merci !

— Ma chère Candida, je cherche simplement à vous épargner, reprit-il avec un tendre reproche dans la voix. J'ignore ce que vous savez à son sujet, mais le fait est que c'est une voleuse. Un mandat d'arrêt a été émis à son encontre, et elle sera emmenée en garde à vue demain.

— Mais c'est absurde ! s'exclama miss Long avec vigueur.

— Je le voudrais bien. Cette situation est très désagréable pour vous… je le vois. Et j'ai pensé que vous deviez à tout prix y être préparée.

— Je ne vous crois pas.

— C'est malheureusement la vérité. Elle était la gouvernante de la petite Barbara Peterson, et elle a pris un bijou en diamant de grande valeur qui appartient à ma tante.

— Il doit y avoir une erreur…

— On a retrouvé le diamant sur elle. Et après ça, elle s'est enfuie en emportant des papiers. Sir George pense qu'elle est sans doute dérangée.

— Oh… » murmura miss Candida Long.

Elle contempla le bout de sa chaussure argent, puis leva les yeux sur le visage de Paul. Il avait enlevé son masque, et autant qu'elle puisse voir dans la faible lumière, il paraissait inquiet. Pour une mystérieuse raison, le voir ainsi l'irrita.

« Qu'est-ce qui vous fait penser que votre gouvernante est ma femme de chambre ? demanda-t-elle avec humeur. Pourquoi le serait-elle ? »

Paul expliqua avec patience.

« La gouvernante a été repérée à Peddling Corner. Dès que vous m'avez dit que vous aviez pris une fille étrange un peu plus loin sur la route, j'ai naturellement commencé à additionner deux et deux.

— Les gens qui additionnent deux et deux finissent en général par être dans tous leurs états.

— Ma chère Candida, je l'ai vue descendre ce soir avec vous. Au fait, pourquoi avait-elle un chapeau ? » Ce détail venait de lui revenir, et il y avait de l'affolement dans sa voix.

Candida était si furieuse qu'elle parvenait à peine à s'exprimer. Que Paul l'appelle « Ma chère Candida » l'horripilait au plus haut point. Et si ce qu'il disait au sujet de Brown était vrai… « Oh, Seigneur ! Elizabeth va en faire tout un plat ! » Pourquoi Paul voulait-il exhumer tout ça ? Que d'histoires ! Partir à l'étranger sans femme de chambre… c'était impossible ! Et elle aimait bien Brown, elle l'aimait beaucoup.

« Pourquoi portait-elle un chapeau ?

— Parce qu'elle sortait. Les femmes de chambre sortent, vous savez.

— Où allait-elle ?

— Voyons, Paul, je suis sa patronne, pas son chaperon ! »

Paul se rendit compte qu'il ne se montrait pas diplomate.

« Ne vous fâchez pas, dit-il. Je suis très retourné par toute cette affaire. Vous savez que je ferai tout ce que je peux pour vous éviter des ennuis. Vous devez savoir exactement ce que vous représentez dans ma vie.

— Ah oui ? rétorqua sèchement Candida. Mmm… Retournons danser. »

Paul Craddock n'était pas susceptible, mais il se fit la réflexion que le moment n'était guère propice à la parade nuptiale.

# 25

Mally dansait de nouveau avec Ethan Messenger.

« C'est la dernière danse, dit-elle à regret. Il est minuit moins dix à la pendule, et je suis Cendrillon… Je ne peux pas attendre minuit !

— Je croyais que vous étiez la bonne fée.

— Je le croyais moi aussi, reconnut-elle tristement. Je le croyais, mais je ne suis que le fantôme de Cendrillon qui erre dans le palais et qui doit disparaître quand sonnent les douze coups de minuit.

— Et que faites-vous du prince ? »

Mally secoua la tête ; sa voix devint encore plus triste.

« Dans cette histoire, il n'y a pas de prince… ni de dénouement heureux. Tout est très moderne, très actuel. Rien ne finit bien. Je suis juste un fantôme qui ne sait pas où aller. On est des centaines d'années après, le palais est en ruine, et Cendrillon n'est qu'une petite couronne de brume glacée.

— Non, arrêtez ! » s'exclama Ethan. Puis il éclata de rire. « Vous savez que vous m'avez fait peur ? Je pense que vous seriez une excellente actrice.

— Je le suis. » La voix de Mally se départit de sa tristesse et vibra d'une modeste fierté.

Ils rirent tous les deux.

« Je l'ai bien fait, n'est-ce pas ? Mais vous savez, c'est en partie vrai. Dans trois minutes et demie, je vais disparaître, et vous ne me reverrez plus jamais.

— Pourquoi donc ?

— Parce que c'est comme ça. » Elle se tut une seconde, puis ajouta : « Vous aimeriez me revoir ? » Sa voix, très douce, tremblait légèrement. Peut-être à cause du rire, ou à cause des larmes.

« Pourquoi est-ce que je ne vous reverrais pas ?

Il était presque sûr qu'elle se moquait de lui – presque, mais pas tout à fait. Le doute lui vrillait le cœur.

« Pourquoi me reverriez-vous, Ethan ?

— Parce que j'aimerais bien. J'ai quitté Peddling Corner, vous savez. Je ne suis qu'à six kilomètres, j'habite chez deux des sœurs de mon père. Je ne sais pas où vous habitez… mais je ne vois pas pourquoi vous ne me le diriez pas. »

Mally éclata de rire. Et quand elle rit, il aurait pu jurer qu'elle était au bord des larmes.

« Je n'habite nulle part. Je fuis. Et quand je ne peux plus fuir, je dors dans un grenier à foin, quelqu'un de gentil me donne une banane, après quoi je repars en fuyant.

— Allez, où habitez-vous ? Vous pourriez me le dire. Je… je ne plaisante pas. J'aimerais venir vous voir. Peut-être que je pourrais faire quelque chose. Vous ne pouvez pas continuer comme ça. »

Avant que Mally ait pu répondre, quelqu'un lui toucha le bras. En regardant par-dessus son épaule, elle vit une cape noir et argent reculer.

« Quelqu'un veut me parler, dit-elle en vitesse. Sortez-moi de cette cohue, vous voulez bien ? »

Ils s'arrêtèrent devant la porte qui donnait sur le hall. Un instant plus tard, Candida Long les rejoignit. Elle était seule. D'une voix haletante, elle chuchota à l'oreille de Mally :

« Je viens d'envoyer Paul à la recherche d'une broche que je n'ai pas fait tomber. Ne perdez pas une minute, allez vite dans la voiture ! J'arrive. »

Puis elle se fondit dans la foule et disparut.

Ethan Messenger s'était éloigné d'un pas pendant que Candida chuchotait. Il regarda les danseurs et la vit passer. Il se tourna vers Mally, mais Mally s'était volatilisée. Il n'y avait pas de cape rose à son côté ni ailleurs dans la salle de bal. Le hall était vide.

Alors qu'il regardait alentour, la grosse pendule sonna dans le hall. Il était minuit, et Mally Lee avait disparu.

Dehors, il faisait extrêmement froid. Mally courut jusqu'à la voiture et fut contente de s'y enfermer. Son baluchon était sur la banquette arrière. Elle le déroula, enleva sa cape, puis remit sa jupe et son pull bleu marine. Elle venait de changer de chaussures et de bas et d'enfiler son manteau quand un bruit de pas résonna. Candida ouvrit la portière et monta en vitesse.

« Vous êtes là, Brown ? Vous êtes là ?

— Oui. Qu'y a-t-il ?

— Venez à l'avant à côté de moi. Je dois vous parler. Mais d'abord, il faut qu'on parte. Pourvu qu'elle démarre sans problème… Il fait tellement froid. »

La voiture démarra noblement. Elles suivirent la longue allée sous l'arche des arbres et arrivèrent sur une route toute blanche. La neige était tombée réguliérement pendant le bal, et avant qu'elles aient parcouru un kilomètre, des petits flocons se mirent à virevolter dans le rayon des phares.

Au bout d'environ trois kilomètres, Candida ralentit et se gara sur le bas-côté.

« Quelle soirée atroce ! Écoutez, il faut que je vous parle, seulement je ne sais pas quoi dire. »

Elle était tête nue et son masque était tombé quand elle avait couru dans la neige vers la voiture.

« Qu'y a-t-il ? demanda Mally.

— Je suppose que vous le savez. Si la moitié de ce que raconte Paul Craddock est vrai, vous *devez* le savoir !

— À mon avis, rien de ce qu'il raconte n'est vrai. » La voix de Mally était à la fois maîtrisée et méprisante.

Candida la secoua par le bras.

« Je le connais depuis trois ans, et vous, depuis à peu près trois minutes. En fait, j'ai envisagé de l'épouser. Pourquoi devrais-je penser qu'il ment ?

— Je ne sais pas… sauf que c'est probablement ce qu'il fait.

— Vous ne savez pas encore ce qu'il m'a dit.

— Je le devine.

— Et alors ? »

Mally s'assit toute droite. Une de ses mains glacées pinça très fort son autre main glacée.

« Il vous a raconté que j'avais volé la broche en diamant de sa tante. Et je veux bien parier qu'il a dit à quel point sir George était affligé, et quelques phrases sur le fait qu'ils ne comptent pas me poursuivre en justice si je rends les papiers qu'ils prétendent que j'ai pris, et dont je ne sais strictement rien.

— Mais pourquoi ?

— Je crois qu'ils sont fous… Non, je ne le crois

pas. Je vais vous dire ce que je pense. Il y a quelque chose de très louche derrière tout ça. Mais je ne sais pas quoi… je n'en ai aucune idée. »

Candida avait les mains sur le volant. Elle jeta un regard à Mally.

« Paul Craddock m'a dit qu'un mandat d'arrêt était lancé contre vous et qu'on allait venir vous arrêter demain matin. »

Mally ne dit rien. Elle ne fit aucun bruit et ne regarda pas Candida.

« Oh, dites quelque chose ! implora Candida. Je ne sais pas quoi faire, et vous, vous restez là, alors que je ne sais vraiment pas quoi faire ! J'aurais demandé de l'aide à Ambrose s'il n'était pas un monstre absolu. Mais j'ai découvert qu'il tenait à moi, aussi je vous dois quelque chose, parce qu'il ne l'aurait jamais reconnu si je ne l'y avais pas obligé. Et j'aimerais bien vous aider, seulement je ne sais pas comment. »

Mally prit la parole dans un sursaut ; sa bouche lui paraissait toute raide.

« Est-ce qu'il le savait ? Mr. Craddock savait-il que j'étais là ce soir ?

— Non. Il vous a vue descendre l'escalier avec moi à Menden, et il a fait toute une histoire pour savoir pourquoi vous aviez un chapeau. Ce à quoi j'ai répondu que vous en aviez un parce que vous sortiez.

— Et il sait que vous êtes partie ?

— Non, et il ne doit pas le savoir… ni lui ni personne. Il faut que j'y retourne. C'est la partie horrible… Il faut que j'y retourne, et je ne sais pas quoi faire de vous. Vous ne pouvez pas rester à Curston et vous ne pouvez pas revenir à Menden, mais où pouvez-vous aller à cette heure de la nuit ? Vous comprenez, je dois y retourner.

— Oui, je comprends. »

Mally demeura un instant immobile. Elles avaient fait environ trois kilomètres. Évaluer les distances la nuit était très difficile. Elle pensait qu'elles n'avaient pas dépassé le tournant qui menait à la gare de Peaslea, mais elle n'en était pas certaine, enfin, pas tout à fait. Quoi qu'il en soit, le tournant ne devait pas être très loin, et à partir de là, la gare n'était qu'à huit cents mètres. Elle se tourna vers Candida.

« Ça ira… Je vais descendre ici.

— Vous n'allez pas… »

— Mais si ! rétorqua Mally en riant. Au revoir, et merci infiniment. Vous avez été épatante.

— Oh, vous ne pouvez pas faire ça !

— Tout ira très bien, je vous assure. »

Elle ouvrit la portière, serra le bras de Candida quelque part près de l'épaule, attrapa son baluchon et descendit d'un bond. La portière se referma en claquant. Aux yeux de Candida, Mally n'était plus qu'une ombre parmi les ombres sur la route enneigée.

Lorsqu'elle repartit dans l'autre sens, les phares éclairèrent la silhouette de Mally plaquée contre la haie. Les branches et les brindilles recouvertes de neige scintillaient dans la lumière éblouissante. Sur le blanc, la sombre silhouette de Mally faisait un contraste saisissant ; seule la cape rose, roulée en baluchon, formait une tache de couleur sur son manteau foncé.

# 26

Mally se plaqua contre la haie et regarda la voiture s'éloigner. Le faisceau blanc passa sur elle, puis disparut. Elle observa les feux rouges arrière diminuer de plus en plus jusqu'à devenir une minuscule lueur. Puis la lueur disparut à son tour, et tout devint horriblement obscur et silencieux.

Elle attendit que ses yeux s'accoutument aux ténèbres. Elle avait été stupide de fixer les lumières aussi longtemps. Elle ferma les yeux un instant, puis les rouvrit. Mais elle ne vit rien d'autre qu'une obscurité informe qui semblait bouger en glissant sur elle comme une neige piquante. Elle baissa les yeux ; la neige formait une sorte de zone crépusculaire autour de ses pieds. Que de la lumière – si toutefois on pouvait appeler cela de la lumière – vienne d'en bas était bizarre. Elle distinguait la haie contre laquelle elle était appuyée, mais elle ne voyait pas l'autre côté de la route, et la neige qui tombait en continu était aveuglante.

Il fallait qu'elle aille à la gare de Peaslea. Bon, Candida avait fait demi-tour à quelques mètres de l'endroit où une petite route croisait la grande. Il lui suffisait de la suivre sur environ huit cents mètres. En tapant du pied sur la neige, elle sentit la dureté du sol gelé. « Quelle cruche je suis ! Quelle cruche idiote ! La gare sera fermée ! » Cette pensée consternante la déprima.

Mally ne se souvenait plus exactement à quelle heure le dernier train s'arrêtait à Peaslea, mais ce devait être un peu avant dix heures du soir. Il était entre minuit et minuit et demi, or le premier train du matin partait un peu avant six heures.

Elle compta sur ses doigts : une heure et demie, deux heures et demie, trois heures et demie, quatre heures et demie, cinq heures et demie. Elle toucha son pouce avec désarroi. Au moins cinq heures à attendre avant l'ouverture de la gare – cinq heures par une nuit d'hiver neigeuse, d'un minuit de janvier à une aube de janvier ! Sauf que ce ne serait même pas l'aube.

Une panique atroce de solitude glacée l'envahit. C'était comme si un piège se refermait. Une minute plus tôt, elle avait tremblé en se demandant ce qu'elle allait bien pouvoir faire, cependant elle était libre, et capable de réfléchir, de planifier et d'agir ; mais là, la terreur l'envahit et se referma sur elle. Son baluchon tomba à ses pieds et ses mains nues se refermèrent convulsivement sur les branches épineuses couvertes de neige qui fondit et coula entre ses doigts en un filet glacial. Il en glissa un peu dans sa manche. Elle frissonna et secoua la main ; sa manche gauche était trempée. Elle chercha un mouchoir mais n'en trouva pas. Et en moins d'une minute, le piège se rouvrit et la terreur s'envola.

Elle ramassa son baluchon, épousseta la neige et s'éloigna d'un bon pas sur la route. Tout en marchant, elle réfléchit. D'abord, elle allait trouver la gare, puis elle marcherait entre la route et la gare jusqu'à l'heure du premier train. Peut-être qu'elle aurait de la chance et qu'il y aurait quelque chose à la gare, un endroit où elle pourrait s'asseoir un moment à l'abri du vent. À cette idée, elle retrouva le moral. Il y aurait certainement un abri, au moins un camion ou quelque chose. Même un camion de charbon serait mieux que devoir affronter ce vent désagréable toute la nuit.

Elle continua à marcher, et la route continua à être une route, avec des champs de chaque côté, et des petites haies qui avaient été taillées drastiquement. Au bout d'une vingtaine de minutes, Mally commença à s'inquiéter. Il aurait dû y avoir des maisons, une ferme, et l'église de Peaslea, peut-être pas tout de suite, en tout cas très bientôt. Mais il n'y avait que la route et les haies.

Dix minutes plus tard, elle comprit qu'elle n'avait pas dû prendre la bonne route ; de toute évidence, celle-ci n'allait pas à Peaslea. Elle fit demi-tour et repartit dans l'autre sens.

Au bout d'une demi-heure, elle était toujours en train de marcher, mais elle n'avait toujours pas rejoint la route. Elle était sur une autre, bordée de hauts talus. Ce n'était pas celle par laquelle elle était venue. Elle s'immobilisa et se rendit compte qu'elle ne savait pas du tout où elle était. Dans le noir, elle avait dû quitter la route et s'engager sur une ramification sans l'avoir remarqué. Elle fit demi-tour et revint sur ses pas, mais son assurance était ébranlée, et elle avait perdu tout sens de l'orientation. Elle commença à ressentir une certaine somnolence. Entre ces talus, il n'y avait pas trop de vent, toutefois, les vieilles histoires qu'on racontait sur des gens qui s'étaient endormis dans la neige et ne s'étaient jamais réveillés la dissuadèrent de s'asseoir à l'abri du vent sous la haie et de s'assoupir.

Elle avait dû bifurquer une fois de plus sans s'en rendre compte, car elle marchait maintenant sur une route large et plate dépourvue de haies. Le vent soufflait en rafales ; on aurait dit des flots d'eau qui se brisaient en vagues glaciales. On ne distinguait aucune lumière nulle part ni aucun bruit, hormis celui du vent, et l'affreuse lueur pâle de la neige, qui n'était pas une lumière mais une sorte d'obscurité fantomatique.

Mally continua à marcher. Mais elle était très perturbée. À deux reprises, elle se retrouva en dehors de la route sur des touffes d'herbe rugueuse. Puis au bout d'un long moment, elle tendit les bras en avant et sa main droite heurta quelque chose. Elle monta et descendit la main, la passa à gauche et à droite. Ce qu'elle tâtait lui semblait familier, mais elle tremblait tellement qu'elle ne pouvait pas dire ce que c'était. Et il y avait aussi une curieuse odeur, forte et bizarre – le genre d'odeur qu'on reconnaît parfaitement quand on n'est pas endormi. Quelque chose de pointu la piqua. Elle retira sa main, puis l'avança de nouveau un peu plus haut. C'était une palissade ; elle touchait une palissade. L'odeur était celle du goudron ; il s'agissait d'une palissade nouvellement goudronnée. Elle monta sa main un peu plus haut. S'il y avait une palissade, peut-être y avait-il une maison.

À tâtons, elle suivit la clôture jusqu'à un vide. Elle s'y faufila en sentant le vent derrière elle. Il semblait la pousser, et elle vit une vague masse noire ressortir sur la pâleur de la neige. Entraînée par le vent, elle avança, la main tendue devant elle. Mais sa main était si glacée qu'elle ne sentait quasi rien. Et soudain, elle toucha le mur d'une maison et s'immobilisa. Elle avait dû savoir inconsciemment que la masse noire était une maison, car à l'instant où elle la toucha, elle ne fut pas du tout surprise. Elle passa ses doigts sur la brique dans une sorte de caresse, puis elle chercha la porte à tâtons. Elle se dit qu'elle devait se trouver en face du vide dans la clôture.

Trouver la maison l'avait réveillée, et elle s'était remise à réfléchir. Une marche menait à un perron. La porte devait donc être juste en face. Elle avança, toujours à tâtons, et trouva le montant de la porte. Elle avait l'intention de frapper à la porte jusqu'à ce que quelqu'un vienne lui ouvrir. Cherchant le heurtoir, elle passa la main à l'endroit où aurait dû se trouver la porte. Il n'y en avait pas.

27

Mally agrippa le montant. Pourquoi n'y avait-il pas de porte ? Elle regrettait de ne pas pouvoir réfléchir correctement. Sentir le vide sous sa main lui avait causé un certain choc. L'idée la traversa que la maison n'était pas terminée. C'était pour ça qu'il y avait un trou dans la clôture, que la clôture sentait le goudron, et qu'il n'y avait pas de porte.

Elle franchit le seuil sans porte, puis chercha le mur à tâtons. Il faisait aussi noir que dans un four. Le mur était froid et humide. Elle le longea et arriva à un seuil, le passa et toucha de nouveau le mur. Dans son esprit flottait vaguement l'idée que le vent soufflait de ce côté et qu'elle voulait s'en éloigner.

La main gauche sur le mur, elle arriva à un second seuil. Là, elle tourna à angle droit et entra dans une pièce. Au bout d'une dizaine de pas, son pied heurta quelque chose de mou. Aussitôt elle se figea, pas vraiment effrayée mais intriguée ; ses pensées gelées fonctionnaient avec une extrême lenteur.

Une minute entière s'écoula avant qu'elle lève le pied. Puis elle s'accroupit. Un amas de toile était posé contre le mur. C'était ce qu'elle avait senti de mou contre son pied. Elle lâcha son baluchon et tira la toile – une toile lourde et rugueuse au toucher. Elle l'amena sans grande force jusque dans le coin près du seuil, en étala une partie sur le sol, s'agenouilla dessus et ramena le reste sur elle. Là, à moitié à genoux, à moitié couchée, elle s'appuya contre le mur et sombra dans un profond et étrange sommeil.

Plusieurs heures s'écoulèrent avant son réveil. Un rêve qu'elle ne parvenait pas à se rappeler se dissipa telle une brume. Elle ouvrit les yeux. Le soleil l'aveugla, et alors qu'elle repoussait la toile, elle se réveilla complètement. Elle se leva, tout ankylosée, et regarda autour d'elle.

Elle était dans une petite pièce carrée sans porte dont les murs en briques sombres n'étaient pas plâtrés mais, Dieu merci, les fenêtres avaient des vitres. Au milieu de chaque carreau, il y avait une éclaboussure blanche et ronde, et le soleil, d'un rouge éclatant, brillait à travers le verre en formant un faisceau dans lequel dansaient de petites particules de poussière. Voir le soleil était vraiment formidable.

Mally alla devant la fenêtre et regarda à l'extérieur. Il avait dû neiger très dru pendant la nuit. En tout cas, personne ne verrait les empreintes de ses pas ; c'était une bonne chose. On aurait dit qu'il allait encore neiger. Une grande bande de brouillard barrait l'horizon. Là où le soleil bas avait transpercé la brume, on apercevait un pan de ciel turquoise ; mais plus loin vers la droite, de gros nuages gris s'amoncelaient.

Elle calcula qu'il devait être environ dix heures, ce qui la remplit de dépit. Le premier train était parti sans elle de Peaslea depuis des heures. Elle aurait dû le prendre, elle aurait dû être déjà loin avant qu'on ne constate son absence à Menden. Aller à Peaslea maintenant serait risqué : néanmoins, elle devait y aller. Et en plus… Oh, elle mourait de faim !

*Que tu aies faim ne sert strictement à rien !* se réprimanda-t-elle avec sévérité. Puis elle se rappela qu'elle n'avait pas mangé tout le chocolat de Candida la veille – non, ce n'était pas la veille, mais l'avant-veille, il y avait une éternité. Elle en avait mis la moitié dans la poche de son gilet, et elle pouvait en manger une partie. Elle aurait pu tout manger, étant donné que, dès qu'elle serait à Londres, elle pourrait s'acheter à manger… Non, elle ne pourrait pas, elle n'aurait pas d'argent pour ça. Elle n'était même pas certaine d'en avoir assez pour payer le billet.

Mally mit la main dans la poche de son manteau pour sortir son porte-monnaie. Elle était sûre de l'avoir mis là avec les dessins de Barbara. Il n'y était pas. Elle chercha dans la poche gauche, mais il n'était pas là non plus. Elle secoua le manteau, retourna les poches, puis se secoua et fouilla dans son baluchon. Le porte-monnaie avait disparu.

Assise sur le plancher tout neuf encore couvert de sciure et de copeaux, Mally cria aux murs en briques humides : « Oh, Seigneur, je suis perdue ! »

Le porte-monnaie avait dû tomber dans le débarras où elle s'était changée, ou dans la voiture. Elle était une parfaite imbécile de l'avoir laissé dans la poche d'un manteau qui avait été roulé en boule pour en faire un baluchon.

*Je suis vraiment une imbécile de premier ordre !* se dit-elle avec fermeté. Puis elle redressa le menton en riant. *Heureusement que le chocolat n'est pas tombé !* Elle le divisa en trois parts. *Petit déjeuner, déjeuner et goûter. D'ici ce soir, il se passera sûrement quelque chose, alors inutile de t'inquiéter !*

Après avoir pris son « petit déjeuner », elle rangea le « déjeuner » et le « goûter » dans les poches de son gilet. Après quoi elle sortit, apaisa sa soif avec de la neige, se lava la figure et les mains, puis les sécha avec son mouchoir. Les heures interminables de la journée s'étiraient devant elle. De retour dans la pièce ensoleillée, elle s'assit sur le tas de toile et s'efforça d'échafauder un plan.

Une demi-heure plus tard, elle n'en avait toujours pas, en revanche elle s'était rappelé qu'il y avait une grille de mots croisés dans les dessins de Barbara. Ça l'occuperait. Les plans ne viennent pas toujours quand on essaie d'en faire. Mais quelquefois, quand on cesse d'y penser et qu'on fait autre chose, un très bon plan vous tombe dessus tout prêt.

Mally sortit le paquet de feuilles et les déplia. La grille de mots croisés était la dernière de la pile. Elle l'étala sur les dessins et commença à lire les définitions : « Lady Bird » ; « Un Bigoudi Rapide de l'Ancien Temps » ; « Invention du Congé du Nouvel Enfant » ; « Vieux Chapeaux pour Nouveaux » ; « Ambre Dure ». Elle fixa les mots. La personne qui avait concocté cette grille devait avoir une passion pour les lettres majuscules ; presque tous les mots commençaient par une majuscule.

Il y avait d'autres définitions, et toutes paraissaient très difficiles. Un peu plus loin, une autre attira son œil : « La Hauteur d'un Éléphant À Nowgong ». Et juste en haut de la feuille, il était écrit : « Heliogabalus n'a jamais été empereur de Constantinople. »

Elle fronça les sourcils et inclina la feuille pour avoir plus de lumière. Le soleil avait dû se cacher derrière un nuage ; il semblait faire plus sombre depuis une dizaine de minutes. Le fait qu'il fasse plus sombre s'imposa à Mally et requit soudain toute son attention. Elle s'approcha de la fenêtre.

Le banc de brouillard n'était pas plus haut que lorsqu'elle s'était réveillée. Au-dessus, une bande de ciel formait une mince ligne bleue teintée de vert. Le soleil avait disparu. Elle n'en crut pas ses yeux. Elle continua à regarder et dut se rendre à l'évidence. Le soleil avait vraiment disparu. La veille au soir, le vent était venu du nord-est. Cette pièce au fond de la maison devait être exposée au sud-ouest, et c'était le soleil couchant et non le soleil levant qui l'avait réveillée. Si elle voulait aller quelque part ce jour-là, il fallait qu'elle se bouge et rejoigne au moins une grande route avant que la nuit ne tombe et qu'elle se perde comme elle s'était perdue la veille.

Le choc de ce qu'elle venait de découvrir la rasséréna. Mally se sentit plus réveillée, plus vivante, plus capable de réfléchir ; et le plan qui lui avait échappé alors qu'elle se triturait les méninges lui apparut. Elle ne pouvait pas rester ici, pas plus qu'elle ne pouvait geler dehors, et puisqu'elle n'avait pas d'argent, elle ne pouvait pas prendre le train , il fallait qu'elle trouve Ethan pour qu'il l'aide. Il séjournait chez des tantes à six kilomètres de Curston. Ce n'était pas grand-chose, mais elle n'avait rien de mieux. Il avait dit « les sœurs de mon père », donc elles étaient sûrement misses Messenger – personne ne parlait de tantes mariées comme ça. Certes, à six kilomètres de Curston pouvait vouloir dire à six kilomètres dans la direction opposée, *auquel cas, je suis finie !* Bon, la première chose à faire était de trouver une habitation humaine pour demander où vivaient les demoiselles Messenger. C'était risqué, mais Mally en était au point où elle était obligée de prendre des risques ou de rester là à mourir de froid et de faim.

Elle alla dans l'entrée, qui était devenue très sombre, et grimpa sur l'échelle qui menait au premier étage. S'il y avait une lumière en vue quelque part, elle irait par là. Elle alla dans chaque pièce et regarda à travers chaque fenêtre. Des arbres, des champs, de la neige, mais pas la moindre lumière nulle part – jusqu'à ce qu'elle arrive dans la dernière petite pièce et aperçoive une lointaine et faible lueur. Son soulagement fut tel qu'elle faillit crier.

*Même si c'est la maison d'un policier et qu'il m'arrête à la seconde où il me voit, je m'en fiche !* se dit-elle avec véhémence. *Je m'en fiche. Vous m'entendez ? Je m'en fiche ! Je veux voir des gens, entendre des gens, je ne veux pas rester toute seule dans cet horrible endroit vide et...* Oh, c'est quoi ça ?

C'était comme si une méchante fée avait entendu et réalisé le souhait de Mally en riant d'un air moqueur. À mi-chemin de la fenêtre et de la porte dans la petite pièce à l'étage, Mally entendit des pas lourds se rapprocher – des pas –, puis une voix d'homme, rauque et désagréable, appeler. Un instant, elle crut qu'il l'appelait, et toutes les histoires abominables qu'elle avait entendues au cours de sa vie lui revinrent à l'esprit en la paralysant de terreur. Ça ne dura qu'un instant, car une autre voix répondit.

Deux hommes étaient là. Tous deux étaient horribles. Ils utilisaient des mots affreux et avaient des voix affreuses. Mally se boucha les oreilles pour ne pas les entendre, puis elle renonça, car si elle n'entendait pas, elle ne saurait pas s'ils allaient monter ou pas.

*Dieu merci, il n'y a pas d'escalier ! On dirait qu'ils sont ivres. Les hommes ivres n'essaient pas de monter sur une échelle. Enfin... j'espère ! Oh, faites qu'ils ne le fassent pas, faites qu'ils ne le fassent pas !*

Elle les entendit entrer dans la pièce où elle avait dormi. Elle essaya de se rappeler si elle avait laissé quelque chose. Les feuilles étaient dans sa poche, mais elle avait posé son baluchon au pied de l'échelle. S'ils regardaient là, ils allaient le trouver dans une minute.

Mally se dit tout cela intérieurement avec beaucoup de ferveur. Les mains croisées sous le menton, elle était là debout et ses lèvres remuaient sans émettre le moindre son. Elle entendit craquer une allumette. Puis qu'on tirait la toile dehors. Elle percevait les voix des hommes, mais pas ce qu'ils disaient. Une odeur de tabac grossier monta vers elle.

Au bout d'un moment, la tension retomba. Mally était quelqu'un de très résistant. Elle passa de l'extrême terreur à l'idée que les hommes montent à la joyeuse certitude qu'ils ne monteraient pas. Elle se secoua un peu et revint sur la pointe des pieds devant la fenêtre, d'où elle apercevait cette unique lueur amicale. Bientôt, les hommes allaient s'endormir, et elle se faufilerait en bas de l'échelle et s'en irait. En attendant, l'heure du déjeuner et du goûter étant passée, elle mangea ce qui restait de chocolat et se sentit mieux.

L'attente s'avéra longue et pénible. Les dernières lueurs du jour suivirent le soleil, et une obscurité très dense recouvrit le crépuscule. Il faisait de plus en plus froid. En bas, les hommes parlaient par intermittence. En fait, ils jouaient aux cartes à la lueur d'un morceau de bougie volé, mais Mally ne pouvait pas le savoir. À l'instant, ils se disputaient, et elle sentit la terreur la reprendre en entendant leurs cris rauques.

Enfin, le silence retomba.

## 28

Pendant que Mally errait sur des routes enneigées, Ethan Messenger prenait le petit déjeuner avec la plus jeune de ses deux tantes.

Cinquante-cinq ans auparavant, la grand-mère d'Ethan, émerveillée par ses filles jumelles, leur avait donné des noms qui exprimaient son émotion. Elle considéra son ultime choix de Serena et Angela « très doux ». Angela Messenger et Serena Messenger, que pouvait-on imaginer de plus beau et de plus inspirant ? La plupart de ses amis et parents avaient répondu de manière appropriée : « Quoi, en effet ? » Seulement sa belle-mère, une vieille dame dure qui aurait aimé qu'au moins une des enfants soit prénommée Martha comme elle, eut quelque chose de désagréable à dire :

« Angela… Serena… Mmm, ma chère Annie, les femmes Messenger sont susceptibles d'être ordinaires, aussi je vous conseille de donner aux filles des prénoms ordinaires dont elles n'auront pas honte. Si Martha est assez bon pour moi, et Annie pour vous, j'aurais pensé que ça le serait pour la génération suivante. »

La grand-mère d'Ethan était une créature aussi gentille qu'obstinée. Elle ne dit rien et serra les lèvres mais, sur les fonts baptismaux, les bébés reçurent les noms qu'elle leur avait choisis.

Angela et Serena avaient été des bébés ordinaires, des enfants ordinaires, des jeunes filles ordinaires. Maintenant, à cinquante-cinq ans, elles n'étaient pas plus ordinaires que la plupart des autres gens, et toutes les personnes qu'elles connaissaient s'étaient habituées à leurs prénoms.

En ce matin neigeux, miss Serena était allée en ville, pendant que miss Angela servait son petit déjeuner à Ethan tout en l'écoutant raconter en détail ce qui s'était passé la veille au bal de Curston.

« Ce devait être un sacré spectacle. Bien sûr, mon cher garçon, lady Mooring nous avait invitées toutes les deux, mais je suppose qu'elle savait que nous ne viendrions pas. Elle aurait en tout cas dû savoir que Serena ne viendrait pas. Personne ne pourrait s'attendre à ce que ta tante Serena ait du temps à consacrer à un bal… Le nombre de réunions de comités auxquelles elle assiste est ahurissant ! Mais je pense parfois que c'était peut-être une erreur de renoncer à la société comme je l'ai fait. »

Ethan regarda gentiment sa tante. Elle était petite, avec un visage pointu, des cheveux fins qui autrefois avaient été d'un blond filasse et étaient alors d'un gris jaunissant. Le bout de son nez était en permanence un peu rose – elle avait la manie de fermer d'abord un œil et ensuite l'autre pour le regarder de biais afin de vérifier à quel point il l'était. S'il était très rose, elle se sentait déprimée ; si la lumière le flattait, elle reprenait courage et était capable d'une légère coquetterie. Ses petits yeux gris étaient gentils, et son sourire, quand elle n'était pas inquiète, était en effet très doux.

« Pourquoi as-tu renoncé à la société ? demanda Ethan.

— Oh, je ne sais pas… Serena ne s'y intéressait pas. Il est vrai qu'elle a tous ces comités. Je ne sais pas comment elle se souvient de quoi est quoi… mais c'est une forte tête ! J'aimais bien sortir. Seulement, il y a eu la guerre, et nous n'étions plus aussi aisées qu'auparavant.

— C'est quel comité, aujourd'hui ?

— Mon cher garçon, je ne sais plus. Le N.Z.U.K, je crois, ou bien le P.S.T.W… ou peut-être les deux. Oui, je crois qu'elle va au moins à deux, parce que c'est le second qui risque de lui faire rater son train, auquel cas Margaret Gooding la logera. C'est très ennuyeux que tous nos trains s'arrêtent si tôt. Quand elle n'est pas de retour à dix heures et demie, je sais qu'elle ne rentrera pas. Avant, ça m'inquiétait, mais je me suis habituée. Ta tante Serena est une forte tête.

— Oh, mais j'ignorais que tu serais toute seule ce soir, tante Angel, sans quoi je n'aurais pas accepté ce dîner chez les Holmes. Attends, laisse-moi téléphoner à Mrs. Holmes… Elle sera ravie de t'avoir toi aussi… j'en suis sûr. »

Miss Angela s'empourpra.

« Mon cher garçon ! Oh, non… je ne pourrais pas. Je n'ai pas de robe pour sortir dîner. »

Ethan sourit.

« Mrs. Holmes ne verra pas ce que tu portes. Tout le monde se moque de ses tenues, et elle se contente de rire. »

Miss Angela regarda le bout de son nez et rayonna.

« J'étais à son mariage, dit-elle d'une voix émue à ce souvenir. C'était une belle fille au teint frais, mais en rien une beauté. Et tu ne vas pas me croire : elle a remonté l'allée avec sa couronne de travers et son voile sur une épaule. Ça a pourtant été un mariage très joyeux, bien que Mr. Holmes ait vingt ans de plus qu'elle et que, comme moi, il n'aille jamais nulle part.

— Viens chez les Holmes.

— Non, non, j'aime mieux pas. C'est sans doute épouvantable à dire, mais d'une certaine façon, si tu me comprends, j'apprécie d'avoir une soirée à moi. Serena s'intéresse à la politique, et elle aime que je l'écoute. Et bien entendu, je ne peux pas jouer du piano pendant qu'elle écrit ses rapports. Et elle n'approuve pas vraiment les romans. Alors ce soir, j'ai pensé que j'allais passer en revue toutes mes vieilles chansons. Et puis j'ai un roman… assez moderne, je crains, et… » Miss Angela hésita et parla plus bas. « Mon cher garçon, je me demande si… j'aimerais te demander quelque chose. »

Ethan imagina qu'il allait devoir expliquer ce qu'était le roman « moderne ». Il pâlit. Mais miss Angela enchaîna précipitamment :

« Tu vois tant de choses que j'ai pensé que je pouvais te poser la question. C'est… c'est un peu *délicat.* »

Il se demanda ce qui allait suivre.

« Tu comprends, je ne peux pas parler de ça à Serena, et je n'aimerais pas en parler à quelqu'un d'autre, mais je pense que toi… » Elle baissa encore la voix. « C'est au sujet de mes cheveux.

— Tes cheveux ?

— Chut ! Grace n'écoute pas aux portes, mais elle pourrait passer.

— Tu veux me poser une question sur… tes cheveux ?

— Chut ! Oui, est-ce que je devrais les couper à la garçonne ? Qu'en penses-tu ? Je pourrais ?

— Je ne vois pas pourquoi tu ne pourrais pas. »

Ethan regarda les mèches filasse et les épingles plantées dans tous les sens en essayant d'imaginer tante Angela avec une tête lisse impeccable et des accroche-cœurs au-dessus des oreilles. (Miss Mally était coiffée comme ça.)

« Je ne vois pas pourquoi tu ne pourrais pas, répéta-t-il, ce qui lui valut un sourire enchanté. Ne laisse pas tante Serena te brimer. Fais-les couper, si tu en as envie. Je vais te dire ce que tu vas faire, tu vas monter les arranger sur les côtés comme tu le dis, et on verra de quoi ça a l'air. Si ça te plaît, je t'emmènerai à Guilford, et tu les feras couper.

— Oh, mon cher garçon, je ne pourrais pas ! » Miss Angela était très rouge. Elle regarda le bout de son nez et se sentit découragée. « Oh, non, vraiment pas ! »

Ethan l'encouragea de son mieux. Il passa toute la journée à être gentil avec sa tante, qu'il aimait sincèrement beaucoup. Ils se promenèrent dans la neige, et miss Angela en profita pour entrer dans la plupart des boutiques. Elle avait une vieille formule à laquelle il était tellement habitué qu'elle ne le faisait plus sourire : « Mon cher garçon, je crois que je dois vraiment entrer ici, si ça ne te dérange pas trop. » Et une fois à l'intérieur, s'ensuivait un échange aimable de compliments : « Je vois que votre neveu est revenu, mademoiselle… et en bonne santé, j'espère ! », après quoi miss Angela, toute rougissante, se tournait vers Ethan en disant : « Mrs. Jones, dont tu te souviens sûrement » ou « Miss Wright, que tu n'as certainement pas oubliée. »

Un jour, d'une voix forte et agressive, miss Serena avait pris sur elle pour dire à sa sœur qu'on ne pouvait attendre d'aucun jeune homme qu'il supporte d'être traîné dans toutes les boutiques d'un coin perdu accroché aux jupes d'une vieille fille. Miss Angela avait été frappée au cœur, et Ethan avait eu une dispute très satisfaisante avec sa tante Serena.

Après le thé, toutes les vieilles chansons défilèrent. Il écouta sa tante Angela prendre grand plaisir à chanter d'une petite voix fluette des classiques comme *Murmure, et j'entendrai*, *Prie, mon ange, pour moi* et *L'Accord perdu*. Il reprit même les refrains avec elle, tirant une joie particulière à rugir sur *Murmure, et je t'entendrai* avec une voix de stentor que la dame dont il était question dans la ballade n'aurait pu faire autrement qu'entendre.

Lorsqu'il fut parti dîner à Menden, miss Angela se dit qu'elle avait passé la journée la plus réjouissante dont elle avait le souvenir et qu'il lui restait encore une soirée agréable. Sa conscience la tortura un peu au moment où elle songea que la maison était beaucoup plus tranquille quand Serena n'était pas là, mais aussitôt elle se rappela à quel point sa sœur était en réalité intelligente, énergique et admirable en tout.

Elle dîna sur un plateau devant la cheminée du salon, ce qui lui donnait toujours l'impression d'être assez dissipée, puis elle lut le roman « moderne » jusqu'à près de dix heures du soir, après quoi elle éteignit la lampe et monta dans sa chambre. Grace s'était retirée depuis une demi-heure, et miss Angela n'aimait pas rester trop longtemps toute seule au rez-de-chaussée.

Elle monta dans sa chambre, enfila une chemise de nuit et commença à se livrer à des essais de coiffure, épinglant ses cheveux de façon à donner l'impression qu'ils étaient coupés court. Puis elle regarda sa montre. Serena ne rentrerait pas, sinon elle aurait déjà été là.

Les doigts tremblants, miss Angela sortit un vieux fer à friser du fond d'un tiroir et l'approcha de la lampe. Il devint très noir, sans pour autant être très chaud, mais elle finit par boucler les pointes de ses cheveux et observa timidement le résultat. Alors qu'elle se tenait là, les yeux brillants et plutôt affolés, elle offrait une ressemblance extraordinaire avec une souris sortant d'un trou pour jeter un coup d'œil alentour, les moustaches tremblantes de peur que le chat ne soit dans les parages.

Miss Angela tapota les petites boucles grises d'un doigt nerveux. Ne lui donnaient-elles pas l'air d'avoir le nez plus rose ? Était-il vraiment aussi rose ? Fermant l'œil gauche, elle loucha dessus avec le droit. Oui, il paraissait très rose. Et peut-être que les boucles faisaient trop jeune. Elle rouvrit l'œil gauche et ferma le droit. Les boucles avaient beau faire jeune, elle ne les trouvait pas très convenables. De nouveau, elle les toucha, avec cette fois un peu plus d'enthousiasme ; c'est alors qu'elle entendit grincer le portail, puis des pas se diriger lentement vers la porte d'entrée. Son cœur bondit, terrifié.

« Serena ! Oh, mon Dieu… et moi qui suis coiffée comme ça ! Oh, mon Dieu ! »

Elle courut fermer sa porte à clé avant d'aller ouvrir la fenêtre, les mains tremblantes.

Serena frappait à la porte. Miss Angela se pencha en disant d'une voix douce :

« La clé est sous le paillasson. Il y a du café sur la cuisinière, et toute l'eau chaude qu'il faut pour prendre un bain. Notre cher garçon n'est pas encore rentré. Je… je ne vais pas descendre. Bonne nuit, ma chère ! »

Sur ces mots, elle referma la fenêtre.

## 29

Mally avait perdu la notion du temps ; elle ne savait pas du tout combien de temps s'était écoulé depuis qu'elle avait descendu l'échelle et s'était enfuie avec son baluchon de cet endroit sombre qui n'était plus un abri. Le son d'une respiration lourde et horrible semblait la suivre… Elle courut jusqu'à ce qu'elle soit hors d'haleine et ne puisse plus courir.

C'était après cela qu'elle avait perdu la notion du temps. Il y eut un cottage, où une femme lui parla par la fenêtre, mais refusa d'ouvrir la porte. C'était elle qui l'avait informée que deux demoiselles Messenger vivaient à Weyford, et que Weyford n'était « qu'un hameau sur la route ».

Soit c'était un long hameau, soit elle s'était trompée de route. Elle eut soudain l'impression que le vent la poussait comme une feuille, et que, comme une feuille, elle allait devenir toute sèche, toute flétrie et marron. À un moment donné, elle plongea dans une sorte de rêve et se réveilla appuyée contre une haie d'épineux.

C'est en sentant les épines la piquer qu'elle se réveilla et que, peu de temps après, elle croisa un couple qui se promenait bras dessus bras dessous.

Ils lui expliquèrent que la maison des demoiselles Messenger se trouvait dans la grand-rue – « la troisième maison après l'église, vous ne pouvez pas la rater, elle est en retrait de la route ».

Curieusement, Mally se sentit réconfortée par l'assurance avec laquelle le jeune homme affirma qu'elle ne pouvait pas rater la maison. La troisième après l'église, avec un portail blanc. Elle ne pouvait pas la rater. Elle se le répéta tout en parcourant tant bien que mal les derniers cinq cents mètres dans Weyford. Elle continua à avancer parce qu'il le fallait – mais aussi pour d'autres raisons.

Des petits points de lumière piquetaient l'obscurité. Si Mally avait encore été capable d'éprouver la moindre émotion, le premier réverbère de Weyford lui aurait fait monter les larmes aux yeux. Elle se surprit à s'y appuyer, à le toucher avec une sorte d'incrédulité. Et là, juste devant elle, elle aperçut le clocher noir et carré de l'église et, trois portes plus loin, un portail blanc. Elle ne pouvait en effet pas le rater. Elle repartit et longea lentement l'église en se tenant au muret en pierre qui l'entourait.

Au bout du muret, il y avait une allée, puis une maison carrée couverte de lierre, et ensuite un petit cottage bas et trapu aux volets clos. Mally passa devant les volets clos, puis aperçut un portail blanc et une allée pavée qui menait à une petite maison. « Vous ne pouvez pas la rater, elle est en retrait de la route. » Elle ne l'avait pas ratée.

Après avoir soulevé le loquet, elle remonta l'allée jusqu'à la porte d'entrée. C'était comme la fin d'un rêve. Il fallait trouver la maison, et elle l'avait trouvée. Rien ne paraissait réel hormis le froid – un froid glacial.

Elle frappa à la porte. Aussitôt, il y eut du bruit au-dessus de sa tête. Une fenêtre s'ouvrit sur la gauche, et une petite voix inquiète murmura :

« La clé est sous le paillasson. Il y a du café sur la cuisinière, et toute l'eau chaude qu'il faut pour prendre un bain. Notre cher garçon n'est pas encore rentré. Je… je ne vais pas descendre. Bonne nuit, ma chère ! »

La fenêtre se referma.

Mally s'était appuyée contre la porte. Sa main qui avait glissé du heurtoir sur le bois lisse était posée là, paume ouverte, pesant dessus de tout son poids. Elle se sentait très bizarre, très détachée de tout, comme si ce qui arrivait concernait quelqu'un d'autre, quelqu'un dans un conte de fées. Ce n'était plus *Cendrillon*, mais *Le Petit Chaperon rouge*. « Tire la chevillette, et la bobinette cherra » – oui, c'est ainsi que les choses se passèrent – « La clé est sous le paillasson ».

Elle souleva le paillasson et prit la clé qui tourna dans la serrure sans faire de bruit. Mally entra dans un petit hall carré qu'éclairait une lampe à huile suspendue au plafond au bout d'une chaîne en cuivre. En refermant la porte, elle éprouva une sensation de chaleur et de calme bienvenus. Sur la gauche, derrière une porte entrouverte, une pièce était faiblement éclairée. Sur la droite, deux chandelles étaient posées sur une commode en chêne. Le couloir partait vers la droite, l'escalier montait sur la gauche au-dessus de la pièce à moitié éclairée.

Mally posa son baluchon et alluma une des chandelles. La voix avait parlé de « café sur la cuisinière ». Elle s'engagea dans le couloir au bout duquel elle trouva la cuisine, aussi propre qu'un sou neuf et où régnait une chaleur qu'elle avait quasi oubliée. Le feu n'était pas complètement éteint, et le café était au chaud dans un bain-marie sur la plaque du fourneau. Au bout de la table de la cuisine, elle vit un plateau avec un gâteau fait maison, deux tasses, un *œuf* sur une assiette, et un réchaud sur lequel était posée une casserole à moitié remplie d'eau. Tout était absolument comme dans les plus beaux contes de fées.

Elle fit cuire l'œuf, puis découvrit du pain bis et du beurre entre deux assiettes. Elle réchauffa le café, et en but deux grandes tasses fumantes. Quand elle eut terminé l'œuf, le pain et le beurre, elle mangea à peu près la moitié du gâteau – un gâteau du genre moelleux, fourré de petits morceaux de gingembre et de gros raisins secs.

Pendant tout ce temps, la maison avait été aussi silencieuse que peut l'être une maison – pas ce silence de mort inquiétant qui donne envie d'entendre du bruit, si épouvantable soit-il, mais un silence paisible et endormi comme il se doit de l'être à cette heure dans une maison vertueuse. Grace dormait dans la chambre du grenier comme elle dormait toutes les nuits, d'un sommeil sans rêve immuable qu'aucun son ne viendrait troubler avant que sonne le réveil à six heures et demie. Miss Angela s'était empressée d'éteindre la lumière et de couvrir les boucles incriminantes avec les draps. Elle avait laissé sa porte fermée à clé. Elle espérait qu'elle serait endormie au moment où Serena monterait, et que ce ne serait pas trop méchant de sa part de faire semblant de dormir. Elle pensa à ses boucles, à son nez, puis sombra insensiblement dans un rêve.

Mally trouva la salle de bains sur le palier au milieu de l'escalier. « Toute l'eau chaude qu'il faut pour prendre un bain » – voilà qui paraissait délicieux !

Elle passa un long moment dans la baignoire dont elle ne sortit que parce qu'elle craignait de s'endormir. Lorsqu'elle enfila les vêtements propres qu'elle avait pris à Curston, elle regarda avec répugnance son gilet et sa jupe. Pour rien au monde ni personne elle ne serait ressortie ce soir-là ! Après avoir mis sa cape rose, elle monta l'escalier à pas de loup dans ses chaussures or et argent.

La première porte était sur sa droite. C'était de cette chambre qu'avait parlé la voix. Elle passa devant en tenant sa chandelle d'une main ferme. Elle en était au point où elle ne se souciait plus de rien. Elle ouvrit la porte suivante, centimètre par centimètre, et jeta un coup d'œil. Il n'y avait personne, mais le lit était défait, avec un édredon rouge plié au bout.

Mally entra et aperçut une valise – une valise en cuir marron, gravée en noir des initiales E. M. Sur la coiffeuse, elle aperçut une brosse masculine et un rasoir. Elle attrapa l'édredon, le coinça sous son bras et redescendit l'escalier sans faire de bruit.

E. M. signifiait Ethan Messenger, et Ethan Messenger était « notre cher garçon » qui n'était pas encore rentré.

*Ethan est « notre cher garçon », mais moi, je suis qui ?* s'interrogea Mally quand elle s'arrêta dans le hall. Elle replaça la clé sous le paillasson, roula les affaires qu'elle venait d'enlever et les descendit de la salle de bains de manière à être prête au cas où elle devrait de nouveau fuir – *Mais pas ce soir... Rien ne me persuadera de fuir où que ce soit ce soir !*

Elle alla dans la pièce à gauche de l'entrée où elle trouva une lampe allumée réglée au minimum et les restes d'un feu. C'était un salon, avec des fauteuils recouverts de chintz pimpant et un tapis à motifs roses.

Il y avait un piano, une vitrine contenant de la porcelaine ancienne et une peau de mouton blanche étalée devant l'âtre.

Mally mit deux morceaux de charbon dans le feu sans aucune mauvaise conscience. Après quoi elle se recroquevilla dans le plus grand fauteuil et s'endormit rapidement sous les plis rassurants de l'édredon rouge.

## 30

Ethan Messenger rentra de Menden d'une humeur préoccupée. Il était presque minuit et le vent était glacé. La soirée avait été joyeuse – d'une certaine manière. Il aimait bien Mrs. Holmes, et il aimait bien Janet Elliot, cependant ce n'était ni à l'une ni à l'autre qu'il pensait alors qu'il roulait sur les routes gelées. Il pensait uniquement à Candida Long, qu'il avait rencontrée pour la première fois ce soir-là. Était-ce la première fois ? C'était la question qu'il se posait.

Le premier son qu'avait émis la voix de Candida lui avait rappelé le bal à Curston. Il était certain, ou presque, que c'était elle qui avait touché le bras de Mally juste avant que sonnent les douze coups de minuit. Il s'appliqua à rassembler les bouts d'information dont il disposait.

1. Mally avait disparu.
2. Miss Long avait eu l'intention de partir en France le jour même et avait reporté son départ parce qu'elle disait ne pas pouvoir voyager sans femme de chambre.
3. Quelqu'un – Janet ? – avait dit que la femme de chambre de Candida s'était évaporée dans la nature pendant qu'ils étaient tous à Curston.

4. Willie Elliot avait commencé à faire un commentaire à propos de Paul Craddock.
5. Elizabeth Holmes lui avait intimé de se taire et avait changé de sujet d'une façon magistrale.

Tout cela était extrêmement décousu. Candida Long… Mally Lee… Où *était* Mally Lee ? Ethan songea qu'il aimerait bien revoir Candida Long, mais en tête à tête. De vagues plans permettant d'y parvenir lui traversèrent l'esprit. Ils n'étaient toujours pas vraiment formulés quand il gara sa voiture dans un box vide de l'écurie du vicaire. Après avoir verrouillé la portière, il passa devant l'église et se dirigea vers le portail blanc.

Il prit la clé sous le paillasson et entra, comme Mally l'avait fait, dans le vestibule carré et éclairé. Sur la commode à droite, il vit les deux bougeoirs. Mais au lieu d'être bien alignés, l'un d'eux dépassait un peu du bord de la commode, et la bougie avait entièrement brûlé. La porte du salon sur sa gauche était entrouverte. Il la poussa un peu et, entre la lueur du feu et la lampe allumée, il découvrit Mally Lee endormie profondément dans le fauteuil de sa tante Serena.

Ethan s'immobilisa sur le seuil et fit l'expérience d'une sensation des plus extraordinaires. Il se sentait exactement comme si on venait de lui asséner un coup. Ce fut la première chose. Puis quand il se ressaisit, il fut pris d'une incrédulité, suivie d'une certitude et d'un soulagement extraordinairement agréable.

Le feu qui flambait éclairait mieux que la lampe. Mally était recroquevillée avec la tête sur le bras. Ses cheveux courts, encore humides, paraissaient très noirs sur le chintz clair du fauteuil. Elle avait repoussé l'édredon, et il vit qu'elle portait la cape rouge rosé qu'elle avait à Curston. Son cœur se serra. Seigneur Jésus ! Elle ne s'était quand même pas baladée depuis la veille dans cette tenue !

Il avança d'un pas en la regardant avec des yeux horrifiés. Elle était affreusement pâle, ses yeux cernés de bleu. On aurait dit une enfant.

Ethan s'approcha davantage et, à l'instant où il le fit, Mally commença à rêver. Elle avait eu l'esprit calme, presque vide, mais soudain lui vint l'image sombre de la maison d'où elle avait fui. Elle était de nouveau dans la pièce à l'étage en train de chercher l'échelle à tâtons, pendant que, d'en bas, lui parvenaient une respiration lourde et des pas pesants. Une vague de terreur indicible s'empara d'elle. Les hommes arrivaient… Ils allaient la trouver. Ils montaient l'échelle… et ils allaient la trouver. Elle était dans l'incapacité de fuir. Elle émit un petit cri pitoyable et se mit à murmurer dans son sommeil.

Ethan la vit frissonner et se mettre à parler alors que la vague froide déferlait sur elle. « Ne les laissez pas… Non… non… *non* ! » Mally frissonna et tendit la main en avant. « Non… ne les laissez pas venir ! Non ! » Sa voix se brisa dans un sanglot affolé.

Ethan se dirigea à grands pas vers la lampe. Il avait le cœur déchiré. S'il remontait la flamme de la lampe, ça la réveillerait. Il fallait qu'elle se réveille. En l'entendant pousser un cri, il remonta la flamme d'un geste vigoureux qui eut un effet instantané. La flamme jaillit, faisant tout paraître étonnamment grand, puis mourut aussitôt, plongeant la pièce dans une obscurité semblant plus épaisse qu'elle ne l'était en réalité. Un morceau de charbon était tombé dans le feu, où, là aussi, la flamme s'était éteinte.

Mally se réveilla en sursaut dans une pièce obscure et entendit quelqu'un bouger dans le noir derrière elle. Les plis moelleux de l'édredon lui couvraient les genoux. Elle pensa qu'elle était dans une tempête de neige qui la plaquait au sol. Elle imagina qu'elle était dans la maison horrible de ses cauchemars. Elle poussa un cri étranglé et se leva d'un bond en trébuchant sur l'édredon. Les mains tendues en avant pour ne pas perdre l'équilibre, elle se cogna contre Ethan.

Il y eut un interminable moment pendant lequel il la tint, et toute l'horreur du monde sembla fondre sur elle. Puis il dit : « Mally ! Mally, ma chérie ! Oh, pour l'amour du ciel, non ! Mally… ce n'est que moi ! »

Elle l'agrippa à deux mains et se mit à trembler en sanglotant. Elle pleura la peur, le froid et la solitude. Elle pleura son courage et sa fierté. Elle avait de nouveau cinq ans, pleurait dans le noir en s'accrochant aux bras forts et rassurants qui la tenaient fermement.

Ethan la laissa pleurer. Par moments, il disait : « Mally ! » ou « Pauvre Mally ! »

Dans ses bras, elle se sentait si petite, si légère, si secouée… comme une enfant apeurée !

« Ce n'est que moi. Vous êtes en sécurité, ma chérie. C'est seulement Ethan. Ne pleurez pas comme ça !

— Ethan… Ethan… Ethan ! » Elle murmura son nom dans un soupir entre deux sanglots.

« Tout va bien… Tout va bien.

— Ne les laissez pas… Ne les laissez pas venir ! Oh, je vous en prie, ne les laissez pas !

— Il n'y a personne ici. Je vous tiens. Vous ne risquez rien. »

Le visage penché vers le sien, il la consola comme il aurait consolé la petite Bunty Lennox et, pendant un instant, Mally s'agrippa à lui en se laissant consoler. Puis, avec une brusquerie extraordinaire, elle le repoussa et dit d'une voix étranglée :

« Oh... oh... je vous déteste ! Allez-vous-en ! Je n'ai pas de mouchoir ! »

Ethan demeura stupéfait.

« Je... je suis désolé.

— Non, vous ne l'êtes pas... vous le savez bien !

— Je suis affreusement désolé. Je voulais remonter la flamme de la lampe, mais elle s'est éteinte d'un seul coup. Je... j'ai dû vous faire une peur bleue ! Mally, ne pleurez plus...

— Je... je ne pleure pas. » Le dernier mot se perdit dans un sanglot et un frisson.

« Je vais allumer la lampe. Tenez, voici un mouchoir... Où êtes-vous allée ? »

Elle lui arracha le mouchoir de la main et, le temps qu'il règle la mèche de la lampe, Mally avait plus ou moins recouvré son sang-froid. Elle était assise sur l'accoudoir du fauteuil, sa cape ramenée autour d'elle, le mouchoir d'Ethan sur ses genoux.

« Vous m'avez fait une peur épouvantable. Si épouvantable que je ne savais plus ce que je faisais. »

Mally lui lança un regard accusateur et se tamponna énergiquement les yeux.

« Je suis sincèrement désolé. Je me suis comporté comme un parfait imbécile.

— Oui, en effet. Je ne savais plus ce que je faisais. J'ai cru que j'étais dans cette horrible maison. Et les hommes... les hommes... » Elle tendit la main en avant et devint très pâle.

Tout doucement, Ethan lui prit la main. Les petits doigts glacés agrippèrent les siens.

« Quels hommes, Mally ?

— Des vagabonds. » Elle claqua des dents.

« C'était affreux ! J'ai cru qu'ils allaient monter. » Elle le regarda d'un air étrange. « Vous ne savez pas. C'était une maison… qui n'était pas terminée… J'y suis entrée pour me protéger du vent. »

Il lui pressa la main.

« Quand cela ?

— Il y a longtemps. Il faisait noir, le vent était très froid, j'ai trouvé des sacs de toile et j'ai dormi. Et quand je me suis réveillée, j'ai cru que c'était le matin alors que c'était le soir. Le soleil se couchait, et soudain il a fait nuit. C'est là que les hommes sont arrivés. »

Elle lui avait saisi le poignet de son autre main. Il la sentit trembler.

« Mally ! Ils ne vous ont pas fait de mal ? »

Elle fit signe que non.

« Ils ne m'ont pas trouvée. La maison n'avait pas d'escalier. Juste une échelle… J'y suis montée. Puis ils sont arrivés, si bien que je n'ai pas pu descendre. »

Ethan lui embrassa les mains.

« Vous êtes en sécurité. Vous ne risquez rien. »

Mally reprit sa respiration.

« J'ai rêvé que j'étais de nouveau dans la maison. Et quand je me suis réveillée et vous ai entendu… j'ai cru que c'étaient ces hommes abominables !

— Mais comment vous êtes-vous retrouvée là-bas ? Vous n'avez tout de même pas erré depuis hier soir dans cette tenue légère ? »

Mally dégagea ses mains des siennes.

« Si. J'avais un manteau et un gilet. Je suis partie en courant.

— Aux douze coups de minuit. Pourquoi avez-vous fait ça ?

— Parce que j'y étais obligée. Candida Long m'a

aidée. Elle est épatante ! Elle m'a prévenue qu'on allait m'arrêter le lendemain matin et m'a fait sortir du bal.

— Et ensuite ?

— J'ai marché, je me suis perdue et j'ai atterri dans cette horrible maison.

— Et ensuite ?

— Je me suis souvenue de vos tantes, alors j'ai descendu l'échelle dès que les hommes se sont endormis. Et après avoir marché pendant des semaines et des semaines, je suis arrivée ici. Quand j'ai frappé à la porte, quelqu'un a dit par la fenêtre : "Tirez la chevillette, et la bobinette cherra !" »

Un coin des lèvres pâles de Mally se releva très légèrement tandis que ses yeux fixaient le visage d'Ethan d'un regard triste et accusateur. Soudain, il eut le très fort sentiment que, pour des raisons inexpliquées, tout ce qui était arrivé à Mally était sa faute.

Elle hocha brièvement la tête.

« Alors je suis entrée, j'ai allumé le bougeoir de quelqu'un d'autre, j'ai mangé le souper de quelqu'un d'autre et j'ai pris le bain de quelqu'un d'autre. C'était formidable ! »

Cette fois, une fossette apparut un instant. Entre le regard qu'exprimaient les yeux de Mally et le tremblement qui agitait les lèvres de Mally, quelque chose arriva à Ethan. Il s'exclama : « Oh, Mally ! », puis il l'embrassa.

C'était tout à fait imprévisible ; si Mally ne recula pas tout de suite, ce fut seulement à cause de la surprise. Elle s'écria « Oh ! », et elle en aurait certainement dit davantage si quelqu'un d'autre ne s'était pas exclamé « Oh ! » en même temps.

Ce second « Oh ! » avait beau être très faible, en

l'entendant, Ethan se retourna et Mally glissa de l'accoudoir. Tous les deux se tournèrent vers la porte, qui était grande ouverte, et sur le seuil de laquelle se tenait miss Angela Messenger dans une chemise de nuit en flanelle rose à bord festonné. Les nouvelles boucles grises pendaient de part et d'autre de son petit visage horrifié. Le bout de son nez était aussi rose que sa chemise de nuit. D'une petite voix sèche, elle murmura :

« Mon *cher* garçon ! Mon cher *garçon* ! »

# 31

Une rage froide chassa le peu de couleur qui restait sur les joues de Mally. Elle tendit le cou, redressa le menton et regarda Ethan Messenger. Si elle s'était mise en colère plus tôt, elle ne l'aurait pas été autant maintenant. Elle le regarda et attendit. S'il ne se montrait pas à la hauteur, elle ne le lui pardonnerait jamais, pas plus qu'elle ne se le pardonnerait.

Ethan attrapa sa tante par la manche en flanelle rose en remerciant le ciel que ce ne soit pas sa tante Serena.

« Tante Angel... » Sa voix parvint à trouver une certaine fermeté. « Tante Angel, je te présente miss Lee... miss Mally Lee. Elle s'est perdue dans la neige, et... et je crains de lui avoir fait très peur. »

*Idiot !* songea Mally. Elle regarda miss Angela, car elle était persuadée que si elle continuait à regarder Ethan une seconde de plus, elle allait lui dire ce qu'elle pensait de la façon dont il s'était comporté.

« Dans la neige ? Mon cher garçon... Ma chère miss Lee... c'est épouvantable ! Vraiment perdue ? » Elle se sentait tellement déconcertée qu'elle avait l'impression de ne plus très bien savoir ce qu'elle disait.

« Absolument, confirma Ethan.

— Oh, mon Dieu ! » La vieille demoiselle se

tourna vers Mally. « Dans cette tenue ? Vous n'êtes pas frigorifiée ? »

Mally baissa un peu le menton. L'inquiétude qu'exprimait la voix de miss Angela était sympathique. Miss Angela était sympathique, et gentille. Un sentiment de chaleur amicale fit fondre l'orgueil furieux qui l'avait raidie. Elle s'avança et, sur une impulsion, attrapa l'autre manche en flanelle rose

« Vous n'allez pas vous fâcher, dites ? Je me suis perdue… *vraiment* perdue. Il faisait très noir et très froid. Alors quand vous avez dit : "Tirez la chevillette, et la bobinette cherra", je suis entrée, j'ai pris l'œuf, le pain, le beurre et le café, et… et je vous remercie infiniment pour tout ça. Vous n'allez pas vous fâcher ? »

Miss Angela paraissait de plus en plus déconcertée. Ethan d'un côté, cette magnifique créature de l'autre, une chevillette, une bobinette, du café, un œuf, du pain et du beurre…

« Ma chère, bien sûr que non… Certainement pas ! Vous avez parlé d'une chevillette et d'une bobinette… Vous avez bien dit : "Tirez la chevillette, et la bobinette cherra" ? On se croirait dans un conte de fées. »

Ethan tenait sa tante par le bras. Il essaya de capter le regard de Mally, mais celle-ci fixait la manche en flanelle rose qu'elle caressait.

« Oui, n'est-ce pas ? Chère miss Messenger, je n'aurais pas dû faire ça. Mais vous êtes trop gentille pour vous fâcher. L'œuf et le café étaient délicieux. J'avais oublié ce que c'était de manger ce genre de choses. Et je ne vous ai pas raconté le pire… J'ai aussi pris un bain, parce que vous avez dit qu'il y avait toute l'eau chaude qu'il fallait. »

Une petite lueur brilla dans l'œil de miss Angela. Elle se tourna vers Ethan.

« Où est Serena ? Oh, mon Dieu ! J'ai cru que c'était elle… Elle n'est pas rentrée ?

— Je n'en sais rien. Est-elle rentrée, Mally ?

— C'était moi, répondit celle-ci. Il n'y avait personne d'autre… seulement moi. Je… je n'ai pas pu résister quand elle a parlé du café et du bain. » À sa grande horreur, des larmes coulèrent sur ses joues. « Je… je… je… » Les mains tremblantes, elle saisit le bras de miss Angela. « Oh, faites-le partir ! Faites-le partir ! »

C'était là une réaction que miss Angela pouvait très bien comprendre. *Pauvre enfant… elle est à bout*, songea-t-elle. Puis, elle dit à haute voix : « Pauvre enfant ! Mon cher garçon, je crois que tu ferais mieux de… Oui, oui, il s'en va. Asseyez-vous et séchez vos larmes. Là, là… tout va bien… Vous êtes à bout, c'est tout ! Non, personne n'est fâché… Vous allez prendre la chambre de ma sœur. Et une fois que vous aurez bien dormi, vous vous sentirez beaucoup mieux, ma pauvre enfant. »

Mally se retrouva en train de pleurer sur l'épaule de miss Angela, doucement et agréablement. Puis miss Angela la borda dans le lit de miss Serena.

« Les draps ont été changés ce matin. À présent, ma chère, il faut dormir et ne plus penser à rien. Grace vous apportera une bonne tasse de thé demain matin.

— Mmm », marmonna Mally, la voix ensommeillée. Elle enfouit sa tête dans l'oreiller et sentit la main de miss Angela lui caresser les cheveux. Instinctivement, elle se tourna pour frotter sa joue contre la main et, en moins d'une seconde, elle s'endormit.

Miss Angela se pencha sur la balustrade, vit qu'il y avait encore de la lumière en bas et descendit. Elle était tout en émoi, piquée par la curiosité. Une conscience très permissive cherchait à assombrir cette humeur en affirmant que c'était très mal de penser que l'absence de cette chère Serena était une chose dont il fallait se réjouir.

Elle rejoignit Ethan au salon.

« Voilà, elle s'est endormie. Ne va pas penser que je suis curieuse, mais je ne comprends pas très bien comment elle en est venue à se perdre ou… quoi que ce soit. Qu'est-ce qui lui a donné l'idée de venir ici ? Es-tu… es-tu fiancé, mon cher garçon ? » Miss Angela palpitait de curiosité.

*Oh, Seigneur ! Elle m'a* vu *l'embrasser !* songea Ethan. Il grommela intérieurement. Dans le monde romantique de miss Angela, seuls les couples fiancés s'embrassaient.

« Nous ne sommes pas fiancés », répondit-il d'un ton bourru. Puis il se passa la main dans les cheveux. « Je n'aurais pas dû l'embrasser. Elle ne me le pardonnera probablement jamais. Je… Elle… Mais je suppose que je n'arriverais pas à te faire comprendre comment c'était. »

Miss Angela inclina la tête sur le côté. On aurait dit un petit oiseau très intelligent quoique plutôt timide.

« Je crois que je comprends, mon cher garçon. Je… j'ai eu envie de l'embrasser moi aussi. Et je l'ai embrassée. Il y a quelque chose d'extrêmement avenant dans la façon qu'elle a de regarder. Tu ne trouves pas ? »

Ethan était de cet avis, néanmoins il ne dit rien. Il se demandait s'il avait embrassé Mally parce qu'elle l'avait regardé entre ses cils, ou si c'était à cause de la façon qu'avaient eu les coins de sa bouche de se relever. Il dit à sa tante qu'il était temps qu'ils aillent se coucher.

Mally dormit jusqu'à dix heures. Elle se réveilla en sursaut dans une pièce inconnue, où elle aperçut une vieille commode bombée sur le devant, une grosse armoire en acajou et des rideaux bleu foncé. L'espace d'un instant, elle se demanda où elle était. Puis elle se rappela. C'était comme se souvenir d'un rêve. Elle avait dormi d'un sommeil si profond que tout ce qui s'était passé avant lui paraissait irréel. Elle avait erré dans la neige. Elle avait eu une peur atroce. Elle était entrée en pleine nuit dans une maison de conte de fées. Ethan Messenger l'avait embrassée.

Elle se redressa et écarta quelques mèches folles de ses yeux. Elle était réveillée, complètement réveillée. Elle aurait dû bouillir de rage. Pourquoi n'était-ce pas le cas ? Quand Paul Craddock l'avait embrassée – ou du moins, avait essayé –, elle avait bouilli de rage. Pourquoi ne le faisait-elle pas maintenant ? « Comment avait-il osé ? Je vais me mettre en colère… Je suis furieuse… Oui, je le suis ! »

Elle pensa alors à ce qu'elle aurait dû dire. « Sauf que je n'ai pas eu le temps de dire quoi que ce soit. Et de toute manière, j'avais trop sommeil. C'est pour cette raison que c'était très mal de sa part… Quel misérable ! »

À cet instant, la porte s'ouvrit tout doucement. Miss Angela jeta un coup d'œil dans l'embrasure.

« Oh, vous êtes réveillée, ma chère ! »

Mally hocha la tête.

« J'ai merveilleusement bien dormi. »

Miss Angela repartit en courant.

« Grace ! Grace ! Miss Lee est prête à prendre son petit déjeuner ! »

Puis elle revint en courant.

« Vous dormiez si paisiblement que je n'ai pas eu le

cœur de vous réveiller. Vous aimez les œufs ? Grace vous a préparé un œuf. Et je pensais vous donner du thé, pas du café, avec des toasts, de la confiture et une banane. »

Mally lui envoya trois brefs baisers légers.

« Somptueux ! s'exclama-t-elle.

— Et une fois que vous aurez pris votre petit déjeuner… » Miss Angela était un peu troublée par les baisers. « Ethan voudrait vous voir… enfin, quand vous vous serez habillée. Grace va allumer un feu dans le salon et… En fait, je lui ai promis que je vous transmettrais le message qu'il voulait vous voir pour une raison particulière. »

Mally se rappela qu'elle était très en colère contre Ethan Messenger.

Miss Angela continua à parler.

« Cette chambre est celle de ma sœur Serena, et je voulais que vous sachiez que je serais ravie si vous pouviez rester jusqu'à demain. J'ignore quels sont vos projets, mais Serena vient de téléphoner pour dire qu'elle ne rentrerait pas aujourd'hui. Hier soir, elle a loupé son train, et comme elle a dû passer la nuit en ville, elle a décidé d'y rester une deuxième et d'aller assister à une conférence sur… Attendez… Est-ce qu'un mot comme incidence existe ?

— Oui, je crois.

— Alors c'est ça. Sur l'incidence de l'imposition en… À vrai dire, je ne sais plus très bien où. Dans un de ces nouveaux pays. La Yougo-Slovaquie ? Non, ce n'est pas ça. J'ai reçu un prix de géographie à l'école, mais il semblerait que ça n'ait servi à rien ni à personne. Tout change tellement vite ! À peine on s'habitue à dire Petrograd à la place de Saint-Pétersbourg qu'ils l'appellent autrement. Apparemment, aucun nom n'est le même qu'à l'époque où j'étais une petite fille. »

Mally prit son petit déjeuner dans un bourdonnement continu et agréable de conversation. Quand elle attaqua la banane, miss Angela était en train de lui demander son avis sur les cheveux coupés court. Elle s'était débarrassée de ses boucles grises – « Je ne sais pas si vous les avez remarquées hier soir, ma chère… Non, bien sûr que non » – et avait refait son habituelle natte serrée quoique broussailleuse.

« Oh, mais si, je les ai remarquées… et je les ai adorées ! Vous devez avoir d'adorables petites frisettes. J'adore ça. »

Miss Angela jeta un rapide coup d'œil sur son nez, qu'elle trouva très pâle. Elle décida que Mally était une jeune fille charmante – très, très charmante – et que, *bien entendu*, son cher garçon était amoureux d'elle.

Mally entra dans le salon où elle aperçut Ethan Messenger en train de jouer *Sing Me to Sleep* avec un seul doigt. Il fronçait les yeux devant les vieilles touches jaunies du piano, et l'effet d'ensemble était particulièrement triste.

*Il a de quoi être triste*, songea-t-elle. *Je suis terriblement en colère contre lui.*

Elle s'avança avec une dignité glacée. Ethan sursauta.

« Oh, comment allez-vous ? Vous avez bien dormi ? »

Elle pencha légèrement la tête.

« Oui, merci. » Le ton glacial de sa voix fit baisser très sensiblement la température de la pièce.

Ethan la regarda avec désarroi. Mally était furieuse. Il avait mis les pieds dans le plat. Jamais elle ne lui pardonnerait. Oh, Seigneur ! Ce qu'elle était amusante quand elle redressait le menton en fronçant son joli petit nez comme ça – amusante et adorable ! Une curieuse sensation de chaleur chassa son désarroi. Et, brusquement, quelque chose d'étrange se produisit.

Nous traversons le monde en ayant quelque chose d'impalpable en nous qui nous sépare les uns des autres. Une fois de temps à autre, ce mur de séparation invisible fond et n'existe plus ; la pensée, le sentiment, la conscience passent sans encombre, passent et se mêlent.

Alors qu'Ethan regardait Mally drapée dans une dignité glacée, cette chose étrange lui arriva. La barrière tomba, et rien ne la relèverait jamais. Elle n'était pas quelqu'un qu'il avait offensé, quelqu'un à qui il aurait voulu faire une bonne impression, elle était juste sa petite chérie rigolote – sa petite Mally. Le plus extraordinaire était que tout ça semblait parfaitement naturel. Pas de choc, pas de perturbation, c'était aussi simple et naturel que le fait de respirer.

Faisant preuve d'un sang-froid admirable, Ethan garda ses nouveaux et étonnants sentiments pour lui. Il dit : « Euh… », puis il cala, ce qui déclencha chez Mally une irrésistible envie de rire. En la voyant battre des cils, il se ressaisit au prix d'un effort des plus méritables. Il avança un fauteuil et dit avec naturel :

« Asseyons-nous et parlons. Vous voulez bien ? Je pense que nous devons recadrer un peu les choses. »

# 32

Mally regarda le fauteuil en secouant la tête :

« De quoi voulez-vous parler ?

— De vous.

— Pourquoi ?

— Pourquoi ? Parce que je crois qu'il est grand temps de parler de vous. Et d'agir. Vous ne pouvez pas continuer à fuir, à ne rien manger et à vous perdre dans la neige.

— Pourquoi pas ?

— Enfin, vous pouvez, si vous le voulez. Mais est-ce vraiment ce que vous voulez ? »

Elle le regarda en battant des cils. Il y avait chez lui quelque chose de différent, quelque chose de cavalier et d'impénitent. D'un seul coup, son humeur changea, fondit littéralement. Il était bienveillant. Elle voulait que quelqu'un soit bienveillant avec elle. Elle hocha la tête et dit avec candeur :

« Un mandat d'arrêt a été lancé contre moi.

— C'est absurde !

— C'est pourtant le cas. Paul Craddock l'a dit à Candida Long.

— Mais pour quelle raison ? Écoutez, il faut tout me raconter. Vous devez tout raconter à quelqu'un et… et…

— Le faire ne me dérange pas, dit-elle en s'asseyant sur l'accoudoir et en balançant ses jambes. Je veux bien le raconter à tout le monde. »

Mally eut un regard autoritaire et, soudain, sans aucune raison, changea un peu de couleur.

« Commencez par le commencement. »

Elle commença. Savoir par où commencer n'était pas facile. Elle laissa tomber Roger Mooring et atterrit au milieu de la famille Peterson.

« Je les trouvais sympathiques. Tous sauf le détestable Paul. Je les prenais pour des gens sympathiques et ordinaires. J'ai dansé avec sir George, et il a été très gentil avec moi. Et puis d'un seul coup, il s'est mis à se comporter comme dans un cauchemar… Ils ont mis de la drogue dans mon café… ont caché un diamant dans l'ourlet de ma jupe… et ont juré que j'avais pris des papiers très importants et, que si je les rendais, ils ne diraient rien pour le diamant. »

Ethan vint s'asseoir sur l'accoudoir de l'autre fauteuil.

« Écoutez, Mally, je ne peux rien comprendre comme ça. Soyez sérieuse et racontez-moi les choses correctement. »

Elle redressa vivement la tête.

« À quoi bon ? À mon avis, ils sont fous… Ils doivent être fous ! Mais vous allez penser que c'est moi qui suis folle, ou que c'est moi qui ai pris le diamant.

— Je le devrais ? »

Mally le regarda d'un air de défi. Puis elle détourna les yeux.

« Je vais vous raconter. Seulement je ne vois pas pourquoi qui que ce soit me croirait. » Elle se mit à parler très vite et avec sérieux. « Mrs. Craddock a perdu sa broche, que nous avons tous cherchée. Et le lendemain, Barbara s'est cachée dans le bureau, et quand je suis allée la récupérer, Mr. Craddock était en train de téléphoner. Il m'a vue entrer, je suis allée chercher Barbara, mais il ne nous a pas vues sortir, parce qu'il s'était légèrement tourné. Et je ne crois pas qu'il ait su que Barbara s'était cachée là. Je pense qu'elle a pris le papier qu'ils disent avoir disparu. Elle voulait tout le temps dessiner, mais ils ne la laissaient pas faire. Je n'y ai pas pensé sur le moment parce que j'ai été prise par surprise. Mais maintenant, je suis sûre qu'elle a pris un papier sur le bureau de Mr. Craddock. C'est… c'est bizarre… une sorte de grille de mots croisés. Je ne comprends pas pourquoi ils en font toute une histoire !

— Quel genre d'histoire ?

— Ils ont drogué mon café. Si, si, ils l'ont fait ! Et pendant que je m'étais assoupie, ils ont mis la broche en diamant dans l'ourlet de ma jupe. » Elle croisa les mains très fort et pâlit. « C'est horrible ! C'est ce qu'ils ont fait. J'ai eu beaucoup de temps pour y réfléchir. Puis ils ont fait venir Mrs. Craddock et sa femme de chambre. » Mally dut reprendre sa respiration. Elle essuya une larme de colère. « Mais je ne veux pas en parler ! » s'écria-t-elle d'une voix rauque.

Ethan lui prit les mains.

« Ma pauvre petite chérie ! Ce n'est que moi… c'est seulement Ethan. Parlez-moi. »

Mally le pinça de toutes ses forces.

« La femme de chambre a trouvé le diamant, reprit-elle avec un filet de voix. Et ils ont dit qu'ils m'enverraient en prison si je ne rendais pas le papier. Ils étaient persuadés que je l'avais pris… Je le comprends maintenant, mais, sur le moment, je n'avais pas la moindre idée de ce qu'ils cherchaient à faire.

— Continuez. »

Mally continua à parler. Et à le pincer.

« Ils m'ont enfermée dans une pièce, alors j'ai escaladé la fenêtre pour aller à l'étage en dessous prendre mon chapeau et mes affaires et m'en aller. Juste avant que je parte, Barbara m'a donné tous ses dessins parce qu'elle avait peur qu'ils ne les déchirent. Et j'ai trouvé la grille de mots croisés au milieu de ses dessins. Mais je ne crois pas que ce soit une vraie grille de mots croisés. Tenez, regardez. »

Elle sortit de sa poche une feuille pliée qu'elle tendit à Ethan. Il la déplia et vit ce que Mally avait vu dans la maison vide.

C'était la moitié d'une feuille de papier ministre. En haut était écrite une phrase bizarre :

« Heliogabalus n'a jamais été empereur de Constantinople. »

En dessous, sur la gauche, il y avait une grille carrée de mots croisés, et tout le reste de l'espace était occupé par les définitions. En tout, il y en avait vingt-huit.

HORIZONTAL

1. Lady Bird.
4. Un Bigoudi Rapide de l'Ancien Temps.
6. Invention du Congé du Nouvel Enfant.
9. Vieux Chapeaux pour Nouveaux.
15. Ambre Dure.
16. Une Vieille Archaïque à Highgate.
17. Tokay Impérial Acheté Neuf.
19. Architecture Militaire de Travers sur la Perspective Nevsky.
21. Demi-Souliers de Style Antique Non-inflammables.
23. Nouveau Tracteur Léger Solide.
25. Sept Vieux Indiens.
28. Nouvelle Invention Militaire.

VERTICAL

4. La Hauteur d'un Éléphant À Nowgong.
5. Un Nid de Chouettes Nouvellement Capturées.
7. Vieux Ballon Léger du Seizième Siècle.
8. Huile d'Olive.
10. Le Prochain Grand Arbre (Afrique du Sud ou Nigeria).
12. Vieilles Choses Évidentes Réinventées.
13. Obsidienne Jamais Tordue.
14. Circulation des Nouvelles Londoniennes Améliorées sur une Hypothèse Libérale.
18. Essayez Notre Porridge et Achetez-le.
20. Coins d'un Oolithe octogonal ovale.
22. Collants en Satin Ambre d'une Nouveauté Innée.
24. Hautes Treilles de Fouillage Orange

Ethan regarda la feuille et Mally regarda Ethan.

« C'est bizarre, non ? La première fois que j'ai vu ça, j'ai trouvé ça bizarre. Sauf que j'étais bien trop furieuse et avais bien trop froid pour m'en soucier. Et quand je l'ai regardé encore une fois ce matin, juste un instant, ça m'a paru encore plus bizarre. Vous pensez que c'est vraiment une grille de mots croisés ? Si c'est le cas, pourquoi en font-ils toute une histoire ? Qu'est-ce que vous en pensez ? » demanda-t-elle, la voix excitée et les yeux étincelants.

Ethan marmonna : « Mmm. »

Il était en train de lire le numéro quatorze.

« Circulation des Nouvelles Londoniennes Améliorées sur une Hypothèse Libérale. »

Il passa au numéro vingt.

« Coins d'un Oolithe octogonal ovale. »

Puis il émit un long sifflement.

« Soit cette grille a été faite par un dingue qui a une passion pour les O, soit c'est un code. À mon avis, c'est un code.

« Oui… oui ! Un code ? Vous êtes malin ! »

Ethan se sentit grandement rasséréné.

« Si c'est un code…

— Je suis sûre que c'en est un.

— Si c'est un code, les O doivent être des E, parce qu'il y en a un paquet. C'est par là qu'on commence à craquer un code, par les E. Supposons que ces O… Non, on n'a pas un bout de papier ? Ça ne fait rien, je vais replier celui-ci. »

Il le replia et lâcha un « Oh ! » d'une voix différente.

« Qu'est-ce qu'il y a ? »

Ethan approcha le fauteuil, posa la feuille sur les genoux de Mally et se pencha en montrant du doigt.

« Inutile de nous embêter. C'est décodé de ce côté. C'est bien un code, celui qui l'a eu entre les mains l'a déchiffré…

— C'est l'écriture de Paul Craddock !

— Il est presque entièrement décodé. Comment avez-vous pu ne pas le voir ?

— Je ne sais pas. Je n'ai jamais regardé ce côté. Il faisait horriblement froid, je n'avais rien mangé depuis des années… Oh, ça a l'air drôle ! Ça dit quoi ? »

En travers de la feuille, il était écrit :

H. E. L. I. O. G. A. B. A. L. U. S.
a. b. c. d. e. f. g. h. i. j. k. l.
C. O. N. S. T. A. N. T. I. N. O. P. L. E.
m. n. o. p. q. r. s. t. u. v. w. x. y. z.

« C'est la clé du code ! s'exclama Ethan. Regardez ! » Il posa un gros pouce sur le C de Constantinople. « Vingt-six lettres dans les deux mots… et l'alphabet en dessous. Pas étonnant qu'il y ait autant de O ! E correspond à O, c'est bien ça. Mais les N et les W sont des O. Et les A sont des I tandis que les R sont des A. On dirait du hawaïen, non ? »

Plus bas, un trait était tiré sous l'alphabet, et en dessous était notée une série de lettres :

LBUBRAT/ICNE/VCN/AD/
UVAH/TIAN/AMTPN/
DSSAN/NTLS/SVI/NIM/
LHEAN/UNCNC/VBLSS/HO/
LPGAASN/VCER/OJT/CNLAHL/
ENPA/CO/CSANI/HTFO

« C'est quoi ? demanda Mally. Qu'est-ce que ça veut dire ? »

Ethan retourna la feuille.

« Oui, c'est bien ça. Le code correspond aux lettres majuscules des définitions. Et Heliogabalus Constantinople est la clé. J'imagine que la grille n'est qu'un leurre.

— Qu'est-ce que ça veut dire ? répéta Mally.

— Une partie a été décodée. “Envois effectués comme prévu. Autorités prévenues. Suspecte Pedro Ruiz. Conseille de stopper les envois pour l'instant. Ne communiquez pas avec moi...” Après ça, il y a deux blancs, et ensuite “Varney”.

— Qu'est-ce que ça signifie ? »

Ethan siffla.

« Quelque chose de très louche, je dirais ! »

Mally était très pâle.

« Oh, je n'aime pas ça... » Elle se leva d'un bond de l'accoudoir. « J'ai une impression tout à fait horrible ! » Elle se tut une seconde, puis murmura : « C'est tout ?

— Mmm. » Ethan tenait un crayon à la main. Il fronça les yeux. Son crayon fit des allées et venues entre le code et la clé. « Attendez, je vais remplir les blancs. E-N-A-N-G-L-E-T-E-R-R-E. Oui, c'est ça. “Ne communiquez pas avec moi en Angleterre. Varney”. Je me demande qui peut être Varney.

— C'est tout ? » répéta Mally.

Elle s'était appuyée contre le piano et l'avait dit sans le regarder. Elle regardait par la fenêtre et vit, sans les voir, le chemin dallé avec des roses couvertes de givre de chaque côté, ainsi que le haut portail que ses mains gelées avaient trouvé dans le noir.

« C'est tout ? » répéta-t-elle en ressentant de la haine pour le code et tout ce qu'il contenait. Elle détestait l'idée de l'avoir transporté dans sa poche.

Ethan observa son petit profil sérieux d'un air surpris.

« Une tête d'homme est dessinée sous le mot “Varney” », commença-t-il à dire. Et là, en une seconde, tout bascula.

Mally poussa un cri aigu, fit un bond en arrière et courut vers lui en l'agrippant très fort par le bras, les doigts tremblants.

« Un policier ! dit-elle dans un souffle. Un gros policier ! Il vient de pousser le portail ! »

# 33

Au moment où Mally murmura « Un gros policier », Ethan l'enlaça par la taille tout en rangeant la grille de mots croisés dans sa poche. Après quoi il avait dû ouvrir la porte, car avant même qu'elle ait dit « pousser le portail », elle se retrouva entraînée dans le couloir qui menait au fond de la maison.

En passant devant l'escalier, ils entendirent miss Angela parler à Grace dans l'une des chambres. Ils s'arrêtèrent un instant devant la rangée de patères, sur laquelle il attrapa une brassée de manteaux. Puis ils filèrent dans la cuisine et refermèrent la porte derrière eux. Cette pièce était déserte.

Ethan lâcha ce qu'il tenait sur le sol, ramassa un gros manteau molletonné qu'il jeta sur les épaules de Mally, lui fourra une casquette en tweed dans la main et enfila à toute vitesse un imperméable. Ils entendirent frapper à la porte de l'entrée. Aussitôt, il la poussa vers l'arrière-cuisine en courant, l'entraîna par la porte de service, puis sur le chemin dallé où la neige gelée glissait sous leurs pieds.

Le chemin coupait le jardin en deux et se terminait devant une porte dans le mur de clôture. Ils la franchirent et la claquèrent derrière eux au moment où miss Angela se sentit obligée d'interrompre le récit volubile que lui faisait Grace du mariage de sa nièce en disant à contrecœur : « Grace, je crois bien qu'on frappe à la porte ! »

La porte du jardin donnait sur une petite route. L'écurie du pasteur était juste en face. Ils montèrent dans la voiture avant que Grace ait descendu la moitié de l'escalier. Le matin, Ethan avait fait tourner le moteur dans le garage, de sorte qu'elle démarra sans difficulté. Ils s'engagèrent sur la route, où ils durent effectuer une marche arrière pour prendre le virage. Ils suivirent l'allée étroite qui passait entre le presbytère et le haut mur de l'église. Ethan tourna à droite, passa devant l'église et une demi-douzaine de maisons éparses, puis poussa un gros soupir de soulagement.

« On est partis ! »

Il se mit à chanter à tue-tête de façon pas du tout mélodieuse :

« Du désert je viens à toi sur mon cheval arabe
fringant
Et les vents restent derrière dans le vide, vide,
vide… »

« C'est une chanson fantastique, non ? Le genre de chose qu'on a plaisir à entonner.

Il entonna donc :

« Je suis devant ta fenêtre, et quelque chose
entend mon cri.
Je t'aime, je n'aime que toi, d'un amour
qui ne mourra pas
Tant que le soleil ne refroidira pas… »

« C'est on ne peut plus approprié, non ? Je ne me souviens pas d'avoir connu une journée où brillait un soleil plus froid ! »

Mally ne put s'empêcher d'éclater de rire.

« Nous sommes fous ! s'exclama-t-elle. Nous sommes tous les deux fous… On l'est sûrement, sans quoi ce genre de choses ne nous arriverait pas. »

Ethan glissa son bras gauche autour d'elle et la serra contre lui.

« C'est plutôt joyeux d'être fous tous les deux ! On a fui en beauté, je trouve. »

Il la serra de nouveau. Dans le rétroviseur, Mally aperçut sa silhouette informe dans le manteau énorme d'Ethan et la casquette de tweed inclinée sur son œil. Quand elle se laissa aller contre son épaule, il lui embrassa le coin de la bouche où apparaissait et disparaissait une fossette. Ils faillirent foncer droit dans le fossé, car le baiser dura un certain temps, et il ne prit fin que parce que Mally eut soudain un sanglot étouffé et enfouit son visage dans la manche du vieil imperméable d'Ethan. Heureusement, la route était déserte.

Ethan continua à rouler à cinquante kilomètres à l'heure en tenant Mally par la taille.

« Vous n'êtes pas fâchée… Mally… chérie ? »

Elle se contenta de renifler.

« Je n'ai pas pu m'en empêcher. Je ne le pourrais jamais quand vous me regardez comme ça. Ce que j'ai fait hier soir vous a mise très en colère ? »

Elle renifla.

Ils quittèrent la grand-route et bifurquèrent vers la droite. La casquette en tweed tomba. Mally se redressa vivement et la remit sur sa tête. Sa bouche tremblait. Elle était très pâle.

« Où allons-nous ?

— À Londres, je pense. Vous devez voir un avocat. Cette histoire de mandat d'arrêt est absurde… Il est hors de question que je vous laisse arrêter. Je vais vous emmener chez mon cousin, Mansell Messenger. C'est un brave type. Il est partenaire senior dans un très respectable cabinet d'avocats affublé d'un nom comique interminable – Worple, Worple, Worple et Wigginson. Le dernier Worple est mort au XVIIIe siècle, et je ne crois pas qu'il ait jamais existé un Wigginson. Mansell dirige le cabinet. C'est un vieil oiseau rusé, et bien introduit à Scotland Yard. Sa femme est la sœur de sir Julian Le Mesurier, le chef du Département des enquêtes criminelles. Par conséquent, il pourrait s'avérer utile.

— Et s'il ne veut pas ?

— Oh, il voudra ! De plus, je lui dirai que nous sommes fiancés. Nous le sommes, n'est-ce pas ?

— Non… Vous ne devez pas dire ça. »

Mally regarda droit devant elle et sentit une larme brûlante salée au coin de sa bouche.

« Vous êtes une charmante petite idiote !

— Non, pas du tout. »

Ethan partit d'un grand éclat de rire.

« Vous êtes tellement drôle ! Je vais finir par emboutir une haie, si vous me faites rire comme ça…

— Vous ne devriez pas rire, dit Mally d'une petite voix obstinée. C'est très sérieux. On va m'envoyer en prison pendant des années et des années… Vous ne pouvez pas être fiancé à une fille qui est en prison, vous le savez bien. »

Ethan écrasa la pédale de frein. La voiture fit une embardée et s'immobilisa. Mally s'écria : « Oh ! » Ethan la prit par les épaules et la tourna vers lui en la secouant légèrement.

« Vous ne devez pas parler comme ça ! Vous m'entendez ? Je vous l'interdis. Je n'aime pas ça. Non, je suis très sérieux. Nous sommes fiancés, et nous le resterons jusqu'à ce que nous soyons mariés… ce que nous ferons dès que possible. »

Mally haussa son sourcil gauche.

« Mmm, dit-elle.

— Non ! Vous n'êtes qu'un lutin des ténèbres. Mais pour l'amour du ciel, soyez gentille… au moins jusqu'à ce que nous ayons fini de fuir ! Je ne peux pas conduire d'une main et vous secouer de l'autre… Il faut qu'on avance. Vu que je ne peux pas prendre le risque de traverser Weyford ou Guildford, nous allons faire un détour et rejoindre la route de Londres après Ripley. À mon avis, nous avons nos chances, mais il n'y a pas de temps à perdre. »

Il redémarra, et ils roulèrent à la vitesse périlleuse de soixante kilomètres à l'heure sur des petites routes sinueuses où la neige s'était transformée en verglas. Une demi-heure plus tard, ils prirent la route de Londres et accélérèrent l'allure.

Mally était recroquevillée dans le gros manteau. Elle n'avait pas articulé un mot depuis un long moment quand soudain elle pouffa de rire :

« S'il y a un barrage de police sur cette route, c'est vous qu'on arrêtera ! Et alors, peut-être que je ne me marierai pas avec vous.

— Il n'y a pas de barrage », rétorqua Ethan d'un ton sévère.

Un instant plus tard, une petite voiture les doubla.

« Ethan ! s'écria Mally en lui agrippant le bras. C'est Candida Long ! Oh, je veux lui parler… Elle a été si sensationnelle avec moi ! Rattrapez-la ! Vite ! Il faut que je lui parle ! »

Ethan la rattrapa. Mally brandit sa casquette par la fenêtre en faisant des grands signes. Ethan klaxonna.

Le compagnon de miss Long cria quelque chose d'inintelligible. Miss Long jeta un coup d'œil dans leur direction, s'exclama et freina. Les deux voitures s'arrêtèrent. Aussitôt, Mally se précipita sur la route.

« C'est moi ! » Elle souleva le long manteau d'Ethan et grimpa sur le marchepied. « Je me suis enfuie… Je voulais vous le dire. Vous avez été sensationnelle ! Oh… mais c'est Mr. Medhurst ! »

Ambrose Medhurst ouvrit la portière de l'autre côté et descendit de la voiture. C'était un jeune homme sensible, et il avait l'impression d'être de trop.

« Oh ! s'écria Mally. Alors il a… vous êtes…

— Chut ! Pas exactement », rétorqua Candida Long en se penchant par la vitre. Elle approcha ses lèvres de l'oreille de Mally et dit tout bas : « Vous aviez raison. Il m'aime, mais il ne veut pas. »

Elles entendirent Ethan et Ambrose discuter.

« Pourquoi ne veut-il pas ? demanda Mally en sautillant sur le marchepied.

— À cause de mon sale argent. Mais je crois que j'en ai perdu pas mal. Et si c'est le cas, il voudra.

— Oh ! C'est très gentil de sa part ! »

Les yeux de Mally dansèrent. Tout comme ceux de Candida.

« Oui, n'est-ce pas ? Que comptez-vous faire ? Vous allez bien ? Paul était fou… Vous êtes sûre que ça va ? Parce que je détesterais qu'ils vous attrapent maintenant. Que faites-vous ?

— Je continue à fuir. Avec Ethan. Vous connaissez Ethan ? Il dit que nous sommes fiancés. Et j'ai bien trop peur de lui pour dire que nous ne le sommes pas. »

Candida éclata de rire. Alors qu'elle riait, Ethan et Ambrose arrivèrent près de la voiture. Candida se retourna.

« Ambrose, je viens d'avoir une idée de génie ! On va échanger les voitures. »

Les beaux yeux sombres de Mr. Medhurst prirent une expression perplexe. « Échanger les voitures ? » répéta-t-il. Candida confirma. Puis Ethan s'avança, très imposant, les sourcils froncés.

« Miss Long, vous êtes sérieuse ?

— Mais oui ! répondit-elle en sortant de la voiture. Ils sont après vous ? Ils vous poursuivent ? Ça vous aiderait ? Vous pensez qu'ils nous prendront en chasse à votre place ? Oh, quelle bonne blague ! »

Ethan paraissait dubitatif sur le nombre de questions de miss Long qui nécessitaient une réponse.

« On nous poursuit, j'en suis sûre », dit Mally. Le manteau d'Ethan traînait par terre ; elle serra la casquette dans sa main.

« À la vérité, nous avons dû filer par une porte pendant que la police locale entrait par une autre, précisa Ethan. Et comme tout le monde à Weyford connaît le numéro d'immatriculation de ma voiture, je ne pense pas que nous ayons de réelles chances d'arriver jusqu'à Londres. Je veux aller chez mon cousin, Mansell Messenger. Il est avocat et nous conseillera.

— Eh bien, prenez ma voiture, et nous prendrons la vôtre ! Venez, Ambrose, conduisez. Nous allons quitter la grand-route et voir combien de temps on peut rouler avant de se faire repérer. Je n'ai encore jamais été arrêtée ! C'est la chance de toute une vie… Quelle bonne blague ! Bon courage, les enfants ! »

Elle embrassa les doigts de Mally, puis entraîna Ambrose vers la voiture d'Ethan en riant aux éclats.

« Elle est sensationnelle ! s'exclama Mally. Allons-y… Fouette, cocher ! » Elle monta dans la voiture en traînant le manteau derrière elle. « Je sais où est son garage, alors, ça va.

— Comment le savez-vous ?

— Parce qu'elle me l'a dit… et parce que je suis très maligne.

— Écoutez… »

Mally lui sourit de toute sa fossette. Et brusquement, elle frotta sa tête contre son épaule et dit : « Pauvre petite ? » Puis elle se mit à rire tout bas. « Nous allons *vraiment* nous enfuir… Je croyais qu'on n'y arriverait pas, mais on va y arriver ! »

# 34

Mr. Mansell Messenger, un petit homme énergique et joyeux, avait les joues roses, des cheveux gris qui s'ébouriffaient volontiers, et des yeux noisette extrêmement vifs. Des yeux qu'il laissa lancer quelques regards à miss Mally Lee pendant que, assise dans un grand fauteuil en cuir, elle racontait son histoire.

Elle la lui raconta depuis le début – il n'échappa pas à l'avocat qu'une bonne partie était une totale découverte pour son cousin Ethan. Il tenait un crayon qu'il tapotait sur ses lèvres. De temps à autre, il notait quelque chose. Puis ses yeux observaient de nouveau Mally, la toisaient de la pointe de ses cheveux courts décoiffés à ses chaussures éculées avec lesquelles elle avait parcouru tant de pénibles kilomètres.

Mally, en jupe courte et gilet, avait l'air extraordinairement petite et jeune. Assise toute droite, elle raconta bien son histoire, mais pas trop bien. Mr. Mansell Messenger avait une méfiance fondée pour les récits trop désinvoltes. Or Mally n'était pas désinvolte, elle était naturelle. Il aimait bien sa voix, la façon qu'elle avait de tenir la tête, et la manière qu'elle avait de le regarder. Il aimait bien la façon dont elle parlait de la famille Peterson ; on ne percevait ni rancœur ni ressentiment appuyé. Elle était perdue, elle avait eu peur, et elle était courageuse – pas du genre à avoir peur pour un rien.

Lorsqu'elle eut terminé, il lui posa plusieurs questions.

« Quelqu'un dans la maison vous en voulait-il ?

— Je n'aimais pas Mr. Craddock, répondit Mally en relevant la tête.

— Vous étiez-vous disputés ?

— Oh, non… Nous n'étions pas *amis*. Il savait que je ne l'aimais pas.

— Puis-je vous demander comment il le savait ? »

Mally redressa le menton.

« Je… je l'ai giflé.

— Bien. Je suis sûr qu'il le méritait. Mais pourriez-vous nous dire pourquoi vous avez estimé nécessaire de le gifler ?

— C'était ma faute. J'aurais dû me douter que c'était une limace, et qu'on ne peut pas faire confiance aux limaces. Un soir où j'étais rentrée tard, il m'a proposé des sandwiches, et j'ai accepté parce que j'avais faim. Danser m'ouvre toujours l'appétit. Et quand il a essayé de m'embrasser, je l'ai giflé très fort et je suis partie en courant. »

Ethan, planté devant la cheminée, marmonna quelque chose de vaguement imprécatoire.

« Bien, répéta Mr. Mansell. Et quand tout cela est-il arrivé ?

— La veille.

— Donc, le diamant avait déjà été perdu ?

— Oui, on l'avait cherché tout l'après-midi.

— Et c'est le lendemain après le déjeuner qu'on vous a fouillée et qu'on l'a trouvé ?

— Oui.

— Bien. À quel moment avez-vous entendu parler du papier égaré ?

— Après qu'ils m'ont fouillée, je crois.

— Vous n'en êtes pas certaine ?

— Pas tout à fait. C'était tellement affreux… C'était comme si je n'arrivais pas à réfléchir. Ils ont fait sortir la femme de chambre, et ils ont continué à parler du papier. Ils ont dit qu'ils savaient que je l'avais, mais que si je le rendais, ils ne parleraient plus du diamant et ne m'enverraient pas en prison. »

Mr. Mansell mordilla l'extrémité de son crayon.

« Et vous dites que vous n'aviez connaissance d'aucun papier ?

— Pas à ce moment-là.

— Mais vous en avez eu connaissance après ?

— Barbara m'a donné ses dessins. Elle les adorait, et elle m'a expliqué que son père et Paul Craddock allaient les brûler. Elle me les a confiés après que j'ai escaladé la fenêtre – je vous l'ai dit –, et je les ai mis dans ma poche, où je les ai oubliés jusqu'à ce que je me retrouve sous un buisson de houx à Peddling Corner en attendant qu'il se passe quelque chose.

— Et ensuite ?

— J'ai regardé les dessins histoire de tuer le temps, et je suis tombée sur une grille de mots croisés. Mais comme ça n'avait pas l'air d'une vraie grille de mots croisés, je l'ai remise dans ma poche et je n'y ai plus pensé. C'est seulement quand j'ai atterri dans la maison vide dont je vous ai parlé que j'ai de nouveau regardé la feuille et qu'elle m'a paru *bizarre*…

— Bizarre comment ?

— Juste bizarre, dit Mally en faisant un petit geste de la main. Ça ne m'a pas vraiment inquiétée… J'avais trop faim et trop froid. Mais ce matin, je l'ai montrée à Ethan. Dès le début, on a pensé tous les deux que ce n'étaient pas du tout des mots croisés. Du coup, on s'est demandé ce que c'était. Et après… » Elle se tourna vers la cheminée. « Ethan, vous l'avez ? Montrez-le-lui. »

Ethan s'approcha, le papier à la main. Il se pencha près de son cousin et le posa sur le bureau.

« C'est un message codé, dit-il. Je l'ai compris tout de suite. Mais quand j'ai commencé à travailler dessus, je me suis rendu compte qu'il avait été presque entièrement déchiffré au dos de la feuille. Jetez un coup d'œil vous-même, vous verrez ! »

Mansell Messenger fit pivoter son fauteuil et bondit carrément sur le papier.

« Heliogabalus… Constantinople », lut-il à haute voix en tapotant sur le buvard avec la pointe de son crayon.

« Ce sont les mots-clés », expliqua Ethan.

Mansell passa ensuite à la ligne suivante, celle avec les lettres de l'alphabet.

Ethan continua à expliquer.

« Ils ont pris les majuscules des définitions pour fabriquer le message codé. Le voici déchiffré. Ces deux mots, "en Angleterre", je les ai trouvés grâce à la clé. Le reste était déjà fait, y compris la signature. D'après Mally, c'est l'écriture de Paul Craddock.

— C'est vrai ? demanda Mansell en se tournant vers Mally. Ne répondez pas oui si vous n'en êtes pas sûre. Ne dites rien à moins d'en être certaine.

— Mais j'en suis sûre… Sûre et certaine !

— Très bien. »

Il continua à lire le message décodé à voix basse. « Envois effectués comme prévu. Autorités prévenues. Soupçonne Pedro Ruiz. Conseille de stopper les envois pour l'instant. Ne communiquez pas avec moi en Angleterre. Varney. » Il le relut et, pendant tout ce temps, planta son crayon dans le buvard. Un silence s'étira.

Un long moment sembla s'écouler avant qu'il fasse un mouvement brusque et lance une question à Mally :

« Une idée de ce que cela signifie ?

— N-non.

— Aucune idée de ce à quoi les envois font référence ? »

Elle secoua la tête.

« Déjà entendu parler de Pedro Ruiz ou de Varney ?

— N-non.

— Mais vous êtes sûre que c'est l'écriture de Paul Craddock ?

— Oui, j'en suis certaine. »

Mansell Messenger continua à la fixer environ une demi-minute. Puis il repoussa son fauteuil et se leva.

« Je vais vous prier tous les deux d'aller patienter dans la salle d'attente. Mais laissez-moi d'abord vous informer de ce que je vais faire… Je vais téléphoner à sir Julian Le Mesurier pour lui demander s'il accepte de vous recevoir. Il est possible que ce message codé l'intéresse, et je vous conseillerai de lui révéler tout ce que vous savez sans aucune réserve. Si vous n'êtes pas d'accord, je ne crois pas que je pourrai vous aider beaucoup. Mais si vous me laissez vous conseiller…

— Oh ! s'exclama Mally, un brin accablée. Mais nous sommes d'accord. C'est pour ça que nous sommes venus ici, pas vrai, Ethan ? Nous voulons que vous nous conseilliez, aussi ne dites pas que vous n'allez pas nous aider ! » Elle le regarda d'un œil implorant.

« Je n'ai rien dit de tel. » Mr. Messenger lui tapota

le bras et la poussa doucement vers l'autre pièce. « Allez vite, et parlez à Ethan. »

La salle d'attente était déserte. Dès que Mansell retourna dans son bureau, Ethan souleva Mally et la serra dans ses bras.

« N'ayez pas peur, lui murmura-t-il à l'oreille.

— Je… je n'ai pas peur.

— Mais si. Et je ne veux pas que vous ayez peur. Vous m'entendez ? Je ne le veux pas. Vous êtes tremblante et glacée comme un petit oiseau gelé… Il ne faut pas.

— Chut ! Il a laissé la porte entrouverte… Je veux écouter. »

Ils se turent et entendirent s'élever la voix de Mansell.

« C'est toi, Piggy ? Oui, Mansell, à l'appareil. Allô ? Tu es là ? Oui, là, c'est mieux. Tu m'entends distinctement ? C'est très important. Tu te souviens de la conversation que nous avons eue hier soir à la fin du dîner… Oui, la partie confidentielle… Elle est ici… Oui, c'est ce que j'ai dit… Ici – I comme Isidore, C comme crime, I comme Isidore… Un mandat d'arrêt ? Oui, je sais… c'est ce qu'elle dit. J'aimerais que tu la rencontres. Et j'ai là un document qui, je pense, t'intéressera… Allô ? La porte est restée ouverte ! Attends que j'aille la fermer… »

La porte se ferma dans un cliquetis. Mally se jeta dans les bras d'Ethan.

« Ne les laissez pas me mettre en prison ! Je ne pourrais pas le supporter ! J'ai peur… j'ai horriblement peur ! »

Ethan la serra très fort. Elle tremblait de la tête aux pieds, s'accrochait à lui de toutes ses forces et sanglotait comme un enfant quand il pleure toutes les larmes de son corps.

Finalement, Mally cessa de trembler. Ethan était une personne très confortable – très grand, solide, et inébranlable. De manière tout à fait irrationnelle, elle commença à avoir la conviction qu'elle n'irait pas en prison. Ethan ne la laisserait pas y aller.

Arrivée à cette conclusion rassurante, elle frotta sa joue contre le bras d'Ethan et dit d'une petite voix impatiente : « Je… je veux vous parler de Roger. »

Du point de vue du sexe raisonnable, c'était assurément la dernière remarque à laquelle on aurait pu s'attendre. Non seulement Ethan fut pris de court, mais il ressentit une extrême réticence à s'entendre raconter quoi que ce soit au sujet de Roger Mooring. Ce type était un abruti qui avait laissé tomber Mally. Il était de l'histoire ancienne. Et, très franchement, il le révulsait.

« Je ne veux pas en entendre parler. Pourquoi le voudrais-je ? »

Alors qu'il disait cela, la porte qui donnait sur l'extérieur s'ouvrit. Ethan recula vers la fenêtre, Mally se retourna en fixant d'un œil intéressé une gravure représentant la reine Victoria, tandis qu'entrait une dame très grande et corpulente au visage rouge avec un chapeau noir de guingois.

« Peu m'importe qu'il soit fiancé ou pas, je veux le voir ! » La dame regarda derrière son épaule et s'adressa à un employé paniqué à la manière d'un politicien qui répond à un élément perturbateur. En entendant sa voix sonore, Ethan murmura :

« Oh, mon Dieu ! »

La porte se referma. La dame se retourna et, tout

en s'exclamant « Mon cher enfant ! », elle s'avança et embrassa Ethan d'une façon ferme et pragmatique.

« Euh… tante Serena… euh… puis-je te présenter miss Lee ? »

Mally cessa de regarder la reine Victoria et leva des yeux limpides sur le chapeau de miss Serena. Ses cils étaient encore un peu humides de larmes.

« Lee ? Tu as dit Lee, Ethan ? »

La vieille demoiselle prit la main de Mally et la serra très fort dans la sienne.

« Êtes-vous parente avec Ernestine Wotherspoon Lee ?

— Qui est-ce ? demanda Mally.

— Vous me surprenez ! Je pensais que toutes les femmes de ce pays connaissaient son nom et lui étaient reconnaissantes de ses travaux !

— Qu'a-t-elle fait ?

— Que n'a-t-elle *pas* fait, vous voulez dire ! Ernestine est unique. Que n'ont pas accompli ses efforts résolus pour la cause ! »

Mally s'apprêtait à demander « Quelle cause ? » quand Ethan la sauva.

« Tante Serena, Mally et moi sommes fiancés. »

Miss Serena Messenger fut tellement déconcertée qu'elle lâcha la main de Mally et redevint un instant une simple tante.

« Mon cher garçon, ce n'est pas vrai ? C'est… c'est très inattendu ! » Elle se ressaisit. « Je… je… Non, mon cher garçon, ce serait contre mes principes de vous féliciter l'un ou l'autre. Miss Lee et moi devons avoir une petite conversation. Je désapprouve le mariage. Comme tu le sais, je considère que c'est une forme d'esclavage barbare et dégradante. Et j'espère que j'arriverai à persuader miss Lee de voir les choses comme moi, à l'aube d'une nouvelle ère qui marque le début de la Femme en tant qu'être suprême. Comme votre talentueuse parente Ernestine Wotherspoon Lee l'a remarqué la semaine dernière dans son discours sur "La femme dominante"... »

La porte du bureau s'ouvrit à toute volée, et Mr. Messenger apparut sur le seuil. Si sa première impulsion fut de la refermer pour partir en courant, il la dissimula de façon héroïque.

« Ah, Serena ! » Puis il lui prit la main et dit : « Mais je suis occupé... terriblement occupé. Je ne peux pas vous recevoir sans rendez-vous.

— Allons, Mansell ! À quoi sert de parler comme ça ? Je suis ici, et vous allez me voir.

— Mais je ne peux pas... Non, vraiment pas. »

Miss Serena l'empoigna par le bras et se dirigea d'un pas résolu vers le bureau.

« Je ne vous garderai que dix minutes, déclara-t-elle de sa voix sonore. Je veux juste vous consulter sur un point qui s'est posé en relation avec notre travail au Z.K.W. »

Ils disparurent dans le bureau. Miss Serena referma la porte.

« Oh, Ethan ! s'exclama Mally.

— Je sais.

— Elle est toujours comme ça ?

— Pour ainsi dire tout le temps. J'y suis habitué.

— Ne la laissez pas... je vous en prie !

— Que je ne la laisse pas quoi ?

— Me parler d'être une esclave dégradée. »

Il rugit de rire.

« Oh, Mally ! Quelle drôle de petite chose vous faites ! Mais si, je vous assure... Ce n'est rien, vous serez mon esclave dégradée, je serai votre esclave dégradé, nous ferons un pied de nez à tante Serena et serons heureux pour l'éternité ! »

Mally gratifia la porte close d'une affreuse grimace.

« Oui, c'est ce que nous ferons ! »

Elle tira la langue et esquissa une petite révérence espiègle.

# 35

« Quel esprit romantique tu as ! » observa plaisamment sir Julian Le Mesurier en voyant Mansell entrer dans son bureau. Il s'appuya au dossier de son fauteuil et sourit avec une indulgence qui exaspéra son beau-frère.

« Moi ? L'esprit romantique ? Et puis quoi ?

— Un romantique invétéré ! Oh, rien n'est aussi doux dans la vie qu'un jeune rêve d'amour… Et le jeune Ethan n'est que sous-lieutenant ! Il a bien poussé, mais ce n'est rien qu'un enfant. Allons, Mansell, allons !

— Il attend sa promotion d'un jour à l'autre. L'enfant bien poussé, mon cher Piggy, a bientôt trente ans. Du reste, ça n'a rien à voir avec moi, sinon professionnellement. Je viens te voir à propos d'une cliente… Une *cliente*, Piggy. »

Sir Julian agita une grande et large main.

« Alors il n'y a rien à faire… absolument rien. C'est une conversation familiale agréable, très loin des associations sordides de la loi criminelle. C'est beau, les liens familiaux… presque aussi beau que les jeunes rêves d'amour. Euh… tu as ce prétendu message codé ?

— Miss Lee l'a.

— Un mandat d'arrêt a été lancé contre elle, observa sir Julian sans raison.

— C'est ce qu'elle m'a dit. C'est une jeune fille très franche. Tu vas la voir ?

— Ce n'est pas mon boulot. L'excellent Murgatroyd a le dossier en main. Mais, en fait, je pense que… oui, j'aimerais la voir… euh, de façon informelle, bien sûr. Elle est avec toi ?

— Oui. »

Sir Julian appuya sur une sonnette et parla dans un téléphone. Puis il prit une feuille dc papier vierge et commença à dessiner unc frise de chats endormis, les pattes repliées, la queue en tire-bouchon. Derrière la porte, Mally infligea un dernier pincement désespéré à Ethan. Après quoi elle lui lâcha le bras, redressa la tête et entra dans le bureau.

« Euh… enchanté, miss Lee », dit sir Julian. Ses petits yeux vifs croisèrent ceux de Mally et les fixèrent un instant.

Ethan entra et ferma la porte. Mr. Mansell Messenger donna un fauteuil à Mally. Puis elle dut recommencer à raconter à ce gros homme bizarre comment elle s'était retrouvée gouvernante de Barbara Peterson et ce qui s'était passé à partir de cette minute jusqu'à maintenant. Pendant tout le temps où elle parla, le gros homme tripota son crayon. Par moments, il semblait occupé à dessiner des chats ; à d'autres, il la regardait. Et quand il la regardait, Mally avait l'impression d'être du verre très fin et transparent.

Assez curieusement, ça ne lui fit pas peur du tout. Si elle avait eu quelque chose à cacher, elle aurait eu horriblement peur ; mais là, elle était sûre que le gros homme comprendrait. Il ne prononça pas un mot avant qu'elle ait fini. Puis il avança la main.

« Montrez-moi cette grille de mots croisés. »

Mally la sortit de sa poche et la lui tendit. Sir Julian l'étala sur le bureau, l'observa quelques instants en silence, puis la retourna. Mansell vint se poster près de lui en pointant et en expliquant, tandis que sir Julian disait « Oui, oui » et tapotait la feuille avec son crayon.

« Ethan a déchiffré ces deux mots : "en Angleterre". Le reste l'était déjà.

— Oui, oui », dit sir Julian.

Il lut le message en silence. Mally le connaissait par cœur. Elle le regarda le lire et trouva le gros visage impassible.

Le message était plié en deux à l'endroit où il se terminait. Sir Julian le souleva, le déplia puis leva aussitôt les yeux sur Mally Lee.

« Il y a une tête d'homme dessinée.

— Ah bon ?

— Vous ne l'avez pas vue ?

— Non. J'ai regardé l'autre côté, et puis Ethan a pris la feuille… » Elle hésita.

« Eh bien ?

— Je me rappelle qu'il a dit qu'il y avait un dessin. Il est sûrement de Barbara. C'est pour cette raison qu'elle a pris le papier… pour dessiner. Et peut-être aussi parce qu'elle a pensé que ça agacerait Paul Craddock.

— C'est Barbara qui l'a dessiné ?

— Probablement… Il était avec ses autres dessins.

— Quel âge a-t-elle ?

— Huit ans.

— Avez-vous ces autres dessins dont vous parlez ? »

Elle secoua la tête.

« Ils sont dans la poche de mon manteau. J'ai juste apporté celui-ci pour le montrer à Ethan, et c'est à ce moment-là que le policier a remonté l'allée, si bien que nous avons dû nous enfuir.

— Vous n'avez pas fait ce dessin ?

— Oh, non… Je ne sais pas dessiner.

— Et vous ne l'aviez pas vu, vous en êtes sûre ?

— Non, je ne l'avais pas vu… vraiment. »

Mally éprouva soudain une étrange excitation. Elle n'avait pas peur, mais elle était essoufflée.

« Ce message est signé "Varney". Est-ce que ce nom vous dit quelque chose ?

— Non.

— Vous ne l'avez jamais entendu ? »

Mally rapprocha les sourcils.

« Dans… un… livre, dit-elle lentement. De Walter Scott… celui sur Amy Robsart. C'était… c'était lui le méchant, non ? »

Piggy la fixa d'un regard très intense. Mally le regarda avec une certaine impatience, les joues roses, les yeux écarquillés.

« Je ne me souviens pas du titre, ajouta-t-elle.

— *Kenilworth*, précisa sir Julian d'un ton affable. Oui, je crois que c'est à ce roman que vous pensez. Dans lequel Varney est le méchant. Ce nom ne vous suggère pas une méchanceté plus récente… un acte criminel un peu plus récent ?

— Non. »

Il retourna la feuille et la poussa sur le bureau. En bas dans le coin droit était dessiné un profil d'homme ; en dessous, Barbara avait écrit de travers au crayon : « Varney. Je le déteste. »

Mally observa le profil, fixa les mots. Ses yeux virent une feuille de papier blanc avec quelque chose gribouillé au crayon, tandis que dans sa tête se formait une image nettement plus vivante – l'étable sombre ; le faisceau d'une torche ; le profil de l'homme entrevu un instant, rien qu'un instant.

« Oh ! s'exclama-t-elle. Oh ! »

Elle agrippa le bord du bureau et se leva.

« Vous connaissez ce visage ?

— Oui, c'est l'homme… l'homme dans l'étable. Je l'ai vu !

— Doucement, miss Lee… Quel homme ?

— Ethan le connaît. C'était là où il séjournait. Je me suis cachée dans sa voiture… dans la voiture de cet homme… et quand je me suis réveillée, nous étions dans l'étable à Peddling Corner. Je ne l'ai vu que quelques secondes. Je ne connais pas son nom. Mais Ethan le connaît. »

Sir Julian se tourna vers ce dernier, la feuille à la main.

« Oh, Seigneur ! s'écria le jeune homme. Ce n'est pas possible !

— Rares sont les choses qui ne le sont pas. Je crains que ce n'en soit pas une. Vous reconnaissez ce croquis ?

— Il n'est pas assez précis…

— Vous rappelle-t-il quelqu'un ?

— Je préfère ne pas le dire.

— Dans la voiture de qui miss Lee a-t-elle quitté Londres ? Peut-être pouvez-vous répondre à cette question ?

— Ethan ! » insista Mansell Messenger.

Le jeune homme avait l'air très mal à l'aise.

« Dans la voiture de Lawrence Marrington. »

Mally les regarda tour à tour.

« Qui est Lawrence Marrington ? »

Sir Julian reposa la feuille.

« D'après miss Barbara Peterson, c'est Varney, observa-t-il avec calme. Il appartiendra à l'excellent Murgatroyd de découvrir si elle dit vrai. »

# 36

Mally agrippait le bord du bureau.

« Qu'est-ce que tout ça signifie ? » Elle poussa un long soupir tremblant et dévisagea sir Julian. « Quelque chose d'horrible, n'est-ce pas ?

— Oui. »

Il y eut un silence. Puis sir Julian actionna la sonnette.

« Je vais vous demander d'attendre quelques minutes. »

Il se tourna vers son beau-frère.

« Où séjourne miss Lee ? Murgatroyd voudra la voir. »

Mally le regarda d'un air grave.

« Vous allez m'envoyer en prison ? » demanda-t-elle d'une toute petite voix.

Ethan s'avança, mais Piggy l'arrêta d'un geste de la main.

« Pas cette fois. Mais nous aurons besoin de votre témoignage. Où dis-tu qu'elle séjourne, Mansell ?

— Je n'habite nulle part, dit Mally.

— Je pensais que… » Mansell parlait tout bas, sur le ton de la confidence. « Je pensais que miss Lee nous ferait ce plaisir, Janet sera enchantée, je le sais. » Il se tourna vers Mally. « Ma femme et moi espérons que vous viendrez chez nous.

— Oh ! » s'exclama Mally. Elle lui prit la main et la serra entre les siennes. « Oh, vous êtes sensationnel ! Je vais me mettre à pleurer… j'en suis sûre. Vous… vous êtes tellement sensationnels, tous les deux ! »

Sur ce, elle se tourna vers sir Julian, ravala deux grosses larmes et sortit en courant. Ethan la suivit.

« Alors ? demanda Mansell.

— La demoiselle est avenante, dit Piggy. Pas exactement jolie, mais il est indéniable qu'elle est touchante. Le jeune Ethan est très épris, à ce que je vois. Comme propulsé, hein, Mansell ?

— Qu'est-ce que tout ça veut dire ?

— Quelque chose d'assez moche. Murgatroyd va adorer la grille de mots croisés.

— De quoi s'agit-il ? À moins que je ne doive pas poser la question…

— Si, tu peux. Mais pour l'instant, garde la réponse pour toi. Pas un mot, s'il te plaît, même à Janet. » Il tapota la feuille. « De quoi condamner un homme… "Envois effectués comme prévu." Les envois en question sont de la cocaïne. Et ce message sec de la main du secrétaire de Peterson va perdre Peterson. Ce n'est que le maillon d'une chaîne, mais c'est celui qu'on cherchait. Et maintenant qu'on l'a, je me souviens que Peterson et moi étions ensemble à l'école et qu'il était alors quelqu'un de très correct.

— Comment cela ?

— Oh, c'est facile… Glisser dans les Enfers est facile. J'imagine que, il y a dix ans, il aurait été prompt à dire : "Ton serviteur est-il un chien pour devoir agir ainsi ?", mais aujourd'hui, mis à part le risque encouru, je ne pense pas que ça l'empêche de dormir. Je sais exactement à quel moment ça l'a pris. Il a été brisé, Mansell. La guerre l'a laissé brisé et, ensuite, ce moyen facile de faire de l'argent lui a été proposé… lui a été mis sous le nez par Varney, qui était déjà un vieux briscard ! Il n'a pas eu grand-chose à faire. Comme il avait des bateaux, il lui a suffi de faire en sorte de planquer la cocaïne à bord. C'était alors plus simple que maintenant. Et Varney – en voilà un autre type bizarre –, Varney est Lawrence Marrington. Il jouait déjà à ce petit jeu en Chine il y a vingt ans. Mais il faisait tout ça au nom de la cause sacrée de la science ! L'homme est un grand enthousiaste, un fanatique… Il vit pour ses recherches, or pour les mener, il lui faut de l'argent, raison pour laquelle il est mêlé jusqu'au cou à ce trafic pourri !

— Et Craddock ?

— Un jeune chiot ambitieux qui a le goût de la politique. C'est une sale affaire, Mansell… Une très sale affaire. Murgatroyd sera ravi, c'est le bon point. L'autre, c'est la demoiselle si touchante. Une brave gosse ! Je me demande si tenter de la coincer en l'accusant de vol n'est pas ce qu'il y a de plus répugnant dans toute cette histoire. Bien sûr, quand le papier a disparu, ils ont eu la trouille. Mais s'ils ne s'étaient pas déchaînés en lançant de fausses accusations contre miss Lee, cet élément de preuve n'aurait jamais atterri entre nos mains. On pourrait écrire une brochure sur le sujet !

— C'est un élément important ?

— Juste un lien utile. Pedro Ruiz a fait une déclaration qui est en notre possession. Néanmoins, Pedro Ruiz est le genre de gentleman dont les déclarations nécessitent confirmation. Là, on a Varney, alias Lawrence Marrington, qui met en garde le secrétaire de Peterson contre Pedro. Par conséquent, ça colle, tu vois… Ça colle ! »

Il repoussa son fauteuil, se leva et s'étira.

« Emmène ta demoiselle errante, et fais en sorte qu'elle se tienne à l'écart et évite les bêtises jusqu'à ce qu'on ait annulé le mandat d'arrêt. À bientôt, Mansell ! »

## 37

Mr. Paul Craddock sortit en trombe de la pièce du téléphone, puis dévala l'escalier en passant devant le buste en marbre de sir George Peterson qui avait tant impressionné Mally le jour de son arrivée.

Il entra dans le bureau, referma la porte et dit précipitamment :

« Ils l'ont trouvée ! »

Sir George Peterson leva les yeux de la lettre qu'il était en train d'écrire en fronçant les sourcils. « Vous perdez votre sang-froid, Paul. Si vous n'arrivez pas à vous ressaisir, sortez !

— Ils l'ont trouvée !

— Et quiconque vous a entendu dévaler l'escalier avant d'entrer ici comme une flèche aura été informé que vous venez de… disons, d'apprendre une nouvelle intéressante, que vous êtes très pressé de me communiquer. » Il changea quelque peu d'attitude. « Vous parlez de miss Lee, j'imagine.

— Naturellement… Ils sont allés en voiture à Sutton, et on l'a ramenée ici en vue de l'accuser. Ils veulent que l'un de nous vienne l'identifier. J'y vais ?

— Oui. Si le papier est là-bas, récupérez-le. Mais n'insistez pas. La ligne à tenir est que vous avez noté quelque chose au dos d'une grille de mots croisés que vous a envoyée un ami… Oui, je crois que c'est la ligne à tenir… Je regrette maintenant qu'on ait remué toute cette histoire…

— Pourquoi maintenant… alors qu'on est sortis de l'auberge ?

— Sortis de l'auberge ? répéta sir George en levant les sourcils. J'en suis si peu convaincu que… » Il se leva. « Allez l'identifier. Prenez garde à ce que vous dites et évitez d'avoir l'air vindicatif. Nous sommes navrés pour la fille, nous ne voulons pas nous montrer durs avec elle. »

Paul Craddock sortit de la maison, mal à l'aise. Il prit un taxi dans lequel il pensa à des choses fort inquiétantes. Sir George Peterson avait eu un ton qu'il n'aimait pas, et son attitude quelque chose qu'il aimait encore moins. Il commença à maudire de bon cœur le jour qui avait vu entrer miss Mally Lee dans la famille Peterson.

Au commissariat de police, il arbora un air inquiet avant de passer du crépuscule à une pièce brillamment éclairée où un inspecteur de police était en train d'écrire à un bureau.

Très pressé d'en finir, Mr. Craddock s'impatienta des formalités qui consistaient à donner son nom et son adresse, et à devoir écouter que le temps était bien de saison. Il voulait en terminer avec tout cela et s'en aller. Il voulait voir cette maudite grille de mots croisés de Varney brûler et être réduite à l'état de cendres. Il trouva difficile de conserver son air inquiet. C'est alors que s'ouvrit une porte communicante et qu'entra la dernière personne qu'il s'attendait à voir là – Candida Long, ses cheveux d'or pâle scintillant sous un petit chapeau foncé, les joues éclatantes d'indignation.

Lorsqu'il s'exclama « Candida ! », l'inspecteur parut intrigué.

Candida Long émit un petit rire furieux.

« Peut-être direz-vous à ces gens qui je suis, Mr. Craddock ! Je trouve exagéré qu'on ne puisse pas venir en ville en voiture sans se faire arrêter… J'ai roulé des milliers et des milliers de kilomètres sans jamais avoir eu une amende ! Surtout qu'on se traînait, on se traînait littéralement, au cas où quelqu'un aurait été assez vicieux pour nous chronométrer ! Peut-être expliquerez-vous à ce monsieur (elle foudroya l'inspecteur d'un regard bleu) que vous avez souvent roulé avec moi, et que je suis l'une des conductrices les plus prudentes et les plus fiables qui soient sur la route ! D'ailleurs, Ambrose venait de regarder le compteur, et il est prêt à jurer qu'on ne dépassait pas les quinze kilomètres à l'heure. Il est parti voir un avocat. Mais je n'ai jamais entendu parler de qui que ce soit se faisant arrêter à moins d'avoir renversé quelqu'un… même à Sutton ! »

Elle reprit sa respiration. L'inspecteur profita de l'occasion.

« À quoi bon tout ça ? rétorqua-t-il d'un air réprobateur. La question n'est pas de savoir si vous rouliez à vingt, trente ou quarante kilomètres à l'heure, vous le savez bien.

— Nous faisions seulement du quinze kilomètres à l'heure ! Mr. Medhurst est prêt à le jurer.

— Là n'est pas le problème… Vous êtes accusée de vol, et ce monsieur est ici pour vous identifier. »

Paul Craddock lâcha sèchement :

« Cette femme n'est pas miss Lee.

— Bien sûr que non ! s'exclama Candida. Je n'arrête pas de leur répéter qu'ils ont fait une erreur, mais vu qu'ils ne m'écoutent pas, Ambrose est allé chercher son avocat. À propos, qui est miss Lee ? »

Paul Craddock ressortit du commissariat avec une sorte de désespoir chevillé au cœur. Mally Lee s'était enfuie, et Candida lui avait annoncé avec un sourire charmant qu'elle était fiancée à Ambrose Medhurst. Il la laissa expliquer aimablement à l'inspecteur comment elle s'était retrouvée à conduire la voiture d'un ami au lieu de la sienne. Une explication très ingénieuse, à laquelle Candida sembla prendre un immense plaisir.

Paul traversa le hall glacial et entra dans le bureau. Il n'y avait personne. Un mot à son intention était posé sur sa table. Il le déplia et lut :

« Mon cher Paul,

Je pars faire un petit voyage à l'étranger. Je l'avais prévu depuis un certain temps. J'ai grand besoin de prendre des vacances. Étant donné que je me déplacerai d'un endroit à l'autre, je ne souhaite pas qu'on me fasse suivre mon courrier. Ci-joint un chèque qui couvre deux mois de votre salaire.

Bien à vous,
G. P. »

Craddock resta là à contempler la signature. Face à une telle calamité, son esprit refusait de fonctionner. Si sir George estimait qu'il était temps de disparaître, qu'en était-il de Paul Craddock ? Et de Varney ?

Alors qu'il se tenait là, indécis, un majordome apporta les journaux du soir qu'il déposa sur le bureau avant de se retirer. Craddock attrapa le premier sur la pile. Le gros titre lui sauta en pleine figure :

« ARRESTATION
DE MR. LAWRENCE MARRINGTON »

Plus tard ce soir-là, Mr. Ethan Messenger était en train de souhaiter un bonsoir quelque peu prolongé à miss Mally Lee.

« Votre cousine Janet a dit dix minutes… vous le savez bien.

— Ma cousine Janet est une femme intelligente. Elle ne voulait pas dire dix minutes… C'était juste une formule délicate de sa part.

— Elle est adorable ! convint Mally. J'adore les cousines énormes qui vous appellent "ma chère" et se comportent comme des anges de gentillesse alors qu'elles pourraient très bien ne rien avoir à faire de vous.

— Janet est une bonne nature. Elle ressemble terriblement à sir Piggy, non ? »

Mally pouffa de rire.

« On dirait une truie angélique… de la plus belle espèce ! »

Ethan l'embrassa et, soudain, elle cessa de rire et poussa un long soupir saccadé.

« Arrêtez !

— Pourquoi donc, drôle de petite chose ?

— Je ne suis pas drôle, je suis triste.

— Vous ne devez pas l'être. Je ne veux pas de ça. Oh, Mally, ne pleurez pas… Qu'est-ce qu'il y a ?

— C'est l'horreur.

— Comment cela ?

— Elle s'abat sur moi. Quand je suis arrivée, ils m'ont fait l'effet de gens tout ce qu'il y a d'ordinaire, et j'ai trouvé sir George sympathique jusqu'à ce que je voie son buste dans l'escalier. Mais ensuite, j'ai été prise d'une impression affreuse… je ne sais pas pourquoi. Ce devait être l'horreur qui s'abattait.

— Sans doute.

— Et puis, il y a la pauvre petite Barbara ! » Elle s'étrangla dans un sanglot.

— Mally chérie, ne pleurez pas !

— Je ne peux pas m'en empêcher.

— Vous ne voudriez quand même pas que cette pauvre enfant grandisse au milieu d'une histoire aussi pourrie !

— N-non. Mrs. Craddock est gentille… Elle prendra soin de Barbara. » Elle se tut une seconde. « Ethan…

— Oui ?

— Avez-vous eu d'autres nouvelles ? Vous avez parlé à votre cousin Mansell. Vous a-t-il appris quelque chose ?

— Oui. Ils ont arrêté sir George. »

Mally poussa un cri.

« Vous n'auriez quand même pas voulu qu'il s'en sorte ?

— N-non. Mais je déteste tout ça. Je pensais que ce qui arriverait à Paul Craddock ne me dérangerait pas, mais quand j'ai su qu'ils l'avaient eu, j'ai eu envie de fondre en larmes, et j'ai été désolée de l'avoir traité de limace. Ethan, si vous vous moquez de moi, je… je…

— Que ferez-vous ?

— Je laisserai votre tante Serena me *convertir*. Elle aimerait beaucoup… je le sais !

— Je ne me moque pas », s'empressa de lui assurer Ethan. Il la souleva dans ses bras. « Ne pensez plus à l'horreur.

— Je ne veux pas y penser. C'est juste que même l'idée d'une limace en prison m'est insupportable !

— Eh bien, pensez plutôt à des personnes gentilles, à Mansell, à Janet, à Piggy, à tante Angel, à Bunty, à Candida… et à MOI ! Parbleu, vous n'avez qu'à penser à moi ! Que voulez-vous de plus ?

— Vous êtes quelqu'un de gentil, c'est vrai ?

— Quelqu'un d'extrêmement gentil. Demandez à ma tante Angel. Elle vous le confirmera.

— Ethan… » Mally frotta sa joue contre la sienne. « *Ethan.*

— Oui ?

— Vous serez toujours gentil avec moi ?

— Oui, toujours.

— Vous en êtes sûr et certain ? »

Ethan éclata de rire – un rire puissant, joyeux et confiant.

« Vous le verrez bien ! »

*Du même auteur*
*aux Éditions 10/18*

LES ENNUIS DE SALLY WEST, nº 4077
L'APPEL DU DANGER, nº 4078
PRENDS GARDE À TOI !, nº 4165
MORT OU VIF, nº 4216
MR ZERO, nº 4272
D'UNE PIERRE DEUX COUPS, nº 4338
FAUTE DE CHOIX, nº 4384
MINE DE RIEN, nº 4434
LES HUIT ÉMERAUDES, nº 4474
CACHE-CACHE AVEC LE DIABLE, nº 4531
LA LÉGENDE DE COLDSTONE, nº 4691
À L'AVEUGLETTE, nº 4811
LE CABINET CHINOIS, nº 5006
LIAISONS SECRÈTES, nº 5095
LE JOYAU DE L'ANNAM, nº 5224
LE PROCÈS DE MISS SILENCE, nº 5369
ANNE BELINDA, nº 5459
MISS MALLY SE MÉFIE, nº 5560

Série « Miss Silver »

LA PLUME DU CORBEAU, nº 2307
MISS SILVER ENTRE EN SCÈNE, nº 2308
MISS SILVER INTERVIENT, nº 2362
LE POINT DE NON-RETOUR, nº 2363
PLEINS FEUX, nº 2406
LES LÈVRES QUI VOIENT, nº 2407
LA ROUE DE SAINTE-CATHERINE, nº 2437
LE CHEMIN DE LA FALAISE, nº 2450
L'EMPREINTE DU PASSÉ, nº 2473
LE CHÂLE CHINOIS, nº 2494
AU DOUZIÈME COUP DE MINUIT, nº 2519
LE ROCHER DE LA TÊTE-NOIRE, nº 2534
UN ANNEAU POUR L'ÉTERNITÉ, nº 2575
LE MASQUE GRIS, nº 2597

À TRAVERS LE MUR, nº 2624
MEURTRE EN SOUS-SOL, nº 2654
L'HÉRITAGE D'ALINGTON, nº 2684
LE MYSTÈRE DE LA CLEF, nº 2709
LE TRÉSOR DES BENEVENT, nº 2754
L'AFFAIRE WILLIAM SMITH, nº 2770
COMME L'EAU QUI DORT, nº 2792
LA DAGUE D'IVOIRE, nº 2826
LE MANOIR DES DAMES, nº 2859
LE BELVÉDÈRE, nº 2878
LE MARC MAUDIT, nº 2918
LA TRACE DANS L'OMBRE, nº 2970
ANNA, OÙ ES-TU ?, nº 3184
LA COLLECTION BRADING, nº 3229
LA MORT AU FOND DU JARDIN, nº 3286
L'AFFAIRE EST CLOSE, nº 3378
UN TROUBLANT RETOUR, nº 3431
DERNIÈRE DEMEURE, nº 3511

Série « Inspecteur Lamb »

MEURTRE À CRADDOCK HOUSE, nº 3733
UN PAS DE TROP, nº 3801
COLIS À SUIVRE, nº 3876

MIXTE
Papier issu de
sources responsables
FSC® C003309
www.fsc.org

10/18, une marque d'Univers Poche,
est un éditeur qui s'engage pour
la préservation de l'environnement
et qui utilise du papier fabriqué à partir
de bois provenant de forêts gérées
de manière responsable.

10/18 – 92 avenue de France, 75013 PARIS

*Imprimé en France par* CPI

N° d'impression : 3038441
X07581/01